그리스 로마 신화를
보다

그리스 로마 신화를 보다 2

초판 1쇄 발행 2016년 1월 1일
개정판 1쇄 발행 2021년 8월 1일

지은이 토머스 불핀치 **옮긴이** 노태복 **해설** 강대진 **펴낸이** 박찬영
편집 서유진, 이현정 **교정·교열** 박민주, 리베르스쿨 편집부 **그림** 문수민
디자인 박민정, 류아름, 박경민 **마케팅** 조병훈, 박민규, 최진주
발행처 (주)리베르스쿨 **주소** 서울특별시 성동구 왕십리로 58 서울숲포휴 11층
등록번호 제2013-16호 **전화** 02-790-0587, 0588 **팩스** 02-790-0589 **홈페이지** www.liber.site
커뮤니티 blog.naver.com/liber_book(블로그)
e-mail skyblue7410@hanmail.net **ISBN** 978-89-6582-312-4(44840), 978-89-6582-310-0(세트)

리베르(Liber 전원의 신)는 자유와 지성을 상징합니다.

일러두기

1. 이 책의 원서는 토머스 불핀치의 『신화의 시대(The Age of Fable, or Stories of Gods and Heroes)』다. 원서에 실린 이집트 · 인도 · 북유럽 신화와 관련된 내용은 제외하고 번역했다.
2. 이 책에 등장하는 신의 이름, 인명, 지명 등은 국립국어원의 그리스어 표기법 시안에 따랐다. 로마 신화에만 등장하는 신의 이름은 라틴어 표기법을 따랐다. 일부 현재에도 존재하는 지역의 이름에 대해서는 표준국어대사전에 등재되어 있는 표기를 기준으로 현실 지명을 채택했다.
3. 문장 부호는 다음의 경우에 따라 달리 표기했다.
   『』: 단행본, 「」: 신문 · 잡지 · 회화 · 조각 · 영화 · 시

이미지와 스토리텔링의 신화 여행

그리스로마신화를 보다

2

머리말

우리의 삶에서 재산을 늘리거나 사회적 지위를 높이는 데
도움이 되는 지식만이 유용하다면, 신화는 별 쓸모가 없을 것
입니다. 하지만 우리를 더 행복하고 나은 사람으로 만들어 주
는 지식이 꼭 필요하다고 느낀다면, 신화는 아주 중요하고 유
용한 지식인 셈입니다. 고대 신화는 바로 문학의 원천이고,
문학이야말로 덕을 기르고 행복을 키우는 우리 삶의 고귀한
밑거름이기 때문이지요.

신화를 알지 못하면 영어로 쓰인 아름다운 문학 작품들을
제대로 이해하고 감상하기가 어렵답니다. 이를테면 시인 바
이런은 로마를 가리켜 '여러 나라의 니오베'라고 부르거나,
베네치아를 두고 '바다에서 갓 올라온 키벨레 같다.'고 해요.
신화를 아는 사람들에게는 그런 표현이 천 마디의 자세한 묘
사보다 훨씬 더 생생하고 감동적으로 다가오지요. 하지만 신
화를 모르는 사람들은 고개만 갸우뚱할 뿐입니다.

『실낙원』으로 유명한 영국 시인 밀턴도 비슷한 표현들을
풍부하게 썼어요. 밀턴이 지은 「코머스」라는 짧은 시에도 서
른 가지가 넘는 신화 속 이야기들이 담겨 있지요. 「그리스도
의 탄생에 부치는 찬가」는 절반 이상이 신화의 내용이랍니
다. 그리고 『실낙원』에도 신화 속 이야기가 군데군데 나와요.
그런 까닭에 교양 있는 이들 중에서도 밀턴의 작품을 즐기지
못하는 사람이 많다는 말이 심심찮게 들리지요. 하지만 그런

사람들도 이 이해하기 쉬운 책을 읽고 신화에 대한 지식을 얻게 되면, '난해하고 아리송하다'고 여겼던 밀턴의 시도 대부분 '아폴론의 리라 연주처럼 감미롭게' 느껴질 것입니다.

이 책에는 스물여섯 명 이상이나 되는 시인들의 작품에서 인용한 시들이 실려 있어요. 스펜서부터 롱펠로에 이르기까지 여러 시인의 작품들을 읽어 보면, 신화에서 빌려 온 표현이 얼마나 많은지 알 수 있지요.

산문 작가들 또한 아름다우면서도 암시적인 표현을 위해 신화 속 이야기를 빌려 온답니다. 「에딘버러 리뷰」나 「쿼털리 리뷰」 같은 잡지를 보면 그런 예가 많아요. 매콜리가 쓴 밀턴에 관한 논문에도 그런 예가 스무 군데 정도 되지요.

하지만 그리스어와 라틴어로 쓰인 신화를 어떻게 일반 독자들에게 전달할 수 있을까요? 그리스 로마 신화는 죄다 기상천외한 사건과 오래 전에 사라져 버린 옛 신앙에 관한 이야기랍니다. 이런 이야기를 요즘처럼 실용적인 시대를 살아가는 일반 독자들이 깊게 파고들기란 어렵겠지요. 심지어 어린이들도 과학적 사실만을 주입받는 시대인지라, 상상 속 신화 이야기에 시간을 쏟을 겨를이 별로 없는 듯합니다.

그렇다면 고대 시인들의 작품을 번역한 책들을 읽으면, 신

화를 이해하기 위해 우리에게 꼭 필요한 지식을 얻을 수 있을
까요? 정작 이런 책들은 분야가 너무 광범위하다 보니 초보
자가 접근하기에는 무리가 있지요. 그리고 번역 작품들을 읽
으려 해도 사전 지식이 얼마쯤 있어야만 이해가 된답니다. 거
짓말이라고 생각된다면 『아이네이스』의 첫 장을 읽어 보세
요. '헤라의 원한'이니 '파르카의 섭리'니 '파리스의 심판'이
니 '가니메데스의 영예'니 하는 말들이 쏟아지거든요. 그러니
사전 지식이 없는 독자는 당최 알아들을 수가 없지요.

　혹시 짧은 설명글이나 고전 문학 사전을 보면 그런 지식을
얻을 수 있을까요? 자신 있게 말하는데, 두 가지 모두 읽기가
너무 번거로워서 대다수 독자들은 잘 몰라도 대충 넘어가는 쪽
을 택하기 쉽습니다. 게다가 그런 자료는 신화 이야기의 본래
매력을 드러내지 못하고 건조한 사실들만 나열할 뿐이에요. 그
리고 신화에서 시를 빼 버리면 시적인 멋은 사라지고 말지요.
이 책에선 한 장(章)에 걸쳐 다루는 케익스와 알키오네 이야기
를 가장 좋다고 하는 고전 문학 사전에서는 고작 여덟 줄밖에
다루고 있지 않습니다. 다른 이야기들도 마찬가지예요.

　그런 문제점을 말끔히 씻어 주는 것이 바로 이 책이지요.
이 책을 통해 우리는 신화의 즐거움을 마음껏 음미할 수 있습
니다. 또한 이 책은 고대의 권위 있는 자료에 따라 내용을 정
확하게 전달하도록 노력했어요. 따라서 독자들은 어떤 내용

이 인용되더라도 굳이 출처를 찾아볼 필요가 없답니다. 이 책은 학문 연구가 아니라 즐거움을 위해 신화를 전달하려 해요. 흥미진진한 이야기들을 따라가다 보면 저절로 지식이 쌓이도록 하는 거예요.

이 책에 담긴 그리스 로마 신화는 대부분 고대 로마의 시인 오비디우스와 베르길리우스의 시에서 가져왔어요. 하지만 작품들을 라틴어에서 글자 그대로 옮기지는 않았습니다. 왜냐하면 시를 번역할 때 산문으로 옮기면 읽는 맛이 사라지기 때문이에요. 설령 시로 번역하더라도 마찬가지랍니다. 어조나 운율을 다른 언어로 충실히 옮긴다고 해서 원래 시의 맛을 그대로 살리기란 거의 불가능하기 때문이지요. 그래서 기본적으로는 산문으로 옮기되, 번역을 하더라도 본래 시에 담긴 생각을 가능한 한 많이 살릴 수 있도록 애썼답니다. 그리고 산문으로 바꾸었을 때 어울리지 않는 부분은 과감히 삭제하였답니다.

이 책에 자유롭게 실어 놓은 시들은 소중한 역할을 많이 하리라 봅니다. 각 이야기의 내용을 다시 되짚어 주기도 하고 인명이나 지명 등을 정확히 표시해 주기도 해요. 또한 주옥같은 시들은 우리의 정신을 풍요롭게 해 준답니다. 그중 몇몇 시들은 다른 책을 읽거나 사람들과 대화를 나눌 때 자주 써먹을 수 있습니다.

그리고 문학과 관계 깊은 신화 이야기를 담고자 했기에, 품위 있는 고전 문학을 즐기는 독자들에게 필요한 이야기라면 하나도 빠짐없이 싣도록 애썼답니다. 하지만 미풍양속을 해치는 이야기는 싣지 않았어요. 그런 내용은 자주 언급되지도 않는 데다, 설령 언급되더라도 모른 채 넘겨도 그만이랍니다.

　이 책은 학식 깊은 이들을 위한 책이 아니에요. 신학자나 철학자를 위한 것도 아니지요. 남녀노소를 불문하고, 일반 대중을 위한 책이에요. 강연자나 비평가나 시인들이 자주 인용하거나, 고상한 대화를 나눌 때 화제가 되곤 하는 이야기를 이해하고 싶은 사람이든, 책 속에 등장하는 신화의 내용을 제대로 이해하고 싶은 사람이든 누구나 읽을 수 있답니다.

　분명 이 책은 청소년 독자에게는 즐거움을 만끽하게 해 주고, 성인 독자에게는 독서 생활을 함께하는 폭넓은 책 읽기의 안내자가 되어 줄 것입니다. 또한 여행하며 미술관이나 박물관을 찾는 사람에게는 그림이나 조각의 해설서가 되어 줄 거예요. 그리고 교양 있는 모임에 나가는 사람에게는 가끔 듣게 되는 비유적 표현을 해석할 수 있는 열쇠가 되어 주겠지요. 마지막으로, 인생의 뒤안길에 선 노인은 자신을 어린 시절로 이끄는 문학의 여로를 되짚어 가는 기쁨을 누릴 것이랍니다. 한 걸음 한 걸음마다 생의 여명과 조우(遭遇)하며 인생의 푸르렀던 날들을 되살려 내겠지요.

　이렇듯 영원히 지속되는 신화와 독자의 만남은 영국 시인 S. T. 콜리지가 지은 유명한 아래 시구에 아름답게 표현되어 있어요. 이 시는 『피콜로미니 부자(父子)』 제2막 4장에 수록되어 있답니다.

　　옛 시인들이 그려 낸 신비로운 모습들

　　오래된 종교가 낳은 고상한 인물들

　　힘의 신, 아름다움의 신, 다스림의 신

　　이들은 계곡에서나 깊은 산속에서 출현하였지.

　　숲이나 유유한 강가나 자갈 깔린 샘에도

　　아니면 땅의 갈라진 틈새나 깊은 물속에도 나타났지.

　　하지만 이제는 모두 사라져 버렸네.

　　이성을 신봉하는 세상에 더는 설 자리가 없다네.

　　하지만 우리의 가슴은 여전히 어떤 언어를 찾네.

　　오랜 본능은 아직도 옛 이름들을 떠올리고 있네.

　　정령들과 신들은 인간의 친구가 되어

　　이 세상을 우리와 함께 살아가곤 하였지.

　　그리고 오늘날까지 우리에게

　　제우스는 위대한 것이라면 무엇이든 가져다주고

　　아프로디테는 아름다움이라면 무엇이든 가져다주네.

　　　　　　　　　　　　　　　　　　　　토머스 불핀치 씀

차례

1 영광은 사라지고 | 테세우스, 다이달로스, 카스토르와 폴리데우케스

인간은 화려한 성공을 거두는 영웅에게 열광하는 경향이 있습니다. 위대한 인물들은 놀라운 능력과 거침없는 활약으로 우리의 마음을 쏙 빼앗고 말지요. 그리고 큰 능력을 발휘하는 사람은 위험에 처해도 누군가가 도움을 주어 위기를 모면합니다. 영웅 테세우스가 괴물을 처치하고 빠져나오는 일을 맡았을 때도 어느 여인이 영웅을 도와주지요. 하지만 영웅에게는 이런 빛나는 면만 있을까요? 인간은 높은 곳만을 향해 오르려고만 하면 결국 큰 위기에 처하기 쉽습니다. 태양을 향해 더 높이 솟아오르려 했던 이카로스의 이야기는 삶의 목표와 자세가 얼마나 중요한지 생각해 보게 합니다. 마지막으로 카스토르와 폴리데우케스 이야기는 사나이들의 진정한 우정에 관해 들려줍니다.

- 저 악명 높은 시니스도 영웅의 손에 죽었습니다. 그 악당은 먼저 소나무 가지를 땅에 닿게 구부렸습니다. 그러고서 길손의 사지를 묶고 구부렸던 나무를 놓아 길손을 갈가리 찢어 죽였습니다. (오비디우스 『변신 이야기』)
- 디오스쿠로이들이 신들 사이에 가서 쌍둥이자리가 되었다. 그러자 틴다레오스 왕은 메넬라오스를 스파르타로 데려온 후 그에게 왕좌를 물려주었다. (아폴로도로스 『도서관』)

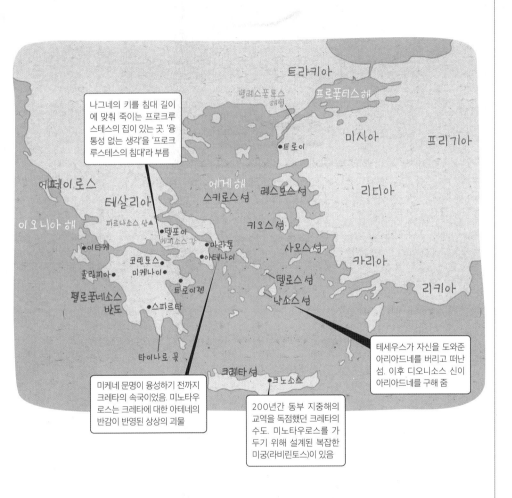

나그네의 키를 침대 길이에 맞춰 죽이는 프로크루스테스의 집이 있는 곳. '융통성 없는 생각'을 '프로크루스테스의 침대'라 부름

테세우스가 자신을 도와준 아리아드네를 버리고 떠난 섬. 이후 디오니소스 신이 아리아드네를 구해 줌

미케네 문명이 융성하기 전까지 크레타의 속국이었음. 미노타우로스는 크레타에 대한 아테네의 반감이 반영된 상상의 괴물

200년간 동부 지중해의 교역을 독점했던 크레타의 수도. 미노타우로스를 가두기 위해 설계된 복잡한 미궁(라비린토스)이 있음

아테나이의 영웅 테세우스의 모험

테세우스는 아테나이의 왕 아이게우스와 트로이젠의 공주 아이트라 사이에서 난 아들이었습니다. 어릴 때는 트로이젠에서 자라다가 어른이 되자 아테나이로 가서 아버지를 만나게 되어요. 아이게우스는 아들이 태어나기 전에 아이트라와 헤어져야 했지요. 그래서 자신의 칼과 신발을 큰 돌 아래 묻은 다음에 아이트라에게 말했답니다. 아이가 커서 돌을 치우고 두 물건을 꺼낼 만큼 힘이 세지거든 자기한테 보내라고요. 때가 되었다고 여긴 아이트라는 테세우스를 돌 있는 곳으로 데려갔지요. 과연 테세우스는 돌을 가볍게 치우더니 칼과 신발을 꺼냈습니다. 그 무렵 육로에는 강도들이 자주 출몰했던 터라 할아버지는 빠르고 안전한 바닷길로 가라고 손자에게 간곡히 일렀어요. 하지만 영웅의 기백을 품은 청년 테세우스는 위험천만한 육로로 가겠다고 결심했지요. 헤라클레스가 못된 악당들과 괴물들을 해치워 그리스 전역에 유명해졌듯이 테세우스도 이름을 날리고 싶었던 거랍니다.

여행 첫날 테세우스는 에피다우로스까지 갔어요. 헤파이스토스의 아들인 페리페테스라는 자가 살고 있던 곳이지요. 이 포악한 야만인은 언제나 쇠몽둥이를 들고 다니며 난폭한 짓을 일삼았습니다. 그래서 모든 나그네들을 두려움에 떨게 만들었어요. 페리페테스는 테세우스를 보자 다짜고짜 덤벼들었지요. 하지만 젊은 영웅의 반격을 받고 쓰러졌답니다. 테세우스는 쇠몽둥이를 빼앗아 첫 승리의 기념으로 늘 들고 다녔어요.

이후에도 근방의 자잘한 폭군이나 약탈자들과 여러 차례 싸움이 붙었는데, 전부 테세우스가 승리를 거머쥐었지요. 악한들 중

에 프로크루스테스, 즉 '늘이는 자'라는 이가 있었습니다. 프로크
루스테스는 쇠로 만든 침대를 갖고 있었어요. 나그네를 사로잡으
면 침대에 묶었지요. 왜냐고요? 나그네가 침대보다 짧으면 침대
길이만큼 쭈욱 늘이고, 침대보다 길면 남는 부분을 싹둑! 테세우
스는 그자가 다른 나그네들에게 한 대로 똑같이 해 주었어요.

　이처럼 길에서 맞닥뜨린 온갖 위험을 헤치고 마침내 아테나이
에 도착했지요. 하지만 새로운 위험이 도사리고 있었습니다. 그
곳에는 이아손과 헤어진 후 코린토스에서 도망쳐 온 마녀 메데
이아가 살고 있었어요. 메데이아는 테세우스의 아버지 아이게우
스의 아내가 되어 있었지요. 마법사답게 청년이 누군지 알아차
린 메데이아는 왕비로서 자신의 입지가 줄어들까 우려했답니다.
왕이 청년을 아들로 인정하게 되면 그럴 가능성이 컸으니까요.

**「프로크루스테스와
싸우는 테세우스」**
프로크루스테스의 원래 이름
은 다마스테스다. 하지만 지
나가는 나그네들의 키를 억
지로 침대에 맞추는 악행을
저질러 온 탓에 '늘이는 자'라
는 별명을 얻게 되었다.
ⓒMarie-Lan Nguyen
영국 박물관 소장

「이아손과 메데이아」
영국 화가 존 워터하우스의
작품이다. 메데이아는 콜키스
의 공주이자 마법사다. 특히
약초를 잘 다뤘다고 한다. 키
르케의 조카딸이기도 하다.
개인 소장

따라서 메데이아는 낯선 청년을
의심하게끔 왕의 마음을 조종했
고 급기야 독이 든 잔을 청년에게
건네도록 유도했지요. 하지만 테
세우스가 잔을 받으러 다가오는
순간에 왕은 청년이 차고 있던 칼
을 보고 단번에 자기 아들인 줄 알
아차렸습니다. 덕분에 독배를 마
시는 위험천만한 사태는 일어나
지 않았어요. 계략이 탄로 난 메데
이아는 처벌을 받지 않으려고 또
다시 도망을 쳤지요. 멀리 아시아로 도망갔는데, 그 나라는 이 여
인의 이름을 따서 메디아라고 불렸답니다. 왕은 테세우스를 자
기 아들로 인정했을 뿐만 아니라 왕위를 이을 후계자로 선언했
어요.

그 무렵 아테나이 사람들은 크나큰 시름에 젖어 있었지요. 크
레타의 왕 미노스가 제물을 바치라고 강요했기 때문입니다. 어
쩔 수 없이 해마다 총각 일곱 명과 처녀 일곱 명을 미노타우로스
라는 괴물에게 바쳐야 했어요. 이 괴물은 황소의 몸에 사람의 머
리를 달고 있었지요. 무척 사납고 힘이 셌던 괴물은 다이달로스
가 만든 미궁에 갇혀 지냈답니다. 아주 복잡한 미로여서 일단 갇
히게 되면 누구도 혼자 힘으로는 빠져나올 수 없었어요. 미노타
우로스는 거기서 어슬렁대며 인간 제물을 받아먹고 있었지요.

테세우스는 백성들의 크나큰 걱정거리를 덜어 주어야겠다고 결심했습니다. 그러다가 죽어도 좋다는 각오까지 했답니다. 제물로 보낼 총각들과 처녀들은 제비뽑기로 결정했어요. 테세우스는 아버지의 만류를 뿌리치고 자신을 제물로 뽑아 달라고 부탁했답니다. 여느 때처럼 배는 검은 돛을 달고 출항했어요. 테세우스는 자신이 이기고 돌아오게 되면 흰 돛을 달겠노라고 아버지에게 약속했지요.

「미노타우로스」
영국 화가 프레더릭 와츠의 작품이다. 미노스는 포세이돈에게 바쳐야 할 황소를 자신이 갖고 신에게는 다른 황소를 바쳤다. 화가 난 포세이돈은 원래 자신이 받아야 할 황소와 크레타 왕비 파시파에가 동침하게 만들었다. 미노타우로스는 이렇게 탄생했다. 테이트 브리튼 갤러리 소장

크레타 섬에 도착한 제물 일행은 미노스 왕 앞으로 끌려갔습니다. 그 자리에서 왕의 딸 아리아드네가 테세우스한테 홀딱 반했어요. 테세우스도 아리아드네의 사랑에 기꺼이 응했지요. 아리아드네는 칼 한 자루 그리고 미로를 빠져나올 때 쓸 실타래 하나를 테세우스에게 주었답니다. 테세우스는 보란 듯이 미노타우로스를 죽이고 미로를 빠져나왔어요. 목숨을 건진 일행과 더불어 아리아드네를 데리고 아테나이를 향해 출항했지요. 도중에 낙소스 섬에 잠시 머물렀는데, 이때 테세우스는 잠든 아리아드네를 버려두고 떠났습니다. (이탈리아의 뛰어난 조각상 중 하나인 바티칸의 「모로 누운 아리아드네」는 바로 이 상황을 표현하고 있어요. 그리고 이 작품의 모조품은 보스턴에 있는 아테니엄 미술관에 소장되어 있지요.) 테세우스가 은인에게 배은망덕한 짓을 한 까닭은 꿈에 아테나 여신이 나타나 그러라고 시켰기 때

「낙소스 섬의
아리아드네」
영국 화가 에블린 드 모건의
작품이다. 아리아드네는 테세
우스의 배신으로 낙소스 섬
에 홀로 남겨진다. 이후 술의
신 디오니소스가 아리아드네
를 발견하고 도움을 준다.

문이랍니다.

아티카 해안이 코앞인데도 테세우스는 아버지와 한 약속을 깜빡 잊고 있었어요. 흰 돛을 올리기로 한 약속 말이지요. 그래서 늙은 왕은 자기 아들이 죽었다고 여기고서 스스로 목숨을 끊었습니다. 얼떨결에 테세우스는 아테나이의 왕이 되었어요.

테세우스의 모험 가운데서 가장 유명한 것은 아마존족을 정벌한 일이지요. 헤라클레스의 공격에서 채 회복되지 않은 이 종족을 테세우스가 다시 공격해 여왕 안티오페를 납치했답니다. 그 앙갚음으로 아마존족은 아테나이를 침공해 이 도시로 물밀듯이 쳐들어왔어요. 도시 한복판에서 최후의 전투가 벌어졌고 결국 테세우스가 이겼지요. 이 전쟁은 옛 조각가들이 즐겨 찾던 소재여서 여러 작품에 표현되어 아직도 전해지고 있습니다.

테세우스는 페이리토스와 맺은 깊은 우정으로도 유명해요. 전쟁의 한복판에서 비롯된 사나이들 간의 우정이지요. 페이리토스는 아테나이 왕의 소 떼를 약탈하러 마라톤 평야에 처들어온 적이었답니다. 테세우스가 이 약탈자를 물리치러 나갔고요. 하지만 페이리토스는 테세우스를 보자마자 감탄하고 말았지요. 그래서 평화의 표시로 손을 내밀고 이렇게 외쳤습니다.

"그대 뜻대로 하시오. 무엇을 원하든 나는 기꺼이 따르겠소."

테세우스의 대답은 이러했어요.

"그대와의 우정이오."

그리하여 둘은 변치 않는 우정을 맹세했지요. 이후로 둘은 맹세를 어기지 않고서 참된 전우로 변함없이 서로를 아꼈답니다. 그리고 둘 다 제우스의 딸들을 아내로 맞이하길 갈망했어요.

테세우스는 헬레네에게 마음이 꽂혔지요. 헬레네는 당시로서는 어린아이였지만 훗날 트로이 전쟁의 원인이 되었을 정도로 미녀로 자랐습니다. 테세우스는 페이리토스의 도움으로 헬레네를 납치했어요. 페이리토스는 저승 세계의 왕비 페르세포네를 아내로 맞이하고 싶어 했지요. 테세우스는 위험천만한 일인 줄 뻔히 알면서도 야심에 찬 친구를 따라 지하 세계로 내려갔답니다. 하지만 하데스는 지하 궁전 입구에서 기다리고 있다 둘을 사로잡았지요. 그러고선 꼼짝달싹하지 못하게 마법의 바위에 붙들어 매 두었어요. 다행히 헤라클레스가 나타나 테세우스는 구출되었지만 페이리토스는 자기 운명에 맡겨 둘 수밖에 없었지요.

세월이 흘러 안티오페가 죽자 테세우스는 새장가를 갔습니다. 크레타의 왕 미노스의 딸 파이드라한테요. 그런데 젊은 파이드라는 테세우스의 아들인 히폴리토스에게 눈독을 들였지요. 아버지의 우아함과 미덕을 두루 갖춘 데다 나이도 같은 또래였기 때

페르세포네
페르세포네는 제우스와 데메테르 사이에서 태어난 딸이다. 저승 세계에서 하데스의 아내로 있었다.

문이랍니다. 파이드라가 추파를 던졌지만 히폴리토스는 계모한 테 싸늘한 눈길만 되돌려 주었어요. 그러자 파이드라의 사랑은 증오로 돌변했지요. 파이드라는 교활하게도 자신을 끔찍하게 사랑하는 남편의 마음을 이용해 아들에게 질투를 느끼도록 만들었습니다. 깜빡 속아 아버지는 그만 아들을 벌해 달라고 포세이돈에게 간청했어요.

어느 날 히폴리토스가 해안을 따라 마차를 달리고 있을 때, 바다 괴물이 물속에서 갑자기 솟구쳤지요. 말들이 깜짝 놀라 달아나는 바람에 마차는 산산조각 나고 말았답니다. 히폴리토스는 죽었지만 아르테미스 여신의 도움으로 의술의 신 아스클레피오스가 다시 살려 냈어요. 아르테미스는 얼빠진 아버지와 사악한 계모의 손길이 닿지 않는 먼 곳으로 히폴리토스를 보냈지요. 그리하여 히폴리토스는 이탈리아 땅에서 님프 에게리아의 보호를 받으며 살았습니다.

이러다 보니 마침내 테세우스는 백성들의 신망을 잃었어요. 급기야 아테나이에서 쫓겨나 스키로스의 왕 리코메데스의 궁궐에 머물며 연명했지요. 리코메데스는 처음에는 환대했으나 나중에는 배반하여 테세우스를 죽였답니다. 한참 후에 아테나이의 장군 키몬이 테세우스가 묻힌 곳을 찾아내 유해를 아테나이로 옮겨 왔어요. 그리고서 영웅을 기리기 위해 테세이온이라는 신전을 짓고는 유해를 모셨지요.

테세우스가 아내로 삼은 아마존족의 여왕이 히폴리테라고 보는 이들도 있습니다. 그래서 셰익스피어의 『한여름 밤의 꿈』에도 히폴리테라고 나와요. 이 작품의 주제는 테세우스와 히폴리

테의 흥겨운 결혼 잔치이지요. 그리고 영국의 여류 시인 헤먼즈
부인은 고대 그리스의 전설을 노래한 시를 지었습니다. 마라톤
전투 당시 '테세우스의 유령'이 나타나 아테나이 군대의 사기를
높였다는 내용의 시예요.

테세우스는 허구의 인물이 아니라 반쯤은 역사적인 인물이지
요. 기록에 따르면 테세우스는 몇 개의 부족을 통합해 아티카 지
방을 하나의 나라로 만들었는데, 그 수도가 아테나이였답니다.
이 원대한 과업의 성취를 기념하여 테세우스는 판아테나이아라
는 축제를 열었어요. 아테나이의 수호신인 아테나를 숭배하는
축제였지요.

그리스의 다른 축제들과는 크게 두 가지 점에서 달랐습니다.
하나는 아테나이 사람들만을 위한 축제였다는 점이고, 다른 하

나는 축제의 주요 행사가 엄숙한 행진이라는 것이었어요. 아테나 여신의 성스러운 옷인 페플론을 파르테논 신전으로 가져가서 여신상 앞에 바치기 위한 행진이었답니다. 페플론에는 아름다운 수를 놓았는데, 아테나이의 귀족 가문에서 뽑힌 처녀들이 그 일을 맡았어요. 행진에는 남녀노소를 불문하고 수많은 사람들이 참여했지요.

늙은 사내들은 손에 올리브나무의 가지를 들었고 젊은 사내들은 무기를 들었습니다. 젊은 여자들은 바구니를 머리에 이고 따라왔는데, 바구니에는 신성한 물품들, 케이크 그리고 제물을 바치는 데 필요한 온갖 것들이 들어 있었어요. 파르테논 신전의 외부를 장식한 부조(浮彫)에는 이 행진이 잘 표현되어 있지요. 조각상들 중 상당수는 현재 영국 박물관에 소장되어 있는데, 이 작품들을 가리켜 '엘긴 대리석'이라고 한답니다.

엘긴 대리석
그리스 아테네의 파르테논
신전 외부에 새겨진 대리
석 조각 절반을 영국인 엘
긴이 훔쳐 영국으로 가져갔
다. 영국 박물관이 지금까
지 보관하고 있다. 그리스
정부는 조각 작품들의 반환
을 줄기차게 요청하고 있지
만 영국은 여전히 거부하고
있다.

월계관을 쓴 작은 영웅들

여기서 그리스의 축제 때 벌어졌던 유명한 경기들을 살펴보아도 좋지 싶어요. 첫 번째로 소개할 가장 유명한 경기가 바로 올림픽인데, 제우스가 창시했다고 하지요.

이 경기는 엘리스 지방에 있는 올림피아에서 열렸습니다. 그리스는 물론이고 아시아, 아프리카 그리고 시칠리아에서도 수많은 관람객들이 몰려왔어요. 5년에 한 번씩 여름에 열렸으며 닷새간 경기가 치러졌지요. 이 올림픽 경기를 기준으로 연도를 구분하는 관습이 생겼는데, 처음 올림픽이 열린 해는 기원전 776년이라고 대략 여겨지고 있답니다. 올림픽 외에 다른 경기들도 있었어요. 피티아 경기는 델포이 부근에서, 이스트미아 경기는 코린토스에서 그리고 네메아 경기는 아르고스 지역의 도시 네메아에서 열렸지요.

이 경기들의 운동 종목은 다섯 가지였어요. 달리기, 멀리뛰기, 레슬링, 원반던지기 그리고 창던지기 또는 권투였습니다. 이처럼 육체적인 힘과 민첩성을 겨루는 종목 외에도 음악, 시 그리고 웅변을 겨루는 시합도 있었어요. 따라서 이런 경기들은 시인, 음악가 및 작가들에게 작품을 대중에게 선보일 절호의 기회였지요. 우승자들의 명성은 방방곡곡으로 멀리멀리 퍼졌답니다.

팔라이스트라
팔라이스트라는 '격투, 씨름, 레슬링 등이 열리는 곳'을 뜻한다. 고대 올림픽 경기가 열렸던 올림피아 유적지 안에 있다. ⓒJoanbanjo

검푸른 바닷물이 소년의 날개를 삼키다

테세우스가 아리아드네의 실을 이용해 탈출한 미로를 만든 이는 다이달로스였어요. 다이달로스는 솜씨가 뛰어난 발명가였지요. 미로는 헤아릴 수 없이 많은 통로가 구불구불 이어져 있어 시작도 끝도 없는 것처럼 보였습니다. 앞으로 갔다 뒤로 갔다 도무지 방향을 종잡을 수 없을 만큼 구불구불 흐르는 마이안드로스 강과 같았어요. 미노스 왕을 위해 이런 훌륭한 미로를 만든 다이달로스이건만 나중에 왕의 미움을 받아 탑에 갇히고 말았지요. 이 감옥에서 탈출할 궁리를 했지만 바다로 둘러싸인 섬에 세워진 탑이라 도망칠 수가 없었답니다. 허가받은 선박만 출항할 수 있도록 엄중하게 감시를 했으니까요. 그래서 다이달로스는 혼자 이렇게 말했지요.

"미노스는 땅과 바다를 손아귀에 넣고 있다. 하지만 하늘은 아니다. 하늘 길을 시도해 보자."

그러고선 자신과 아들 이카로스를 위해 날개를 만들기 시작했습니다. 작은 것부터 시작해 차츰 더 큰 깃털들을 붙여 나가자 날개가 자꾸 넓어졌어요. 큰 깃털들은 실로 묶고 작은 깃털들은 밀랍으로 서로 붙이고 진짜 새의 날개처럼 완만하게 구부렸지요. 어린 이카로스는 곁에 서서 주로 지켜보기만 했어요. 가끔씩 바람에 날려 가는 깃털들을 주우러 뛰어가기도 했지만 밀랍을 만지작거리며 장난을 쳐서 아버지의 일을 방해할 때가 더 많았습니다. 마침내 **다이달로스**가 완성된 날개를 퍼덕이자 공기의 부력을 받아 몸이 공중에 붕 떠올랐어요. 이어서 아들에게 날개를 입히고는 나는 법을 가르쳐 주었지요. 마치 어른 새가 새끼 새한테

높은 둥지를 떠나 창공으로 날아가도록 부추기듯 나는 법을 알려 주었답니다. 이렇게 해서 비행 준비가 끝나자 다이달로스는 말했어요.

"아들아, 적당한 높이로 날아가야 한다. 너무 낮게 날면 바닷물의 물기 때문에 날개가 무거워지고 너무 높게 날면 태양의 열기로 날개가 녹고 말 테니까. 내 곁에 바짝 붙어서 날면 안전할 거란다."

이렇게 말하며 다이달로스는 아들의 어깨에 날개를 달아 주었지요. 그러는 내내 아버지의 얼굴은 눈물에 젖어 있었고 손은 초조함으로 떨고 있었습니다. 다이달로스는 아들에게 입을 맞추었어요. 마지막 입맞춤인지도 모르는 채로! 곧이어 둘은 날개를 펄럭여 하늘로 솟아올랐고 아버지는 아들이 잘 따라오도록 북돋아 주었지요. 날아가는 내내 아버지는 아들이 날개를 잘 쓰고 있는지 보려고 힐끔힐끔 뒤를 돌아보았답니다. 둘이 하늘을 날고 있을 때 농부들은 일손을 멈추고 하늘을 쳐다보았고, 양치기들은 지팡이에 몸을 기댄 채 바라보았어요. 다들 깜짝 놀라 하늘을 가로지르는 신인가 여겼지요.

둘은 왼편에는 사모스와 델로스 섬을 끼고 오른편에는 레빈토스 섬을 끼고 날았습니다. 이때 이카로스는 자신의 비행 솜씨에 기고만장해져서 아버지의 가르침을 어기기 시작했어요. 급기야 마치 하늘나라에라도 닿을 듯 높이 솟아올랐지요.

태양에 가까워지자 깃털들을 접착하고 있는 밀랍이 말랑말랑해져 결국에는 날개가 떨어지고 말았답니다. 팔로 아무리 허우적거려 보아도 날개가 없으니 하늘에 떠 있을 수가 없었어요. 아버지를 향해 고함을 쳤지만 이내 아들의 몸은 푸른 바닷물 속으로 가라앉았지요. 그 바다는 훗날 이카로스의 이름을 따서 불리었습니다. 한편 아버지는 뒤늦게 외쳤어요.

"아들아, 아들아! 어디 있느냐?"

마침내 아들의 깃털이 바닷물 위에 떠 있는 것을 확인하고서 다이달로스는 자신의 재주를 저주했지요. 아들의 시신을 찾아 묻은 다음 그 땅을 아들을 기념하여 이카리아라고 이름 붙였답니다. 다이달로스는 무사히 시칠리아에 도착했어요. 거기서 아폴론을 위한 신전을 짓고서 자신의 날개를 바쳤지요.

「이카로스의 추락」
플랑드르 화가 페테르 루벤스의 작품이다. 이카로스는 태양에 너무 가까이 다가갔다가 에게 해(海)에 추락한다. 이카로스의 추락은 과욕의 결말을 잘 보여 준다.
벨기에 왕립 미술관 소장

다이달로스는 자신의 솜씨에 도취되어 아무도 자기와 겨룰 자가 없다고 여겼습니다. 다이달로스한테는 누이가 있었는데, 누이는 아들 페르딕스를 보내 기계 만드는 기술을 배우게 했어요. 페르딕스는 놀랍게도 남다른 솜씨를 보여 주었지요.

어느 날 바닷가를 거닐던 중에 페르딕스는 어떤 물고기의 등뼈를 주웠답니다. 그것을 흉내 내어 철판 가장자리를 잘게 잘라내어 톱을 발명했어요. 또한 두 개의 쇠막대를 붙이고 한쪽 끝을 못으로 고정시키고 다른 쪽 끝을 뾰족하게 깎아 컴퍼스를 발명했지요.

다이달로스는 조카의 능력이 무척이나 샘이 났습니다. 그래서 어느 날 둘이 높은 탑의 꼭대기에 올랐을 때 다이달로스는 페르딕스를 밀어 떨어뜨렸어요. 하지만 재주 있는 이를 좋아하는 아테나가 추락하는 페르딕스를 보고서 새로 변하게 하여 목숨을 건져 주었지요. 새는 페르딕스의 이름을 따서 파트리지라고 한답니다.

이 새는 나무에 둥지를 짓지 않고 높이 날지도 않는대요. 대신에 높은 장소를 피해 낮은 울타리에 둥지를 짓고는 떨어질까 언제나 두려워하지요.

이카로스의 죽음은 에라스무스 다윈의 다음 시구에도 나옵니다.

…… 밀랍은 녹고 실은 늘어지고 말아

부실한 날개를 단 불운한 이카로스는 떨어졌지.

무시무시한 허공 속으로 곤두박질쳤지.

사지는 뒤틀린 채로 머리카락을 휘날리며

흩어진 깃털들은 파도에 휩쓸려 너울거리고

슬퍼하는 네레이스들이 물속 무덤을 장식했네.

싸늘한 주검 위에 하얀 꽃잎을 흩뿌리고

대리석 묘비를 새빨간 이끼로 뒤덮었네.

산호의 탑에 구슬픈 조종이 울렸고

메아리가 바다 멀리 하염없이 퍼졌네.

네레이스들은 바다의 신 네레우스의 딸들로 그 수가 오십 명 내지는 백여 명에 이르렀다고 해요.

눈부신 백마를 타고 나타난 쌍둥이 형제

카스토르와 폴리데우케스는 둘 다 레다와 백조 사이에서 태어난 아들이었습니다. 백조라니, 기억나시나요? 제우스가 자기 모습을 감춘 채 레다를 유혹하려고 변신한 동물이 바로 이 백조이지요. 레다는 알을 하나 낳았는데 거기서 태어난 쌍둥이가 이 둘이랍니다. 나중에 트로이 전쟁의 원인이 되었던 헬레네가 둘의 누이였어요. 테세우스와 페이리토스가 헬레네를 스파르타에서 납치해 간 적이 있었지요. 젊은 영웅 카스토르와 폴리데우케스는 부하들을 이끌고 헬레네를 구출하러 즉각 아티카로 달려갔답니다. 테세우스가 잠깐 자리를 비운 틈에 이들은 누이를 가뿐히 되찾아왔어요.

카스토르는 말을 잘 길들이고 돌보는 것으로 유명했고, 폴리데우케스는 권투 솜씨로 유명했지요. 두 형제는 사이가 무척 좋아서 무슨 일이든 함께했습니다.
아르고 호 원정에도 함께 참가했어
요. 원정 도중 폭풍이 일자, 오르페
우스가 사모트라케 섬의 신들에게
기도를 올리고 리라를 탔지요. 그
랬더니 폭풍이 멎으면서 별들이 두
형제의 머리 위에 나타났답니다.
이 사건을 계기로 카스토르와 폴리
데우케스는 뱃사람들과 항해자들

의 수호신으로 여겨지게 되었어요. 그리고 배의 돛이나 돛대 주
변에 어른거리는 불빛을 가리켜 사람들은 이 형제의 이름으로
불렀지요.

아르고 호 원정이 끝나고 두 형제는 이다스와 링케우스를 상
대로 싸우게 됩니다. 여기서 그만 카스토르가 죽고 말았어요. 폴
리데우케스는 하늘이 무너진 듯 슬퍼하다가 제우스에게 기도했
지요. 자기 목숨을 내놓을 테니 카스토르가 다시 살아나게 해 달
라고 빌었답니다. 제우스는 그 부탁을 반쯤 들어주었지요. 무슨
말이냐고요? 두 형제가 교대로 생명을 누리도록 하루는 지하 세
계에서 다음 날에는 하늘나라에서 보내게 해 주었습니다. 또 다
른 설에 의하면 제우스는 두 형제의 우애에 탄복하여 둘을 별자
리인 쌍둥이자리로 만들어 주었다고 해요.

둘은 디오스쿠로이(제우스의 아들들)라는 이름으로 신 대접
을 받았지요. 또한 두 형제는 나중에도 치열한 전쟁터에 가끔씩
나타나 어느 한쪽 편에 가담해 싸웠다고 합니다. 이때는 어김없

이 멋진 백마에 올라탄 모습이었대요. 고대 로마 역사에는 두 형제가 레길루스 호숫가에서 벌어진 전투에서 로마군을 도왔다고 나오지요. 이 전투의 승리 후에는 두 형제가 나타났던 장소를 기리는 신전이 실제로 세워지기도 했습니다.

영국의 시인이자 정치가인 매콜리는 『고대 로마의 민요』에서 이 전설을 노래하고 있어요.

둘은 무척이나 엇비슷하여

아무도 분간할 수가 없었네.

갑옷은 눈처럼 희고

말도 눈처럼 희었네.

그처럼 진귀한 갑옷은

지상의 대장간에서 만든 것이 아니라네.

그처럼 용맹한 말은

지상의 물을 마신 적이 없었다네.

전투가 벌어졌을 때

무장한 쌍둥이 형제가

오른쪽에 보이면 장수는

승리를 거두고 돌아오리라.

그리고 쌍둥이 형제가

돛 위에서 빛난다면 배는

파도를 넘고 폭풍을 뚫고서

무사히 항구로 돌아오리라.

테세우스의 죽음 뒤에 숨겨진 비밀은 무엇인가요?

아들 테세우스의 무사 귀환을 고대하던 아이게우스는 검은 돛을 보고 절망해 바다로 몸을 던진다. 플루타르코스에 따르면 이후 테세우스 역시 벼랑에서 바다로 떨어져 죽게 된다. 전말은 이렇다. 테세우스는 페르세포네를 납치하러 저승에 갔다가 한동안 붙잡혀 있었다. 이승에 다시 돌아왔을 때는 권력 기반이 약해진 상태라 스키로스라는 섬으로 망명한다. 스키로스에서 테세우스는 그곳 왕 리코메데스에게 떠밀려 바다에 빠져 죽는다. 테세우스 이야기에는 왕이 절벽에서 떨어져 죽은 이야기가 하나 더 있다. 스케이론이라는 악당이 코린토스의 절벽 위에 살고 있었다. 이 악당은 지나가는 사람을 붙잡아 자기 발을 씻게 하고는 갑자기 걷어차 절벽 아래로 떨어뜨려 죽였다. 테세우스는 스케이론을 같은 방식으로 해치운다. 어떤 판본에 따르면 스케이론은 악당이 아니라 선한 왕이었다고도 한다. 이렇듯 테세우스가 '왕' 두 명을 절벽에서 떨어뜨려 죽게 하고, 자신도 그렇게 죽은 이유는 무엇일까? 고대에는 토지 생산력과 왕의 건강이 일치한다는 믿음이 있었다. 왕이 늙으면 땅도 생산력을 잃어 자주 흉년이 든다는 것이다. 따라서 고대인들은 이따금 늙은 왕을 없애고 젊은 왕을 세웠다. 젊은 테세우스가 왕이 된 것도, 늙어 바다로 떨어져 죽은 것도 이와 관련이 있을 것이라 추측된다. 초기 로마에서도 7명의 왕이 대부분 '이상한 방식'으로 잇따라 사라졌다. 어떤 학자는 이들 역시 농업 생산력을 위해 희생된 것으로 본다.

∞
스케이론을 잡아채 바다에 던져 넣는 테세우스
ⓒCarole Raddato

2 가끔은 탈출구가 필요하다 |
디오니소스, 아리아드네

가끔 우리에게는 탈출구가 필요합니다. 저마다의 삶의 터전에서 이런 저런 속박을 경험할 때 우리는 마음속의 본능대로 자신을 해방시키는 출구를 찾고자 합니다. 옛 사람들도 마찬가지였어요. 포도주 만들기를 관장한 디오니소스는 옛 사람들의 이런 마음을 담아낸 신이랍니다. 하지만 엄격한 규칙과 제도로 나라를 다스리고자 했던 왕들은 이런 인간의 자연스러운 마음을 억눌렀어요. 디오니소스의 축제를 탐탁지 않게 여긴 펜테우스 왕이 바로 그런 예랍니다. 신의 제전을 가로막으려던 왕 앞에는 과연 어떤 운명이 기다리고 있을까요? 그리고 이 장에는 테세우스에게 도움을 주었지만 버림을 받았던 아리아드네를 디오니소스가 아내로 맞아 주는 아름다운 이야기도 함께 실려 있답니다.

- 디오니소스는 테바이 사람들에게 자신이 신이라는 것을 보여 준 후 아르고스로 갔다. 그곳 사람들의 존중을 받지 못하자 여인들을 미치게 했다. 여인들은 젖먹이들을 산으로 데려가 그 고기를 먹었다. (아폴로도로스 『도서관』)

- 섬에 홀로 남아 하염없이 한탄하던 공주 앞에 디오니소스 신이 나타나 도움을 주었다. 신은 그녀가 머리에 쓴 관을 벗겨 하늘로 올렸다. 공주는 영원한 별들 사이에서 빛나게 되었다. (오비디우스 『변신 이야기』)

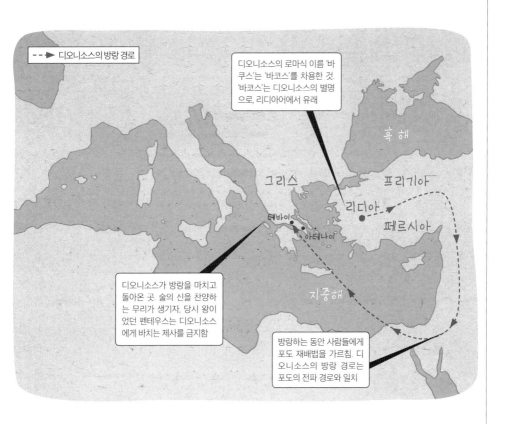

- - ▶ 디오니소스의 방랑 경로

디오니소스의 로마식 이름 '바쿠스'는 '바코스'를 차용한 것 '바코스'는 디오니소스의 별명으로, 리디아어에서 유래

흑해

그리스

프리기아

리디아

페르시아

테바이

아테나이

지중해

디오니소스가 방랑을 마치고 돌아온 곳. 술의 신을 찬양하는 무리가 생기자, 당시 왕이었던 펜테우스는 디오니소스에게 바치는 제사를 금지함

방랑하는 동안 사람들에게 포도 재배법을 가르침. 디오니소스의 방랑 경로는 포도의 전파 경로와 일치

사람들은 언제부터 포도주를 마셨을까?

디오니소스는 제우스와 세멜레 사이에서 태어난 아들이었습니다. 헤라는 세멜레가 눈엣가시 같았기에 은밀히 죽여 버릴 음모를 꾸몄어요. 그래서 세멜레의 유모였던 늙은 베로에로 둔갑해 나타났지요. 연인이 정말 제우스가 맞는지 세멜레한테 의심을 불러일으키려고, 유모는 한숨을 내쉬며 말했답니다.

"사실이라면 좋겠지만 그래도 이 할멈은 걱정이 되는구먼요. 사람들은 겉모습하고 다를 수도 있는 법입지요. 그 사내가 정말 제우스라면 증거를 보여 달라고 해 보셔요. 천상에서처럼 휘황찬란한 옷차림을 하고 오라고 해 보셔요. 그러면 진실이 명명백백하게 드러날 겁니다요."

이 꼬임에 넘어간 세멜레는 그렇게 해 보기로 했어요. 다음에 제우스를 만났을 때 세멜레는 무조건 소원을 하나 들어 달라고 했지요. 제우스는 스틱스 강을 걸고 소원을 들어주겠다고 약속했습니다. 모든 신들이 두려워하는, 결코 돌이킬 수 없는 약속을 한 것이에요. 그러자 세멜레는 무슨 소원인지 털어놓았지요. 제우스는 세멜레의 입을 막으려 했지만 말이 더 빨랐답니다. 이미 엎질러진 물이니 이제 다시 주워 담을 수가 없었어요. 크나큰 근심을 안고 제우스는 세멜레를 떠나 하늘나라로 올라갔지요. 제우스는 휘황찬란한 옷차림을 하긴 했지만 그 옛날 거인족을 물리칠 때 입었던 최상의 갑옷이 아니라 그보다 덜한 갑옷을 입었습니다. 이 복장을 하고서 제우스는 세멜레의 방으로 들어갔어요. 안타깝게도 인간인 세멜레의 몸은 불멸의 광채를 감당해 낼 수가 없었지요. 결국 세멜레는 모조리 타서 한줌의 재가 되고 말았

「제우스와 세멜레」
프랑스 화가 귀스타브 모로의 작품이다. 제우스의 광채를 견디지 못하고 죽었을 때, 세멜레는 6개월 된 아이를 품고 있었다. 제우스는 아이를 꺼내 자신의 넓적다리에 넣고 꿰맨다. 이 아이는 술의 신 디오니소스가 된다.
귀스타브 모로 미술관 소장

답니다.

제우스는 갓난아기인 디오니소스를 데려가 니사 산의 님프들에게 맡겼어요. 님프들의 젖을 먹고 디오니소스는 무럭무럭 자라 사내아이가 되었어요. 그 보답으로 제우스는 님프들을 히아데스 성단에 자리 잡은 별무리로 올려 주었습니다. 디오니소스는 자라면서 포도나무를 키우는 법과 귀중한 포도즙을 짜내는 법을 알아냈어요. 하지만 헤라의 술수로 인해 미쳐 버린 디오니소스는 온 세상을 정처 없이 떠돌아다녀야 했지요. 프리기아라는 곳에 이르렀을 때 다행히 여신 레아가 고쳐 주었답니다. 덕분에 디오니소스는 제정신을 차렸고 종교의식을 거행하는 법도 아울러 배웠어요. 그러고는 다시 길을 떠나 아시아로 가서 사람들에게 포도 재배법을 가르쳤지요. 디오니소스의 여정 가운데 가장 유명한 것은 인도 원정입니다. 인도에서 디오니소스는 여러 해를 머물렀어요. 그곳에서 승리를 거두고 돌아와서는 자기를 숭배하는 종교를 그리스에서 개창하려고 했지요. 하지만 몇몇 군주들의 반대에 부딪혔답니다. 혹시나 그런 종교를 받아들이게 되면 무질서와 광기가 뒤따를까 두려웠던 거예요.

이윽고 디오니소스가 고향인 테바이에 이르렀지요. 하지만 당시의 왕 펜테우스는 이 새로운 종교를 배척하여 제례 의식을 금지시켰습니다. 그러나 디오니소스가 돌아왔다는 소문이

「디오니소스」
이탈리아 조각가이자 건축가인 미켈란젤로 부오나로티의 작품이다. 디오니소스란 '어머니가 둘인 자'라는 의미다. ⓒshakko
푸시킨 미술관 소장

퍼지자 남녀노소를 불문하고 달려 나와 행진 대열에 동참했어요. 특히 여자들이 더 열렬히 환영했지요.

롱펠로는 「술잔치의 노래」에서 디오니소스의 행진을 이렇게 노래하고 있답니다.

숲의 신들이 젊은 디오니소스를 따라가네.
아폴론의 이마처럼 숭고한
그들의 상아빛 이마에는
영원한 젊음의 기운이 서려 있네.

디오니소스 주위에는 여신도들이
낙소스 숲의 포도밭에서 나와
북과 피리와 꽃을 들고 둘러서서
흥에 겨워 가락을 읊조리고 있네.

펜테우스 왕이 노골적으로 불만을 표시하고 으름장도 놓았지만 허사였어요. 그러자 왕은 부하에게 말했지요.

"가거라. 군중을 이끄는 그 떠돌이 우두머리를 붙잡아 짐에게 데려오너라. 그자가 천상의 자식이라는 소문이 거짓임을 만천하에 밝히고, 아울러 해괴한 종교를 포기하도록 만들겠다."

왕의 가까운 친구들과 지혜로운 원로들이 나서서 신에게 맞서지 말라고 간청했지만 펜테우스는 콧방귀만 뀌었습니다. 고까운 소리를 듣자 왕은 심보가 더 뒤틀렸어요.

얼마 후, 디오니소스를 잡아 오라고 보낸 부하들이 돌아왔지

「목신상 앞 디오니소스의 제전」

프랑스 화가 푸생의 작품이다. 디오니소스의 추종자들은 마이나데스(광란하는 여자들)라 불리는 여신도들과 반은 사람이고 반은 염소인 사티로스들이었다. 이들은 술잔과 팀파논이라는 작은 북을 들고 광란의 축제를 즐겼다.
내셔널 갤러리 소장

요. 신도들이 나서는 바람에 디오니소스를 붙잡아 오진 못했고, 대신 신도 한 명을 포로로 잡아왔다고 했지요. 포로는 양손을 등 뒤로 묶인 채 왕 앞에 끌려 나왔어요. 왕은 오만상을 찌푸리며 그 사내에게 버럭 고함을 질렀지요.

"이놈! 지금 당장 너를 죽여 광신도들에게 경종을 울려야 마땅하다만 특별히 처형은 미루어 주마. 그러니 네가 누군지 그리고 새로운 종교가 도대체 무엇을 숭배하는 것인지 말하여라."

포로는 태연한 표정으로 대답했습니다.

제 이름은 아코이테스이고, 고향은 마이오니아입니다. 부모가 가난한지라 제게 물려줄 밭도 가축도 없었지요. 대신에 낚싯대와 그물과 고기잡이 가업을 물려주셨답니다. 한동안 그 일을 하다가 한 곳에 정착해 사는 게 지겨워졌어요. 그래서 별을 보고 뱃길을 안내하는 재주를 배워 뱃사람으로 나섰지요. 언젠가 델로스 섬을 향해 배를 타고 가는 길에 잠시 디아 섬에 상륙했습니다. 이튿날 아침에 저는 동료들에게 마실 물을 길어 오라 시킨 다음, 바람을 살필 겸 산으로 올라갔어요. 동료들이 돌아왔는데 전리품이랍시고 무언가를 가지고 왔답니다. 잠자고 있던 소년을 한 명 데리고 왔는데, 용모가 아주 기품이 있었어요. 선원들 말이 귀족의 자제이거나 어쩌면 왕자인지도 모르니 몸값을 톡톡히 받아 낼 수 있겠다고 했지요. 아이의 옷차림이며 걸음걸이며 얼굴을 살펴보니, 분명 인간과는 다른 비범한 무언가가 느껴졌습니다. 저는 이렇게 말했어요.

"무슨 신께서 저 아이의 모습 뒤에 숨어 계신지는 모르겠으나 신이심이 틀림없다. 너그러운 신이시여, 우리가 무례를 범한 것을 용서해 주십시오. 그리고 우리들이 하려는 일에 행운을 가져다주십시오."

그랬는데도 돛대 오르기와 밧줄 타고 내려오기의 명수인 딕튀스, 키잡이 멜란토스 그리고 배 앞머리에 서서 방향이나 노 젓기를 이끄는 소리꾼 에포페우스 등은 이구동성으로 외쳤습니다.

"우리한테는 그런 기도가 필요 없지."

다들 욕심에 눈이 단단히 멀었던 것입니다! 그들이 아이를 배에 태우려고 할 때 저는 극구 말리며 말했어요.

"이런 불경한 짓으로 배를 더럽혀선 안 돼. 나는 이 배에 너희들보다 더 큰 권한이 있다고."

하지만 난폭한 사내인 리카바스는 제 멱살을 잡고 바다에 처넣으려고 했답니다. 저는 간신히 밧줄에 매달려 목숨을 부지했어요. 다른 동료들은 전부 수수방관만 하고 있었고요.

마침내 디오니소스가 (그 아이가 사실은 디오니소스 신이셨지요.) 마치 졸음을 떨치려는 듯 이렇게 외쳤습니다.

"나를 어떻게 하시려는 건가요? 도대체 왜 이렇게 난리법석이세요? 누가 절 여기 데려왔나요? 앞으로 어디로 데려갈 참인가요?"

동료 선원 하나가 대답했답니다.

"아무 걱정 말아라. 어디로 가고 싶은지 말하면 거기로 데려다 주마."

그러자 디오니소스가 말했지요.

"제 고향은 낙소스예요. 거기로 데려다주시면 보답을 해 드릴 게요."

뱃사람들은 그러겠다고 약속한 다음 저더러 낙소스로 배를 몰라고 했습니다. 낙소스는 오른쪽에 있었어요. 그래서 저는 그곳으로 가게끔 돛의 방향을 틀었는데, 몇몇이 다가와 눈짓에 이어 귓속말로 반대 방향으로 뱃길을 잡으라고 했답니다. 사실은 아이를 이집트로 데려가 노예로 팔아먹으려는 속셈이었던 것이지요. 어이없는 부탁을 들어주기 싫어서 저는 이렇게 말했습니다.

"다른 사람한테 키를 맡겨라."

이어서 저는 더 이상 악행에 가담하지 않겠다고 선언했어요. 그러자 다들 제게 욕을 퍼붓더니 한 명이 이러더군요.

"네가 없으면 배가 가라앉기라도 할 줄 아나 본데, 잘난 척 좀 작작 하라고."

그러고는 대신 키를 잡고 낙소스의 반대 방향으로 배를 몰았습니다.

「디오니소스」
이탈리아 화가 카라바조의 작품이다. 디오니소스가 술에 취해 발그레한 볼을 하고 관람자를 바라보고 있다. 미묘한 표정으로 관람자에게 포도주 잔을 건네는 듯한 모습에서 관능미가 느껴진다.
우피치 미술관 소장

디오니소스는 그제야 뱃사람들의 배반을 알아차린 척하였지요. 바다를 망망히 바라보다가 구슬프게 울면서 이렇게 말하더군요.

"아저씨들, 이쪽은 약속했던 방향이 아니라고요. 저 섬은 제 고향이 아닌데요. 제가 무슨 잘못을 했다고 저한테 이러시는 거예요? 불쌍한 아이를 속여서 무슨 큰 영광을 누린다고 이러시나요."

저도 따라 울었지요. 선원들은 우리 둘을 보고 비웃었고, 더 빠르게 배를 몰았답니다. 그런데 갑자기 정말로 희한하게도 배가 멈췄어요. 바다 한복판에 마치 땅에 붙박인 것처럼 말이지요. 뱃사람들은 깜짝 놀라 노를 힘껏 저었고 돛을 더 많이 펴서 앞으로 나아가려고 했습니다. 하지만 아무 소용이 없었어요. 포도 넝쿨이 노를 칭칭 감아 노 젓기를 방해했고 돛에까지 감고 올라가더니 열매가 무더기로 달렸지요. 급기야 포도송이가 주렁주렁 달린 포도나무 덩굴이 뻗어 올라 돛대를 휘감았고 배의 양쪽 측면도 뒤덮었답니다. 문득 피리 소리가 들렸고 향기로운 포도주 냄새가 퍼졌어요. 이제야 디오니소스 신께서는 포도나무 이파리로 만든 관을 머리에 쓰고 손에는 포도 넝쿨이 감긴 창을 쥔 모습으로 변신하셨습니다. 호랑이들이 신의 발치에 웅크리고 있었고, 스라소니와 얼룩무늬 표범들이 주위에서 어슬렁대고 있었어요.

뱃사람들은 공포에 사로잡혀 벌벌 떨거나 미쳐 버리기도 했지요. 바닷물로 뛰어내린 이들도 있었답니다. 다른 이들도 따라서 뛰어내리려다가 멈칫했습니다. 먼저 뛰어내린 이들의 몸이 납작해지더니 다리 끝은 구부러져 꼬리가 생기는 모습을 보았거든요. 한 명이 "세상에, 이런 해괴한 일이 다 있다니!"라고 하자 그자는 말하는 도중에 입이 벌어지고 콧구멍도 넓어지더니 결국 온몸이 비늘로 뒤덮였지요. 또 한 명은 열심히 노를 젓고 있는데 문득 양손이 사라지고 지느러미만 남았답니다. 또 어떤 이는 밧줄에 오르려고 팔을 뻗었더니 두 팔이 온데간데없었어요. 결국 불구의 몸을 웅크리더니 바다 속으로 풍덩 뛰어들었지요. 두 다리는 초승달 모양을 한 꼬리지느러미의 양끝이 되었습니다. 결국 뱃사람들은 모조리 돌고래로 바뀌어 배 주위를 헤엄쳤어요. 이따금 물 밖으로 머리를 내밀었다가 다시 물속으로 잠겼지요. 그때마다 첨벙첨벙 물을 튀겼고 넓은 콧구멍에서 물을 쭉쭉 뿜

어냈답니다. 스무 명의 뱃사람들 중 저 혼자만 온전히 남았어요. 두려움에 와들와들 떨고 있는 저에게 신께서는 이렇듯 위로해 주셨지요.

"두려워 말고 낙소스로 배를 몰아라."

저는 분부에 따랐고 우리는 낙소스에 도착했어요. 거기서 저는 제단에 불을 밝히고 디오니소스의 제전을 거행했지요.

거기까지 듣고 있던 펜테우스는 버럭 소리를 질렀습니다.

"허무맹랑한 이야기를 너무 오래 들었다. 당장 저놈을 데려가서 처형시켜라."

아코이테스는 왕의 부하들에게 끌려가 철통같은 감옥에 갇혔

「술꾼들(디오니소스의 승리)」
스페인 화가 디에고 벨라스케스의 작품이다. 술은 인간의 이성을 마비시키지만 술이 주는 황홀경은 고통과 한계를 벗어나게 도와주기도 한다. 포도주를 맛본 사람들은 많은 박해에도 불구하고 디오니소스에게 열광했다. 프라도 미술관 소장

어요. 하지만 처형 도구를 준비하는 사이에 감옥의 문이 저절로 열렸고, 포로의 몸을 묶고 있던 사슬도 풀어졌지요. 부하들이 샅샅이 뒤져 보았지만 포로는 흔적도 없이 사라지고 말았답니다.

이쯤 되면 왕도 겁을 먹을 법하지만 여전히 천만의 말씀 만만의 콩떡이었어요. 오히려 왕은 부하들을 보내는 대신 제례 장소에 몸소 가기로 마음을 먹었지요. 키타이론 산은 신자들로 흘러넘쳤고, 그들이 부르짖는 소리가 온 사방에 울려 퍼졌습니다. 마치 나팔소리가 전쟁터의 말을 흥분시키듯 시끄럽게 울리자 왕은 화가 치밀어 올랐어요. 왕이 숲을 가로질러 벌판에 다다르자 흥청망청 벌어지고 있는 제전의 본모습이 눈에 들어왔지요. 동시에 여자들이 고개를 돌려 쳐다보았답니다. 언뜻 보니 여자들 가운데 왕의 어머니인 아가우에도 끼어 있었어요. 신에게 눈이 멀어 정신이 이상해진 아가우에는 이렇게 외쳤지요.

"보라, 저기 멧돼지 한 마리가 있다! 저 커다란 괴물이 숲을 어지럽히고 있다. 자매들이여, 나를 따르라. 가서 저 멧돼지를 때려잡자!"

곧이어 모두들 우르르 펜테우스에게로 달려들었습니다. 왕은 고분고분 사정도 하고 변명도 하다가 급기야는 자신의 죄를 고백하고 용서해 달라고 사정도 했지요. 하지만 다들 막무

「펜테우스」
로마 시대에 지어진 베티 저택 벽에 그려져 있는 프레스코화다. 펜테우스가 마이나데스에게 찢기고 있다.
이탈리아 캄파니아 주 폼페이

가내로 무자비하게 왕을 짓밟았어요. 지푸라기라도 잡는 심정으로 왕은 이모들에게 어머니를 말려 달라고 사정사정했지요. 하지만 이미 늦었답니다. 이모 아우토노에와 이노가 양쪽에서 왕의 두 팔을 잡아당기는 바람에 사지가 갈가리 찢기고 말았으니까요. 그런 줄도 모르고 왕의 어머니는 이렇게 외쳤지요.

"이겼도다! 이겼도다! 우리가 해냈도다! 이 영광은 우리의 것!"

디오니소스를 섬기는 종교는 이런 처절한 사연을 안고 그리스에 자리를 잡게 되었습니다.

밀턴의 「코머스」 제46행에는 디오니소스와 뱃사람들의 이야기가 나와요. 이 시에 등장하는 키르케의 이야기는 이 책 10과에서 상세하게 다룬답니다.

> 자줏빛 포도송이에서 나온 디오니소스는
> 달콤한 독을 으깨어 포도주를 빚었다네.
> 에트루리아의 뱃사람들을 변신시킨 다음에
> 바람이 이끄는 대로 티레니아 해안을 따라
> 키르케의 섬에 당도했다네. 모르는 이가 누굴까?
> 저 태양신의 딸 키르케를. 그녀의 마법의 잔에
> 입을 대면, 누구든 똑바로 선 자세를 잃고
> 쓰러져 땅을 기어 다니는 돼지가 된다네.

과거의 상처를 떨치고 황금관을 쓰다

앞에서 테세우스 이야기를 할 때, 미노스 왕의 딸 아리아드네 공주 이야기도 잠깐 나왔던 걸 기억하시나요? 테세우스가 미로를 탈출하도록 도와준 아리아드네는 테세우스 일행의 배에 함께 올라 낙소스 섬에 잠시 머물렀어요. 거기서 아리아드네가 잠든 사이에 배은망덕한 테세우스가 혼자 줄행랑을 쳤다는 이야기였지요. 잠에서 깨어난 아리아드네는 홀로 버려진 처지를 깨닫고 목 놓아 울었답니다. 이를 가엾게 여긴 아프로디테 여신이 위로의 말을 건네며 이렇게 약속했어요. 다음에는 인간이 아니라 신을

「아리아드네와
디오니소스」
이탈리아 화가 베첼리오 티치아노의 작품이다. 디오니소스가 아리아드네에게 다가가자 슬픔에 잠겨 있던 아리아드네가 깜짝 놀라고 있다. 디오니소스 뒤에는 추종자들이 춤을 추며 따라오고 있다.
내셔널 갤러리 소장

「디오니소스와
아리아드네」

이탈리아 화가 야코포 아미
고니의 작품이다. 홀로 낙소
스 섬에 남게 된 아리아드네
에게 디오니소스가 따뜻한
위로를 건네고 있다. 이후 아
리아드네는 디오니소스의
아내가 된다.

뉴 사우스 웨일스 주립 미술관
소장

연인으로 삼게 해 주겠다고 말이지요.

아리아드네가 남게 된 섬은 디오니소스가 좋아하는 섬이었습
니다. 몸값에 눈이 먼 뱃사람들에게 붙잡혔을 때 데려다 달라고
했던 곳도 바로 그 섬이었어요. 신세를 한탄하고 있던 아리아드
네를 디오니소스가 보고는 위로해 주었지요. 그리고 아리아드네
를 자기 아내로 삼았답니다. 이때 결혼 선물로 보석이 주렁주렁
달린 황금관을 주었어요. 나중에 아리아드네가 죽자 디오니소스
는 이 관을 하늘에다 던졌지요. 하늘로 오르면서 보석들은 더욱
밝아지더니 별이 되었습니다. 그렇게 해서 아리아드네의 황금관
은 밤하늘의 별자리로 영원히 자리 잡게 되었어요. 지금도 황금

관은 한쪽 무릎을 끓은 헤라클레스 별자리와 뱀을 쥐고 있는 사내 모습의 뱀자리 사이에서 빛나고 있지요.

스펜서는 아래 시에서 아리아드네의 황금관을 노래하고 있는데, 신화의 내용을 착각했던 것 같습니다. 켄타우로스족과 라피타이인들이 싸운 것은 페이리토스의 결혼식이지 테세우스의 결혼식이 아니었으니까요.

보라, 아리아드네가 썼던 황금관을

바로 그날 하얀 이마에 썼던 황금관을

테세우스의 결혼 잔칫날, 바로 그날에

무례한 켄타우로스들이 잔혹한 싸움을 걸었지만

용맹한 라피타이인들에게 무참히 패하던 그날이었지.

지금 황금관은 창공에 자리 잡고 있다네.

밤하늘에 밝은 광채를 내뿜고 있다네.

그리고 별들이 질서 정연하게 맴돌며

황금관 주위를 한껏 아름답게 장식하고 있다네.

신성한 것을 보면 재앙을 당한다고요?

세멜레는 제우스의 본래 모습을 보고 벼락에 타 죽는다. 준비되지 않은 사람이 갑자기 신성한 것에 마주치는 일이 얼마나 위험한지 보여 주는 사례이다. 1권에서 살펴본 악타이온의 이야기 역시 마찬가지다. 비슷한 사례가 전설적인 예언자 테이레시아스에 관해서도 전해진다. 테이레시아스는 남자의 삶과 여자의 삶을 모두 겪어 보았다고 알려졌다. 따라서 남자와 여자 중 어느쪽이 더 큰 쾌락을 누리는지 제우스와 헤라 사이에 말다툼이 났을 때 증인으로 불려 갔다. 테이레시아스는 여자가 더 큰 쾌락을 누린다고 했다. 헤라는 화가 나서 그를 눈멀게 하고, 제우스는 고맙고 미안해서 그에게 예언의 능력을 주었다. 2권 4과에도 간단히 소개되어 있는 다른 판본이 있다. 테이레시아스의 어머니는 님프였는데 아테나와 매우 친한 사이였다. 어머니 집에 아테나가 와서 목욕 중일 때 테이레시아스가 우연히 그것을 보았다. 여신은 화가 나서 그를 눈멀게 했다. 님프가 원래대로 되돌려 달라고 간청하자 그럴 수 없어 대신 예언의 능력을 주었다. 다른 나라의 다른 종교에도 비슷한 사례가 전한다. 가톨릭교에는 성모 마리아가 나타났다는 장소가 몇 군데 전한다. 가장 유명한 곳이 포르투갈의 파티마 성모 발현지다. 20세기 초에 이곳에서 양을 치던 아이들이 성모 마리아를 만났는데, 그중 둘은 곧 죽었다. 여자아이 하나만 살아남아서 이후 수녀가 되었다. 죽은 아이들은 공식적으로 스페인 독감에 희생되었다고 알려져 있다.

성모 발현지 파티마 성당
ⒸTherese C

3 자연은 신성하여라 |
전원의 신, 에리시크톤, 로이코스,
물의 신, 카메나이, 바람의 신

고 대 그리스와 로마 사람들은 삼라만상의 모든 자연 현상을 신이 일으키는 것이라고 보았습니다. 그래서 바다나 강 그리고 숲과 들에도 저마다 신이 존재하고, 이 신들이 자신의 영역을 다스리면서 여러 자연 현상을 빚어낸다고 여겼지요. 심지어 하늘에 부는 바람도 불어오는 바람의 방향에 따라 각기 다른 신들이 있다고 믿었답니다. 그랬기에 오늘날의 우리들보다 자연을 훨씬 더 소중하고 가치 있는 것으로 여겼습니다. 따라서 고대 신화속 세계에서 나무를 함부로 대했던 에리시크톤에게 신이 나서서 큰 벌을 내린 것이랍니다. 나무 속에 사는 님프를 구해 주었지만 약속을 잊고 깜빡 실수한 로이코스도 벌을 받았어요.

- 에리시크톤이 도끼를 들어 나무를 찍으려는 자세를 취하자 데메테르 여신의 참나무는 두려움에 떨며 신음 했소. 동시에 잎이 하얗게 질리기 시작했고, 도토리 열매도 하얗게 되었으며, 가지도 창백해졌다오. (오비디우스 『변신 이야기』)

- 나에게 어울리는 것은 폭력이다. 나는 폭력을 써서 먹구름을 몰아내고, 폭력을 써서 바다를 뒤집어엎고, 오래 묵은 떡갈나무를 뿌리째 뽑고, 눈을 얼게 만들고, 우박으로 대지를 두들기지 않는가! (오비디우스 『변신 이야기』)

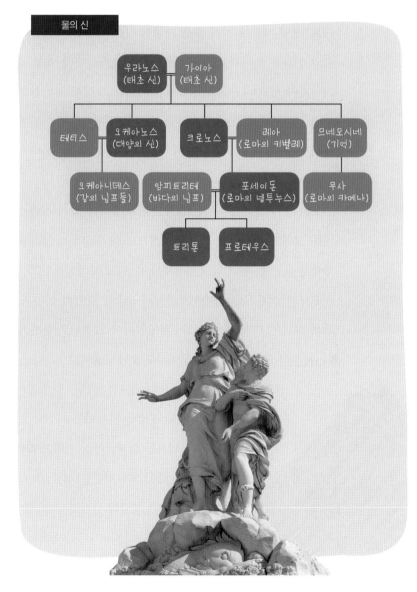

물의 신

우라노스 (태초 신) ― 가이아 (태초 신)

테티스 / 오케아노스 (대양의 신) / 크로노스 / 레아 (로마의 키벨레) / 므네모시네 (기억)

오케아니데스 (강의 님프들) / 암피트리테 (바다의 님프) / 포세이돈 (로마의 넵투누스) / 무사 (로마의 카메나)

트리톤 / 프로테우스

한밤중 숲 속은 왜 무서울까?

판은 숲과 들의 신이자 양 떼와 목동의 신입니다. 작은 동굴에 거처를 정하고는 산과 계곡을 어슬렁거리며 사냥을 하거나 님프들의 춤을 지도하길 좋아했어요. 판은 음악을 사랑했는데, 앞서 이야기했듯이 **시링크스**라는 피리를 발명해 멋들어지게 불었지요. 생업 때문에 밤에 숲을 지나야 하는 사람들은 판과 같은 숲의 신들을 두려워했답니다. 한밤중에 으스스한 숲 속을 홀로 지나가야 했으니 온몸이 오싹했던 거예요. 그래서 특별한 까닭 없이 갑자기 두려움이 엄습하면 판이 한 짓이라고들 여겼지요. 극심한 공포, 공황을 뜻하는 영어 단어 패닉(Panic)은 판이 일으킨 두려움이라는 뜻입니다.

또한 판의 그리스어 뜻은 '모두', '전체'랍니다. 그래서 판 신은 우주 그리고 인격화된 자연의 상징으로 여겨졌어요. 그리고 나중에는 모든 신과 (기독교 입장에서 본) 이교도 자체를 나타내는 것으로 여겨졌지요. 실바누스와 파우누스는 로마의 신인데, 이들의 성격은 판과 별로 다르지 않았답니다. 그러니 이름만 달랐지 이 둘도 판과 동일한 신이라고 보아도 좋아요.

판과 함께 춤을 추는 숲의 님프는 님프들 중 일부이지요. 그 외에도 시내와 샘을 관장하는 나이아스, 산과 동굴의 님프인 오레이아스 그리고 바다의 님프 네레이스가 있었습니다. 이 세 님프들은 불멸의 존재였지만, 드리아스 또는 하마드리아스라고 불리던 숲의 님프들은 불멸

시링크스
'판파이프(판이 발명한 피리)'라고 불리는 원시적 관악기다. 길이가 다른 몇 개의 피리를 가로로 묶어 만든다.
©Didier Descouens
툴루즈 로트레크 미술관 소장

의 존재가 아니었어요. 이들은 자신들이 태어난 곳이자 살아가는 곳이기도 한 나무가 죽으면 함께 죽었다지요. 따라서 나무를 함부로 베는 것은 불경스러운 짓이어서 심할 경우에는 중벌에 처해졌습니다. 조금 후에 소개할 에리시크톤의 이야기가 바로 그런 사례예요.

밀턴은 천지창조를 장대하게 묘사하면서 판을 자연의 화신으로 보고 이렇게 노래하고 있지요.

… 자연 속 어디에나 깃든 판은
미의 여신들과 계절의 여신들과 함께 춤추며
영원한 봄을 열어 나간다네.

그리고 이브가 사는 곳을 시인은 이렇게 노래하고 있답니다.

… 나무 그늘 아래
꽤나 신성하고 호젓하지만 겉모습일 뿐
그곳에는 판도 실바누스도 잠들지 않고
파우누스도 얼씬거리지 않았다네.

『실낙원』제4권

지금은 의아하게 들리지만 옛날에는 자연에서 벌어지는 현상은 모두 신이 행한 일이라고 곧잘 여겼답니다. 그리스인들은 상상력을 발휘해 온 땅과 바다에 신들을 살게 해 놓았어요. 그리고

「판과 시링크스」
프랑스 화가 푸생의 작품이
다. 판은 반은 사람, 반은 염
소의 모습을 하고 있다. 님프
들과 연애를 즐겼다. 님프 시
링크스는 그의 구애를 피하
기 위해 갈대로 변신했다. 판
은 슬퍼하며 갈대로 시링크
스(管, 관)라 불리는 피리를 만
들었다.
게멜데 갤러리 소장

서는 모든 삼라만상을 신이 꾸미는 일이라고 보았지요. 지금은 자연의 법칙 때문이라고 보는 현상들을 말입니다. 때때로 요즘 사람들 중에도 그런 변화를 못내 안타까워하는 이들이 있지요. 사람들이 머리만 똑똑해졌지 마음은 메말랐다고 보아서지요. 시인 워즈워스의 다음 시구에는 그런 아쉬운 마음이 절절하게 배어난답니다.

…… 위대하신 하나님, 저는 오히려

케케묵은 신화에 젖은 이교도가 되렵니다.

그러면 이 즐거운 초원에 서서

그나마 덜 외로운 빛을 바라보고

바다에서 프로테우스가 솟는 모습도 보고

트리톤이 부는 소라고둥 소리도 듣겠지요.

실러는 「그리스의 신들」이란 시에서 고대의 아름다운 신화가 사라짐을 안타까워했어요. 이를 못마땅하게 여긴 시인 E. B. 브라우닝은 기독교인답게 「죽은 판」이라는 시를 썼지요. 아래 시구들은 그중 일부랍니다.

그대를 사로잡은 빛나는 아름다움을

그대가 아무리 고백해 본들

그대가 진실을 제대로 보지 못했음을

우리는 위대한 짐작으로 간파했으니

우리는 슬퍼할 것이 없지요! 모든 신들은

이제 그 찬란한 빛을 대지에게 넘겨주리니

판은 죽었다오.

대지는 어릴 적에나 흥얼거리던

신화 속 꾸민 이야기보다 부쩍 성숙했네.

그리고 저 낭만적인 허구의 이야기들은

진실 앞에서는 지겹게 들릴 뿐이네.

아폴론의 마찻길은 진즉에 사라졌지요!

시인들이여, 고개 들어 태양을 보시오!

판, 판은 죽었다오.

이 시는 초기 기독교 전설에 근거해 쓰였습니다. 전설에 따르면 천사가 나타나 베들레헴의 양치기들에게 그리스도의 탄생을 알리자 그리스에는 해괴한 일이 벌어졌다고 해요. 음울한 신음 소리와 함께 온 나라에 이런 소리가 울려 퍼졌다고 하지요.

"위대한 판은 죽었노라. 올림포스의 신들은 모두 권좌에서 물러났으며 많은 신들은 차갑고 어두운 세계로 쫓겨났도다."

그래서 밀턴은 「그리스도의 탄생에 부치는 찬가」에서 다음과 같이 노래하고 있답니다.

외로운 산들 너머로

파도가 철썩이는 바닷가 너머로

울부짖는 소리가, 비탄의 소리가 들렸네.

님프가 출몰하는 샘과 골짜기는

「악마의 연회」
스페인 화가 프란시스코 고야의 작품이다. 초기 기독교인들은 판과 숲의 님프들의 행동이 도덕적으로 올바르지 못하다고 생각했다. 그 영향으로 악마들은 지금까지도 판처럼 뿔, 발굽, 꼬리가 달린 모습으로 묘사된다.
라사로 갈디아노 미술관 소장

파리한 포플러나무에 둘러싸이고

그곳의 수호신은 한숨 속에 떠나가네.

님프들도 삼단 같은 머리 타래 풀어헤치고

황혼 녘 거친 덤불 그늘 속에서 울부짖나니.

나무를 난도질한 에리시크톤의 최후

에리시크톤은 불경한 사람이어서 신들을 무시했습니다. 어느 날 에리시크톤은 데메테르 여신에게 바쳐진 숲을 도끼로 난도질하려고 했어요. 이 숲에는 거대한 참나무가 한 그루 있었지요. 어찌나 크던지 나무 한 그루만으로도 숲으로 보였답니다. 하늘 높이 솟은 참나무 줄기에는 꽃다발이 종종 걸려 있었고 글자들도 새겨져 있었어요. 무슨 글자냐고요? 바로 나무의 님프들에게 바치는 기원자들의 감사의 문구였지요. 숲의 님프인 하마드리아스들은 서로 손을 잡고 참나무 주위를 빙빙 돌며 춤을 추었습니다. 참나무는 둥치의 둘레가 7~8미터에 이르렀고 키는 주위의 다른 나무들보다 훨씬 컸어요. 하지만 에리시크톤은 전혀 아랑곳하지 않고서 하인들에게 참나무를 베어 쓰러뜨리라고 시켰지요. 하인들이 머뭇거리자 직접 도끼를 빼앗아 들고는 불경스럽게도 이렇게 외쳤답니다.

"여신이 아끼거나 말거나 나한테는 그냥 나무일 뿐이다. 설령 이 나무가 여신이라 하더라도 내 앞길을 막는다면 베어 버리겠다."

말을 마치고서 에리시크톤은 도끼를 치켜들었어요. 참나무는 부들부들 떨며 신음 소리를 내는 것 같았지요. 첫 도낏날이 참나무 둥치에 박히자 상처에서 피가 줄줄 흘러나왔습니다. 구경꾼

들은 전부 기겁을 하였어요. 한 명이 용감히 나서서 끔찍한 도끼
질을 그만두라고 말렸지요. 에리시크톤은 콧방귀를 뀌면서 맞받
아쳤답니다.

"신심이 흘러넘치는 놈이니, 그에 맞는 선물을 주마."

이 말과 함께 에리시크톤은 도끼로 그 사람을 여러 번 찍어 죽
여 버렸어요. 곧이어 참나무 속에서 이런 목소리가 들려왔지요.

"나는 이 나무 안에 사는 님프다. 데메테르 여신님의 총애를
받는 몸이다. 비록 지금은 너의 손에 죽는다만 경고하건대 천벌
이 너를 기다리고 있으리라."

그런데도 에리시크톤은 악행을 그만두지 않았습니다. 거듭되
는 도끼질에다 밧줄로 묶어 잡아당기자 결국 참나무는 꽝음을
내며 쓰러졌어요. 참나무가 쓰러지면서 숲의 대부분도 그 밑에

깔려 버렸지요.

숲의 님프들은 동료가 죽은 데다 숲의 자랑인 큰 참나무가 쓰러지자 경악을 금하지 못했답니다. 그래서 모두 상복 차림으로 데메테르에게 우르르 몰려가서 에리시크톤에게 벌을 내려 주십사 간청했어요. 여신이 승낙의 표시로 고개를 끄덕이자 추수를 기다리던 들판의 곡식들도 일제히 고개를 숙였지요. 여신은 무시무시한 벌을 내리겠다고 마음먹었습니다. 지독한 악한이긴 하지만 그런 벌을 받으면 누구나 가엾게 여길 정도로 무서운 벌을 내릴 작정이었어요. 그게 뭘까요? 바로 굶주림의 여신에게 에리시크톤을 넘기는 것이었지요. 그런데 데메테르는 직접 굶주림의 여신에게 다가갈 수가 없었답니다. 농사를 주관하는 데메테르와 굶주림의 여신이 서로 만나지 못하도록 운명의 여신들이 정해 놓았던 것이죠. 그래서 데메테르는 산속에 있던 오레이아스를 불러 이렇게 말했어요.

"아주 멀리 스키티아에 얼음으로 뒤덮인 고장이 있느니라. 그곳은 나무도 곡식도 없는 적막한 불모의 땅이다. 그곳에 '추위'와 '공포'와 '전율'과 함께 '굶주림'이 살고 있지. 가서 굶주림의 여신에게 에리시크톤의 창자를 차지하라고 일러라. 그리고 어떤 곡식의 유혹에도 넘어가지 말라고 신신당부하여라. 그곳이 너무 멀다고 놀라지 말거라. (굶주림의 여신은 데메테르가 있는 곳에서 아주 멀리 떨어진 곳에 살았으니까요.) 대신 내 이륜마차를 타고 가거라. 이륜마차를 모는 용들은 빠른 데다 말을 잘 들으니 금세 그곳에 도착할 게다."

그러면서 여신은 오레이아스에게 고삐를 넘겨주었답니다. 과연 이륜차를 몰고 달리자 금세 스키티아에 이르렀어요. 카우카소스 산에 도착하자 이륜마차를 멈추었지요. 그곳의 자갈밭에 굶주림이 있었습니다. 드문드문 보이는 풀들을 맨손으로 뽑아 허겁지겁 입에 쑤셔 넣고 있었어요. 머리카락은 푸석푸석했고, 눈은 움푹 꺼져 퀭했고, 얼굴은 초췌했고, 입술은 부르터 있었지요. 게다가 턱에는 흙이 덕지덕지 묻었고, 살가죽은 뼈에 달라붙어 피골이 상접해 있었답니다. 차마 눈뜨고 볼 수 없는 처참한 몰골이었습니다. (도저히 가까이 다가가기가 두려워) 오레이아스는 멀찍이서 데메테르의 지시를 전했어요. 아주 잠시 머물렀고 거리도 최대한 떨어져 있었는데도 오레이아스는 금세 허기가 지기 시작했지요. 그래서 부리나케 용의 머리를 돌려 테살리아로 돌아왔답니다.

굶주림은 데메테르의 지시에 따라 곧장 에리시크톤의 거처로 날아가 침실로 숨어들었어요. 잠들어 있는 그 죄 많은 사내를 날

카우카소스 산
현재의 캅카스 산맥이다. 영어로는 코카서스라고 한다. 5,000m가 넘는 산들이 있고 2,000개에 달하는 빙하가 있다. 프로메테우스가 독수리에게 간을 쪼아 먹히던 곳이기도 하다.

개로 감싸고는 서서히 몸속으로 스며들었지요. 차츰 굶주림의
독이 에리시크톤의 핏줄 속으로 퍼졌습니다. 임무를 마치자 굶
주림은 서둘러 그 풍요로운 땅을 떠나 자기가 살던 곳으로 돌아
갔어요. 아무것도 모른 채 에리시크톤은 쿨쿨 자고 있었지요. 꿈
에서 맛있는 음식을 찾고 있었고, 마치 음식을 먹는 듯 입을 움직
이고 있었답니다. 잠에서 깨어났더니 무지막지하게 배가 고팠어
요. 곧바로 온갖 산해진미를 대령하라고 하인들에게 시켰지요.
하지만 먹고 있을 때조차 배가 고프다고 투덜거렸습니다. 한 도
시나 나라 하나를 다 배불리 먹일 정도로 많은 음식이라도 에리
시크톤에게는 부족했어요. 먹으면 먹을수록 더욱 배가 고파졌으
니까요. 이 배고픔은 마치 모든 강에서 물이 흘러들어 와도 여전
히 차지 않는 바다와 같았지요. 또는 아무리 땔감을 던져 넣어도
여전히 더 많은 땔감을 집어삼키는 불길과도 같았습니다.

식욕이 끝없이 늘어나자 재산은 급속히 줄어들었어요. 그런데
도 배고픔은 가라앉지 않았지요. 드디어 재산을 모조리 탕진하
고 이제 딸 하나만 달랑 남았답니다. 더 나은 부모를 만났으면 좋
았으련만 아버지는 딸마저 팔아 버렸어요. 딸은 노예로 팔려 갈
운명을 고분고분 받아들이지 않았지요. 바닷가로 가서 두 팔을
들고 포세이돈 신에게 기도를 올렸습니다. 다행히 포세이돈은
그녀의 기도를 들었지요. 때마침 새 주인이 나타나 다가오며 아
가씨의 모습을 보는 것을 확인한 포세이돈은 얼른 그녀를 어부
로 변신시켜 주었답니다. 열심히 일하고 있는 어부를 본 새 주인
은 말을 걸었어요.

"수고가 많으시오. 방금 전에 내가 본 아가씨가 어디로 간 줄

아시오? 헝클어진 머리칼에 옷이 남루한 아가씨인데, 지금 일하고 계신 바로 그 자리에 방금 전에 있었소. 사실대로 알려 주시오. 그래야 운수가 좋아 물고기도 왕창 잡힐 거요."

그제야 아가씨는 신이 기도를 들어주신 것을 알아차렸지요. 또한 자기가 어부로 변신한 줄도 모르고 자신에 대해 묻는 상황이 내심 즐거웠습니다. 그러면서도 짐짓 이렇게 대답했어요.

"어디서 오신 누구신지 모르겠으나, 죄송하게 되었네요. 고기 잡는 일에 푹 빠져 있는 통에 아무것도 보지 못했어요. 하지만 나 말고 여기 다른 누군가가 있었다면 앞으로 물고기를 한 마리도 못 잡더라도 그 벌은 달게 받겠습니다."

이 말에 속은 새 주인은 노예가 도망친 줄로 알고 떠났어요. 그러자 아가씨는 본래 모습으로 되돌아왔지요. 아버지는 딸이 여전히 남아 있게 되자 좋아했답니다. 딸이 돌아와서일까요? 천만에요! 다시 딸을 팔아서 몸값을 챙길 수 있으니까요. 그래서 딸을 다시 팔아 버렸지요. 하지만 팔릴 때마다 포세이돈이 이런저런 모습으로 딸을 변신시켜 주었습니다. 말도 되었다가 새도 되었다가 소도 되었다가 사슴도 되었다가요. 그래서 번번이 노예 주를 따돌리고 집으로 돌아왔지요. 이런 희한한 방법으로 아버지는 음식을 구할 수 있었답니다. 하지만 그래도 허기를 채우기엔 모자랐어요. 마침내 배고픔을 이기지 못하고 에리시크톤은 자기 팔다리까지 먹어 치웠지요. 자기 살을 먹어 자신을 먹여 살리는 처지가 되고 말았습니다. 결국 죽음이 찾아와서야 데메테르의 무시무시한 형벌에서 벗어날 수 있었어요.

「딸 메스트라를 파는 에리시크톤」

네덜란드 화가 얀 스테인의 작품이다. 굶주림의 여신(리모스)의 독이 스며들자 에리시크톤은 끝없는 굶주림에 시달린다. 딸까지 노예로 팔아 먹을 것을 얻는다. 그림에서 딸을 파는 에리시크톤의 모습은 기괴하게, 팔리는 딸의 모습은 비참하게 표현되어 있다.

암스테르담 국립 미술관 소장

날아온 꿀벌을 쫓아내지 말라

하마드리아스들은 앙갚음에만 능한 것이 아니라 은혜에 보답할 줄도 알았습니다.

로이코스 이야기가 좋은 사례예요. 어느 날 로이코스는 쓰러지기 직전의 참나무를 우연히 보았지요. 그래서 하인들을 시켜 버팀목을 대어 주라고 했답니다. 참나무 속에는 나무와 함께 최후의 운명을 기다리던 님프가 있었어요. 구사일생으로 살아난 님프는 고마움을 전하면서 소원이 있으면 말해 달라고 했지요. 로이코스는 대담하게도 님프의 사랑을 원했습니다.

님프는 소원을 들어주기로 약속했어요. 또한 님프는 로이코스의 마음이 변치 않기를 당부했지요. 그리고 언젠가 꿀벌을 한 마리 보낼 테니, 둘이 만날 날짜를 꿀벌을 통해 알려 달라고 했답니다. 하지만 하필 로이코스가 장기를 두고 있을 때 꿀벌이 날아온 바람에 그만 내쫓아 버리고 말았어요. 울화통이 터진 님프는 로이코스를 장님으로 만들어 버렸지요.

미국 시인 J. R. 로웰은 이 이야기로 「로이코스」라는 시를 지었습니다. 첫 부분은 이렇게 시작되어요.

이제 고대 그리스의 옛이야기를 들으시라.

자유와 젊음과 아름다움이 여전히 가득하고

아티카 풍 벽면에 아로새겨진 불후의 조각처럼

우아하고 신선한 기품이 영원히 빛나고 있나니.

세상의 모든 물이 삼지창 아래 복종하다

오케아노스와 테티스는 티탄족으로, 물의 영역을 다스리고 있었습니다. 제우스가 형제들과 함께 티탄족을 물리치고 권좌를 빼앗은 후에는 포세이돈과 암피트리테에게 물의 지배권이 넘어갔답니다.

'대지를 뒤흔드는 자', 포세이돈

포세이돈은 물의 신들 가운데 으뜸이었지요. 포세이돈의 힘을 상징하는 무기는 삼지창, 즉 끝이 세 갈래인 창이었답니다. 삼지창으로 바위를 산산조각 내거나 폭풍을 잠재우거나 해안을 쑥대밭으로 만들기도 했어요.

포세이돈은 말을 창조했기 때문에 경마의 수호신이기도 했지요. 포세이돈이 타던 말은 청동 발굽에 황금 갈기를 지니고 있었습니다. 말들이 수면 위를 달릴 때면 바다는 잠잠해졌어요. 지나가는 마차 주위로 깊은 바다의 괴물들이 솟아올라 뛰어놀았지요.

'지중해의 여신' 암피트리테

암피트리테는 포세이돈의 아내였습니다. 또한 네레우스와 도리스의 딸이자 트리톤의 어머니였어요. 포세이돈은 암피트리테에게 청혼하려고 돌고래를 타고 왔지요. 암피트리테를 아내로 맞은 보답으로 돌고래는 별자리들 사이에 놓이게 되었답니다.

님프들의 근원, 네레우스와 도리스

네레우스와 도리스는 네레이스라고 불리는 바다 님프들의 부모

「대지와 물의 결합」

플랑드르 화가 페테르 루벤스의 작품이다. 왼쪽은 대지의 여신 레아(티탄족이자 포세이돈의 어머니), 오른쪽은 바다의 신 포세이돈이다. 포세이돈에게는 대지를 뒤흔드는 자라는 별명이 있다. 지진과 해일을 일으키기 때문이다. 한편 포세이돈 아래에서 소라고둥을 불고 있는 남자는 포세이돈과 암피트리테의 아들 트리톤이다. 트리톤은 해마를 타고 다녔다고 한다.

에르미타슈 미술관 소장

였습니다. 네레이스들 중에서 가장 유명한 님프는 암피트리테, 아킬레우스의 어머니인 테티스 그리고 외눈박이 거인족 키클롭스의 하나인 폴리페모스의 사랑을 받은 갈라테이아였어요. 네레우스는 박학다식하고 진리와 정의를 사랑하는 것으로 유명했지요. 그 까닭에 네레우스는 장로(長老)라는 호칭을 얻었답니다. 또한 예언의 능력도 지니고 있었어요.

포세이돈의 아들들

트리톤은 포세이돈과 암피트리테의 아들이었지요. 시인들은 트리톤이 아버지의 나팔을 불어 주었다고 보았습니다. 프로테우스도 포세이돈의 아들이었어요. 프로테우스도 네레우스처럼 지혜로운 바다의 장로여서 미래를 예언하는 능력이 있었지요. 또한 마음대로 변신하는 특별한 재주도 있었답니다.

트로이의 영웅을 낳은 테티스

테티스는 네레우스와 도리스의 딸이었어요. 아주 아름다워서 제우스가 아내로 맞고 싶어 눈독을 들였지요. 하지만 프로메테우스한테 듣기로 테티스가 낳을 아이는 아버지보다 더 뛰어날 거라고 했습니다. 그래서 제우스는 구애를 멈추고 테티스가 인간에게 시집가야 한다고 선포했어요. 결국 테살리아의 왕 펠레우스가 케이론의 도움으로 테티스를 신부로 맞이하게 되었지요.

둘 사이에서 태어난 아들이 그 유명한 아킬레우스랍니다. 테티스는 아들에게 헌신적이어서 온갖 어려움에 처한 아들을 도왔어요. 아들을 위한 일이라면 물불을 가리지 않는 어머니였지요. 자

세한 내용은 나중에 트로이 전쟁 이야기에서 살펴볼 수 있어요.

난파선의 구원자, 레우코테아와 팔라이몬

카드모스의 딸 이노는 아타마스의 아내였어요. 이노는 미치광이
남편을 참다못해 어린 아들 멜리케르테스를 품에 안고 바닷가
절벽 아래로 뛰어내렸지요. 신들은 가여운 마음에 이노를 바다
의 여신으로 되살려 주었습니다. 이 여신의 이름이 레우코테아
였어요. 그리고 어린 아들은 팔라이몬이라는 이름의 신으로 만
들어 주었지요. 두 신 모두 난파선을 구하는 능력이 있다고 여겨
뱃사람들의 섬김을 받았답니다. 팔라이몬은 대체로 돌고래를 타

고 다니는 모습으로 그려져요. 이스트미아 경기는 팔라이몬을
기념하여 행해졌지요. 로마인들은 팔라이몬을 포르투누스라고
불렀으며, 이 신이 항구와 바닷가를 다스린다고 여겼습니다.

밀턴은 「코머스」의 말미에서 이 바다의 신들을 모두 노래하고
있어요. 여기서 카르파토스 섬의 마법사는 프로테우스를 가리
킨답니다.

아름다운 사브리나여.

부디 우리 앞에 나타나 주오.

위대한 오케아노스의 이름으로

대지를 흔드는 포세이돈의 창으로

테티스의 엄숙하고 장중한 걸음으로

백발인 네레우스의 주름진 얼굴로

카르파토스 섬의 마법사의 갈고리로

비늘 달린 트리톤의 나선형 조가비로

늙은 예언자 글라우코스의 주문으로

레우코테아의 어여쁜 두 손으로

해안을 다스리는 그녀의 아들로

테티스의 은빛 신발을 신은 발로

그리고 달콤한 세이렌의 노래로.

미국 시인 존 암스트롱은 「건강을 유지
하는 방법」이란 시를 썼습니다. 시인은

여신 히기에이아에게서 영감을 받아 나이아스들을 찬양하였지요. 여기서 파이에온은 의술을 관장했던 두 신 아폴론과 아스클레피오스를 가리킨답니다.

자, 나이아스들이여! 와서 저 샘으로 인도해 주오!
상냥한 여인들이여! 그대들이 할 일은 (건강의 신
파이에온의 지시대로) 여러분의 재주를 노래하고
저 수정처럼 맑은 물을 찬양하는 것이라오.
오, 저 찰랑찰랑 흐르는 샘물이여! 간절한 입술로
떨리는 두 손으로 지친 갈증이 여러분 안의 새로운
생명을 들이키면, 신선한 활력이 핏줄 속에 가득 차네.
시골 노인들조차 이보다 더 따뜻한 잔을 몰랐으며
인류의 조상들도 이보다 더 따뜻한 것을 찾지 못했네.

똑같은 나날 속에 느긋한 행복을 즐겼고

들떠서 흥청망청 보내는 축제의 날들이 없었으니

지겨워 실망할 일도 없었고 다만 평온한 기쁨을 맛보았네.

이런저런 병에 걸리지 않는 축복을 한껏 누리며

수백 년씩 장수하면서 살았네. 옛 사람들은 오로지

나이 들어 스르르 잠들다가 세상을 떠났다네.

신성한 샘에서 법률의 기반을 닦다

로마 사람들은 무사 여신들을 카메나이라고 불렀습니다. 그리스
인들과는 다르게 로마인들은 샘의 님프들도 카메나이에 포함시
켰어요. 에게리아는 샘의 님프들 가운데 한 명이었는데, 에게리
아라고 이름 붙인 샘과 동굴은 지금도 찾아볼 수 있답니다.

전하기로는 로마의 두 번째 왕 누마가 이 님프와 사랑에 빠져
밀회를 즐겼다고 해요. 이때 님프는 누마에게 지혜의 말씀과 더
불어 법률을 가르쳐 주었어요. 에게리아에게 배운 지식을 바탕
으로 누마는 신흥국가 로마의 법률제도를 만들었지요. 누마가
죽은 후 님프는 갈수록 여위더니 결국 샘으로 변했습니다.

바이런은 『귀공자 해럴드의 순례』에서 에게리아와 이 님프의
동굴을 이렇게 노래하고 있답니다.

그대는 여기, 황홀한 동굴 속에 살았네.

에게리아여! 그대의 아름다운 가슴은

멀리서 다가오는 연인의 발소리에 두근거렸네.

칠흑 같은 밤하늘에 빛나는 별들이

둘의 은밀한 만남을 비추어 주었네.

테니슨은 「예술의 궁전」에서 밀회를 기다리는 연인의 모습을 이렇게 노래하고 있지요.

한 손을 귀에 대고서
듣고 있자니 드디어 숲의 님프가
나타났네, 누마 왕은 기다리면서
지혜와 법을 배우기를 바랐어라.

거칠게 휘몰아치거나, 부드럽게 속삭이거나

고대 그리스인과 로마인들은 그리 대단치 않은 현상들도 신이 주관한다고 보았으니, 그중 바람의 신도 당연히 있었습니다. 북풍의 신은 보레아스 또는 아킬로였고, 서풍의 신은 제피로스 또는 파보니우스였어요. 남풍의 신은 노토스 또는 아우스테르였고, 동풍의 신은 에우로스였습니다.

시인들은 주로 북풍의 신과 서풍의 신을 노래했답니다. 북풍의 신은 난폭함의 전형이고 서풍의 신은 온화함의 전형이었으니까요. 보레아스는 님프 오레이티이아한테 반해 들이댔지만 퇴짜를 맞았지요. 북풍의 신인지라 부드럽게 숨을 쉬거나 소곤소곤 말할 수 없었기 때문입니다.

결국 헛된 구애에 지친 나머지 타고난 본성대로 행동했어요. 님프를 강제로 납치해 버렸지요. 이 둘 사이에서 난 자식이 제테

스와 칼라이스였답니다. 둘은 날개가 달린 전사였는데, 아르고
호 원정에도 참여해 하르피이아라는 괴물 새들을 물리쳤어요.

제피로스는 꽃의 여신 플로라의 연인이었지요. 밀턴은 『실낙
원』에서 이 두 연인을 노래하고 있습니다. 잠에서 깨어난 아담이
아직 잠들어 있는 이브를 깨우려고 물끄러미 바라보고 있는 모
습을 묘사하고 있답니다.

…… 그는 모로 누웠다가

상체를 반쯤 일으켜, 간절한 사랑의 눈빛으로

매혹적인 여인 위에 드리우고서, 바라보았네.

잠들어도 깨어나도 변함없는 그 아름다움을

독특한 느낌을 자아내는 우아함이여

그는 제피로스가 플로라에게 숨을 내쉬듯 부드럽게

여인의 손을 살며시 잡고서 이렇게 속삭였다네.

"깨어나요! 나의 여인, 내가 마지막으로 찾은 짝

하늘이 내리신 최상의 선물, 영원히 새로운 나의 기쁨이여!"

에드워드 영은 「밤의 명상」을 지은 시인으로 유명하지요. 이
시에서 시인은 게으르고 사치스러운 사람들에게 이렇게 말하고
있답니다.

너희 연약한 이들이여! 뭐든 참지 못하며

(스스로를 가장 참지 못하지) 너희들을 위해서도

겨울 장미는 찬바람에 나부껴야만 하나니……

…… 비단처럼 부드러운 파보니우스여

좀 더 얌전하게 불어 다오, 안 그러면 혼쭐날 테니!

포세이돈이 원래 땅의 신이라고요?

포세이돈은 바다의 신으로 알려져 있다. 하지만 포세이돈을 섬기던 인도유럽족에게는 바다를 가리키는 말 자체가 없었다. 아시아와 가까운 내륙에서 왔기 때문이다. 그래서인지 인도유럽족에 속하는 여러 나라 말에서 '바다'라는 단어는 서로 판이하다. 포세이돈은 원래 땅의 신이라는 설이 유력하다. 포세이돈은 『일리아스』 등에서 '포세이다온'으로도 불린다. '남편'을 나타내는 '포시스'와, '땅'을 가리키는 '다'가 결합한 것으로 '땅의 남편'이라는 뜻이다. 혹은 '능력'을 나타내는 '포세' 어간과 '다'가 결합하여 '땅을 다스리는 자'일 수도 있다. 이런 설을 따르면 왜 포세이돈이 지진의 신이기도 한지 잘 설명된다. 포세이돈을 상징하는 동물은 말이다. 사람들은 보통 파도가 부서지는 모습이 말 머리 같다고 생각한다. 하지만 말 자체가 원래 땅을 상징하는 동물이라는 설명이 있다. 포세이돈이 땅의 여신 혹은 땅 자체와 결합해 명마를 낳았다는 이야기가 있다. 테바이 전쟁 때 아르고스 왕 아드라스토스를 구해 준 명마 아레이온이 포세이돈의 자식이다. 지진 신으로서의 면모는 포세이돈이 그리스 북동부 올림포스 산과 오사 산 사이를 삼지창으로 쳐서 템페 계곡을 만들었다는 이야기에서도 보인다. 합리적으로 보면 지진이 나서 땅이 갈라져 계곡이 생겨났다고 해야 할 것이다. 포세이돈은 또한 삼지창으로 바위를 내리쳐 트로이 전쟁 때 그리스 군대 전체에 재앙을 가져온 작은 아이아스를 죽이기도 했다.

∞
삼지창을 들고 말을 모는 포세이돈

4 신화 속의 숨은 뜻 |
아켈로오스와 헤라클레스,
아드메토스와 알케스티스, 안티고네 등

신화는 흥미로우면서도 또 어찌 보면 황당무계한 듯도 합니다. 하지만 신화 속에는 겉에 나타난 내용 속에 깊은 뜻이 담겨 있어요. 이 장에서는 강의 신 아켈로오스가 헤라클레스와 싸우다 뿔 하나를 뽑히는 이야기가 나온답니다. 과연 무슨 뜻이 깃들어 있는 이야기일까요? 또한 신화에는 훌륭한 행실로 세상의 모범이 되는 여자들에 대한 이야기도 있습니다. 나쁜 일의 원인으로 지목되던 여자들 이야기와는 딴판이지요. 왕을 대신해 죽은 왕비 이야기, 효녀로 이름 높은 여인 이야기, 베 짜기를 하면서 오랜 세월 남편을 기다리는 여인 이야기가 나옵니다. 과연 이 여인들을 추어올리는 것이 정말 여성에 대한 칭찬일까요? 함께 생각해 보아요.

- 강의 신이 말을 끝내자 머리칼을 양쪽으로 늘어뜨리고 아르테미스 여신처럼 차려입은 한 요정이 풍요의 뿔에서 나온 맛난 과일과 가을걷이들을 후식으로 차려 내왔다. (오비디우스 『변신 이야기』)
- 저승의 신과 함께 사는 정의의 여신께서도 이 세상에 그런 법을 세우지 않으셨어요. 그저 한 인간에 지나지 않는 당신의 법이 불변하는 신의 법을 넘어설 만큼 강력하다고 생각하지 않아요. (소포클레스 『안티고네』)

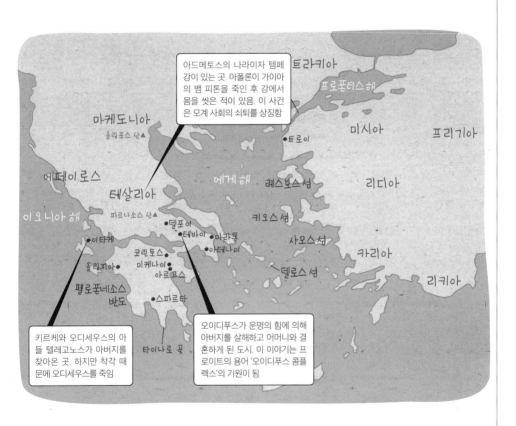

아드메토스의 나라이자 템페 강이 있는 곳. 아폴론이 가이아의 뱀 피톤을 죽인 후 강에서 몸을 씻은 적이 있음. 이 사건은 모계 사회의 쇠퇴를 상징함

키르케와 오디세우스의 아들 텔레고노스가 아버지를 찾아온 곳. 하지만 착각 때문에 오디세우스를 죽임

오이디푸스가 운명의 힘에 의해 아버지를 살해하고 어머니와 결혼하게 된 도시. 이 이야기는 프로이트의 용어 '오이디푸스 콤플렉스'의 기원이 됨

트라키아
프로폰티스해
마케도니아
올림포스 산▲
미시아
프리기아
트로이
에페이로스
에게해
레스보스섬
리디아
테살리아
이오니아 해
파르나소스 산▲
델포이
테바이
마라톤
키오스 섬
이타케
코린토스
미케나이
아르고스
아테나이
사모스 섬
델로스 섬
카리아
올림피아
펠로폰네소스 반도
스파르타
리키아
타이나로 곶

사나운 황소의 뿔이 남긴 것

테세우스가 친구들이랑 여행하던 중에 강물이 범람해 물가에 머물고 있을 때였습니다. 때마침 강의 신 아켈로오스가 나타나 환대를 베푼답시고 에리시크톤 이야기를 들려주었습니다. 이야기를 마치고서 아켈로오스는 이렇게 덧붙였답니다.

"하지만 내가 왜 다른 이의 변신 이야기나 늘어놓아야 한단 말이오? 나도 그런 능력이 있는데 말이지. 나도 때로는 뱀이 되었다가 또 어떨 때는 머리에 뿔이 둘 달린 황소가 되기도 하오. 아니, 한때 그럴 수 있었다고 하는 편이 맞겠소. 지금은 하나를 잃어버려 뿔이 달랑 하나만 남았긴 하네만."

테세우스는 강의 신이 왜 뿔 하나를 잃어버려 지금 애통해 하는지 물었어요. 이에 강의 신은 이렇게 대답했지요.

「아켈로오스」
유약을 바르지 않고 점토를 굽는 테라코타 기법으로 만들어진 아켈로스의 탈이다. 아켈로스는 대양의 신 오케아노스와 테티스의 맏아들이다. ⓒCarole Raddato 로마 국립 미술관 소장

누군들 자신의 실패를 말하고 싶겠는가? 하지만 나는 당당히 밝히겠네. 나를 이긴 자가 위대한 헤라클레스라는 사실이 그나마 위안이 되거든. 아마 자네도 데이아네이라의 명성은 들었겠지. 아름답기로 소문이 자자한 아가씨라서 사내들이 구름처럼 몰려들었지. 헤라클레스와 나도 가만있을 수 없었다네. 다른 자들은 모두 우리 둘에게 양보했지. 헤라클레스는 자기 아버지가 제우스라는 둥, 계모 헤라가 시킨 엄청나게 어려운 일들을 해냈다는 둥 자랑을 늘어놓았네. 한편 나는 아가

씨의 아버지에게 말했다네.

"나를 보시오. 나는 그대의 나라를 흐르는 물길의 왕이요. 어딘지 모를 곳에서 굴러들어 온 수상한 자가 아니라, 그대가 다스리는 이 나라에 속한 자요. 헤라 여신도 나한테는 적개심을 품지 않고 힘든 일로 괴롭히지는 못하오. 저자에 대해 말하자면 제우스의 아들입네 뽐내고 있지만 거짓 주장이오. 설령 사실이라 하더라도 수치스러운 일일 뿐! 어쨌거나 자기 어머니를 홍보하는 말이기 때문이라오."

이 말을 하는 동안 헤라클레스는 눈에 쌍심지를 켜고 나를 노려보았다네. 헤라클레스는 이렇게 말하더군.

"나는 혓바닥이 아니라 손이 앞서지. 말싸움은 내가 양보하겠다만, 힘으로 결판을 내자고!"

말을 마치자마자 곧장 헤라클레스는 내게 다가왔다네. 나도 도전장을 던진 이상 결코 물러설 순 없었지. 초록색 겉옷을 벗고 싸울 자세를 취했네. 헤라클레스는 나를 집어던지려고도 했고, 내 머리를 노리다가 또 내 몸통을 노리기도 했다네. 하지만 내 몸집이 큰지라 아무리 공격해도 허사였지. 한동안 우리는 쉬었다가 다시 맞붙었네. 우리는 각자의 자세로 버티면서 한 발짝도 물러서지 않으려 애썼다네.

나는 허리를 구부린 채 그자의 손을 꽉 쥐고서 서로 이마가 맞닿을 정도로 밀어붙였지. 헤라클레스는 몇 번이나 나를 집어던지려 했는데, 네 번째에 성공했다네. 나를 땅에 패대기치더니 쓰러진 내 등에 올라탔지. 솔직히 말하는데, 마치 큰 산이 나를 짓누르는 듯했네. 나는 가쁜 숨을 헐떡이며 팔을 뻗어 자세를 뒤집으려고 발버둥 쳤다네. 하지만 그자는 전혀 그럴 기회를 주지 않았고 급기야 내 목까지 움켜쥐었지. 나는 옴짝달싹하지 못하고 드러누운 채, 무릎이 흙 속에 파묻히고 입에도 먼지가 잔뜩 묻었다네.

도저히 싸움으로는 당할 수가 없다는 걸 깨달았지. 그래서 슬며시 뱀으로 변해 빠져나온 다음, 똬리를 틀고서 혓바닥을 날름거리며 겁을 주었지. 헤라클레스는 가소롭다는 표정을 지으며 말하더군.

"뱀 잡기는 내가 아기 때나 하던 일이라고!"

그러더니 다짜고짜 두 손으로 내 목을 움켜쥐었다네. 숨이 막혀 죽을 지경이었네. 어떻게든 빠져 나오려고 몸부림을 쳤지. 뱀의 모습으로는 어림도 없어 나는 마지막 수단인 황소 모습으로 변신했네. 그런데도 헤라클레스는 내 목을 틀어쥐더니 머리를 땅에 찧었다네. 나는 모래 위에 나동그라지고 말았네. 그게 끝이 아니었어. 무자비한 손으로 내 머리에서 뿔을 하나 뽑아 버렸지. 님프 나이아스들이 뿔을 가져가서 향기로운 꽃들로 속을 채웠다네. 그걸 풍요의 여신이 넘겨받아 '코르누코피아이'(풍요의 뿔)라는 이름을 붙였지.

옛 사람들은 신화에서 숨은 뜻 찾기를 좋아했답니다. 그랬기에 아켈로오스와

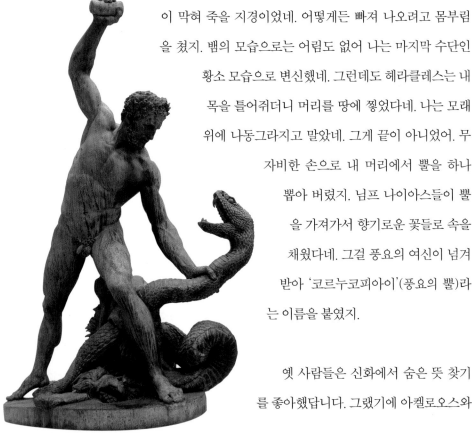

「뱀으로 변신한 아켈로오스와 싸우는 헤라클레스」
프랑스 조각가 프랑수아 보시오의 작품이다. 아켈로오스 강은 그리스 서부에 있다. 뱀처럼 구불구불하며, 강수량이 많아지면 하류에 있는 평원에 범람한다. ⓒCarole Raddato
루브르 박물관 소장

헤라클레스의 싸움을 이렇게 해석했어요.

아켈로오스는 장마철이면 넘쳐흐르는 강이었지요. 아켈로오스가 데이아네이라에게 반해 짝으로 삼고 싶어 했다는 것은 강이 그 처녀의 나라를 구불구불 흐른다는 뜻이었습니다. 뱀의 모습을 띠었다는 것은 강이 구불구불하다는 뜻이고, 소의 모습을 띠었다는 것은 강이 흐르면서 사나운 물소리를 냈다는 뜻이에요. 강이 범람할 때면 새로운 물줄기가 생겼지요. 뿔은 이 물줄기를 뜻한답니다. 헤라클레스가 아켈로오스를 이겼다는 것은 둑을 쌓고 수로를 만들어 강의 범람을 막았다는 뜻이에요. 그런 의미에서 강의 신을 정복하고 뿔을 잘랐다는 것이지요. 마지막으로, 자주 범람하던 강도 새로 복구가 되면 주변의 땅이 아주 비옥해집니다. 바로 그런 땅을 가리켜 '풍요의 뿔'이라고 했어요.

「풍요의 뿔」
프랑스에 있는 엘리제 궁전의 홀 천장에 풍요의 뿔 모양이 아름답게 장식되어 있다. 뿔은 행복과 부유함을 상징한다. ©Tangopaso

풍요의 뿔이 생긴 까닭을 이와 달리 보는 견해도 있지요. 제우스가 태어났을 때 어머니 레아는 아기를 크레타의 왕 멜리세우스의 딸들에게 맡겼다고 합니다. 딸들은 아말테이아라는 염소의 젖으로 어린 신을 키웠어요. 그 보답으로 나중에 제우스는 염소의 뿔 하나를 뽑아서 유모들에게 선물했지요. 무슨 소원이든 이루어지는 마법의 능력을 뿔 속에 담아서 말입니다.

또 어떤 작가들은 아말테이아라는 이름을 디오니소스의 어머

니에게 붙이고 있어요. 밀턴도『실낙원』제4권에서 이렇게 노래
하고 있답니다.

…… 저 니사의 섬은

트리톤 강으로 둘러싸여 있고, 거기서 늙은 캄은

이방인들이 암몬이라고도 부르고 리비아의 제우스라고도 부른

캄은 아말테이아와 그녀의 해맑은 아들을 숨겨 주었네.

거기서 어린 디오니소스는 계모 레아의 눈을 피해 있었네.

왕비의 희생이 헤라클레스를 움직이다

아폴론의 아들 아스클레피오스는 아버지에게서 훌륭한 의술을 물려받았습니다. 그래서 죽은 사람도 살려 낼 수 있을 만한 명의가 되었어요. 이에 위기감을 느낀 저승의 신 하데스는 제우스를 졸라서 아스클레피오스한테 번개를 던지게 만들었지요. 아폴론은 아들의 죽음에 노발대발했답니다. 그래서 번개를 만들었던 죄 없는 일꾼들에게 괜히 앙갚음을 하려고 했어요. 이 일꾼들은 바로 키클롭스였지요. 이들의 대장간은 에트나 산 밑에 있었는데, 용광로에서 늘 연기와 불꽃이 뿜어져 나왔습니다. 아폴론은 키클롭스들에게 화살을 쏘았어요. 그러자 이번에는 제우스가 불같이 화를 냈지요.

제우스는 아폴론에게 일 년간 인간의 하인으로 살게끔 벌을 내렸답니다. 그리하여 아폴론은 암프리소스 강의 파릇파릇한 둑에서 테살리아의 왕 아드메토스의 양 떼를 돌보며 살았어요.

아드메토스 왕은 알케스티스를 신부로 맞이하려고 다른 구혼자들과 경쟁을 벌였지요. 알케스티스의 아버지 펠리아스는 사자와 멧돼지가 끄는 이륜마차를 타고 오는 자에게 딸을 주겠다고 약속했습니다. 아드메토스는 양치기가 된 아폴론의 도움으로 거뜬히 이 일을 해냈어요. 덕분에 꿈에도 그리던 알케스티스를 아내로 맞아 행복하게 살고 있었지요.

「아드메토스의 소 떼를 보호하는 아폴론」
프랑스 화가 클로드 로랭의 작품이다. 아드메토스는 자신의 하인이 된 아폴론을 함부로 대하지 않았다. 다른 신을 모시듯 정중하고 경건하게 대했다. 이에 감동한 아폴론은 아드메토스를 총애했고 많은 도움을 주었다. 로마 도리아 팜필리 궁전 소장

하지만 아드메토스는 갑자기 병에 걸려 숨이 간당간당하는 처지가 되고 말았답니다. 이번에도 아폴론이 나서 운명의 여신들에게 왕을 살려 달라고 부탁했어요. 그러자 여신들은 누가 왕을 대신해 죽겠다고 나선다면 왕을 살려 주겠다고 약속했지요. 아드메토스는 일단 죽음이 한 발짝 물러섰다는 데 안도하고서 뒷일은 그다지 걱정하지 않았습니다. 평소 신하들이나 하인들의 아부와 칭찬을 종종 들었던 터라 누군가는 순순히 목숨을 내놓겠거니 여겼던 것이에요. 하지만 실제로는 그렇지 않았지요. 왕을 위해서라면 목숨도 기꺼이 버리겠다고 떠벌리던 무사들도 막상 몸져누운 왕을 대신해 죽기를 꺼렸답니다. 어렸을 때부터 왕과 왕실의 은혜를 입었던 늙은 신하들도 은혜를 갚을 생각은커녕 하루라도 더 살겠다는 마음뿐이었어요. 사람들은 이렇게 수군댔지요.

"왜 왕의 부모가 나서지 않는단 말인가? 부모는 이제 살 만큼 살았으니, 먼저 죽게 된 아들을 살릴 마음이 날 법도 한데 말이지."

부모들도 아들을 잃는다는 걸 생각하면 슬프기 그지없었지만 대신 죽기는 싫었습니다. 그러자 알케스티스가 자기 목숨을 아끼지 않고 대신 죽겠다고 나섰어요. 아드메토스는 한편으론 기쁘면서도 아내의 목숨을 앗으면서까지 살고 싶지는 않았지요. 하지만 이미 돌이킬 수가 없었답니다. 운명의 여신이 내건 조건이 갖추어진 이상 약속을 번복할 수가 없었으니까요. 그래서 아드메토스는 차츰 회복되었고 알케스티스는 병들어 갔지요. 곧이어 알케스티스의 병세는 급속히 나빠져 죽음을 향해 치달았습니다.

바로 이때 헤라클레스가 아드메토스의 궁전에 도착했어요. 헌

「알케스티스의 죽음」(위)
프랑스 화가 프랑수아 페롱
의 작품이다. 알케스티스가
아드메토스 대신 병에 걸려
죽어 가고 있다.
루브르 박물관 소장

「지하 세계에서
알케스티스를 데려오는
헤라클레스」(아래)
프랑스 화가 폴 세잔의 작품
이다. 헤라클레스는 디오메
데스의 말들을 데려오라는
명령(여덟 번째 과업)을 받는
다. 테살리아를 통해 트라키
아로 간다는 계획을 세운 후,
잠시 테살리아 왕궁에 들른
다. 사정을 알게 된 헤라클레
스는 왕비를 죽음에서 구해
낸다.

신적이고 어여쁜 왕비의 죽음이 임박한 터라 다들 크나큰 슬픔
에 잠겨 있었지요. 헤라클레스는 자기가 나서면 못할 일이 없다
고 여겨 왕비를 구해 주기로 마음먹었답니다. 당장 달려가 죽어
가는 왕비의 방 문 앞에서 기다렸어요. 때마침 죽음의 신이 들어
오기에 붙잡아 멱살을 움켜잡고 협박을 가했지요. 헤라클레스의
힘에 기겁한 죽음의 신은 왕비를 데려가길 단념했습니다. 이리
하여 알케스티스도 되살아나 남편에게로 돌아갔어요.

밀턴은 「죽은 아내에게 부치는 소네트」라는 시를 지어 알케스
티스 이야기를 노래했지요.

죽은 내 아내를 보았던 것 같네.
알케스티스처럼 무덤에서 살아나 내게로 온 듯했네.
창백하고 파리하게 죽어 가다 제우스의 위대한 아들이
구해 내어 남편에게로 돌아간 알케스티스처럼.

J. R. 로웰은 「아드메토스 왕의 양치기」라는 제목의 짧은 시를
지었답니다. 시인은 이 이야기에서 아폴론이 인간에게 처음으로
시를 가르쳐 주었다고 보고 있어요.

사람들은 그를 농땡이 청년이라고 불렀네.
훌륭한 점이라곤 코빼기도 보지 못했지.
하지만 사실은 자기들도 모르게
청년이 흘리는 말을 삶의 법칙으로 삼았지.
청년이 걸었던 한 걸음 한 걸음이

날이 갈수록 더욱 성스러움을 더했네.

바야흐로 먼 훗날, 오직 시인들만이

그들의 첫 형제가 신이었음을 알았네.

국법을 어기고 신의 법을 따르다

고대 그리스에서 전해 내려오는 모범적이고 흥미로운 전설 중에
는 여성에 관한 이야기가 많습니다. 앞서 나온 알케스티스가 남
편에게 헌신한 것으로 유명하다면, 지금 소개하는 안티고네는 효
심과 우애의 대표적인 인물이에요. 안티고네는 오이디푸스와 이
오카스테의 딸이었지요. 앞에서 이야기했듯이 이 집안은 가혹한
운명에 처해 망하고 말았답니다. 오이디푸스는 아버지를 죽였다

「오이디푸스와 안티고네」
프랑스 화가 프랑수아 잘라
베르의 작품이다. 오이디푸
스가 안티고네와 함께 테바
이를 떠나고 있다.
마르세유 미술관 소장

는 자책감에 자기 눈알을 제 손으로 뺐어요. 천벌을 받은 오이디푸스는 백성들의 원망을 받아 자기 왕국인 테바이에서 쫓겨났지요. 안티고네만이 떠돌이 아버지와 함께 다니다가 아버지가 죽은 후에야 테바이로 되돌아왔습니다.

안티고네의 오라비인 에테오클레스와 폴리네이케스는 둘이 나라를 함께 다스리자고 합의했어요. 일 년씩 번갈아 나라를 다스리자는 계획이었지요. 첫 해를 맡은 에테오클레스는 기간이 끝났지만 동생에게 왕국을 내놓으려 하지 않았답니다. 그러자 폴리네이케스는 아르고스의 왕 아드라스토스에게 도망쳤어요. 왕은 자기 딸을 신부로 주고 아울러 폴리네이케스가 나라를 되찾게끔 군대를 마련해 주었지요. 이것이 나중에 그 유명한 '테바이 공략의 일곱 용사'의 원정으로 이어졌습니다. 그리스 시인들은 이 사건을 두고두고 작품의 소재로 삼았어요.

그런데 아드라스토스의 처남인 암피아라오스가 이 계획에 반대하고 나섰지요. 예언자인 암피아라오스는 미래를 내다보았답

「싸우고 있는 호플리테스」
'호플리테스'는 청동제 갑옷과 둥근 방패, 창으로 무장한 고대 그리스의 보병이다. 폴리네이케스는 이렇게 중무장한 군대와 일곱 명의 아르고스 장군들(테바이의 일곱 용사)를 보내 테바이 왕위를 빼앗으려고 했다. 그리스 시인 아이스킬로스는 비극 『테바이 공략 7장군』을 썼다.
루브르 박물관 소장

니다. 아드라스토스 외에는 어떤 장수도 살아 돌아올 수 없음을 알고 말았던 것이에요. 하지만 아드라스토스의 누이인 에리필레와 결혼할 때 암피아라오스는 이런 합의를 했지요. 뭐냐면 자신이 아드라스토스와 의견이 다를 때면 아내의 결정을 따르기로 했던 것입니다. 폴리네이케스는 그런 사실을 알고서 에리필레에게 '하르모니아의 목걸이'를 선물했어요. 그래서 미리 환심을 사 두었지요. 원래 이 목걸이는 하르모니아가 카드모스와 결혼할 때 헤파이스토스가 만들어 준 것인데, 폴리네이케스가 테바이에서 도망칠 때 갖고 나왔답니다. 에리필레는 너무나도 탐이 나는 뇌물을 거부하지 못했어요. 그래서 에리필레의 선택대로 전쟁을 치르기로 결정이 났지요.

암피아라오스는 이제 자신의 운명을 피할 수 없게 되었습니다. 싸움터에서 용감히 싸웠지만 역시 운명을 거스를 수는 없었지요. 적군에게 쫓겨 강가로 달아났는데, 마침 제우스가 던진 번개로 땅이 쩍 갈라지고 말았답니다. 암피아라오스도 그의 이륜전차도 마부도 모조리 천길만길 낭떠러지 속으로 곤두박질쳤지요.

이 전쟁에서 벌어진 영웅적인 활약이나 참혹한 실상을 여기서 자세히 이야기하진 않겠어요. 다만 욕심에 눈먼 에리필레와 달리, 고결하기 그지없었던 에우아드네 이야기는 빠트릴 수 없지요. 에우아드네의 남편 카파네우스는 사기가 충천한 나머지, 제우스가 돕건 말건 테바이를 무너뜨리겠다고 엄포를 놓았습니다. 그러고선 성벽에 사다리를 걸치고 올라갔어요. 하지만 그자의 불경한 말에 분개한 제우스가 던진 번개에 맞아 죽고 말았지요. 남편의 장례식이 치러질 때 에우아드네는 화장용 장작더미에 스스로 몸을 던졌답니다.

전쟁 초반에 에테오클레스는 예언자 테이레시아스에게 누가 이길지 물었어요. 테이레시아스는 아테나가 목욕하는 모습을 엿본 벌로 예언 능력이 생긴 사람이지요. 어찌 된 일이냐고요? 자신의 알몸을 훔쳐본 죄로 처음에 아테나는 그자의 눈을 멀게 했습니다. 그런데 나중에 마음이 누그러져 미래를 내다보는 능력을 선사했던 것이에요. 어쨌든 전쟁의 승패를 물어 오자 테이레시아스는 이렇게 예언했지요. 만약 크레온의 아들 메노이케우스가 스스로 제 목숨을 내어놓으면 승리는 테바이한테 돌아가리라고 말입니다. 이 예언이 알려지자 메노이케우스는 첫 전투에 나가 기꺼이 자기 목숨을 던졌습니다.

이후로 포위전이 오래 계속되었지만 승패가 확실히 나지 않았어요. 마침내 두 형제가 일대일로 최후의 결전을 벌여 승패를 판가름 내기로 했답니다. 하지만 정작 둘 다 서로의 손에 죽고 말았어요. 그러자 두 군대는 다시 싸움이 붙었지요. 결국 침입자들이 패하여 죽은 자들을 묻을 새도 없이 도망쳤습니다. 이제 테바이에서는 죽은 두 왕자의 삼촌인 크레온이 왕이 되었어요. 크레온은 에테오클레스의 장례식은 성대하게 치러 주었지만 폴리네이케스의 시신은 그대로 내버려 두었지요. 게다가 누구든 장례를 치르겠다고 나서는 자는 사형에 처한다고

「오디세우스에게 미래를 예언하는 테이레시아스」
스위스 출신 영국 화가 퓨젤리의 작품이다. 테이레시아스는 테바이의 예언자다. 안티고네에게 사형을 언도한 크레온이 응당한 대가를 치를 것이라 예언했다. 저승에 온 오디세우스에게는 고향으로 가는 길을 알려 주었다. 죽어서도 예언 능력을 잃지 않았기 때문이다.
알베르티나 미술관 소장

선포했답니다.

폴리네이케스의 누이동생 안티고네는 분노로 치를 떨었어요. 저승길을 편히 갈 수 있도록 장례를 치러 주지는 못할망정, 오라버니의 시신이 개와 독수리의 밥이 되는 꼴을 지켜보려니 울화통이 터졌지요. 겁 많은 여동생의 간곡한 만류를 뿌리치고 안티고네는 직접 나서기로 마음을 굳혔습니다. 하지만 오라버니의 시신을 제 손으로 묻어 주다가 그만 붙잡히고 말았어요. 크레온은 국가의 엄숙한 포고를 고의로 무시한 안티고네를 산 채로 묻으라고 명령했지요. 안티고네의 연인이자 크레온의 아들 하이몬도 스스로 목숨을 끊었답니다. 연인의 운명을 돌이킬 수도 없고, 자기 혼자 살아갈 엄두도 나지 않았으니까요.

안티고네 이야기를 주제로 그리스 시인 소포클레스는 훌륭한

「죽은 폴리네이케스 앞에 선 안티고네」
그리스 화가 니키포로스 리트라스의 작품이다. 안티고네가 왕의 명령을 어기고 혈육인 폴리네이케스의 장례를 치르려 하고 있다. 안티고네와 크레온의 대립은 신의 법(또는 개인의 양심)과 국법의 대립을 잘 보여 준다.
그리스 국립 미술관 소장

비극을 두 편 지었어요. 그리고 어떤 영국 작가는 안티고네를 셰
익스피어의 『리어 왕』에 등장하는 코델리아와 비교하기도 했습
니다. 소포클레스가 지은 시의 아래 구절은 아버지의 기구한 삶
을 애통해 하며 안티고네가 한 말이에요. 온갖 고초를 겪으며 떠
돌이 생활을 하던 오이디푸스가 마지막 숨을 거두던 때였지요.

아! 저는 다만 가엾은 아버지와

함께 죽기만을 바랐어요.

더 오래 살아서 무엇 하겠어요?

오, 아버지와 함께라면 고생도 달콤했지요.

더없이 싫은 일이라도 아버지와 함께라면

마냥 좋게만 여겨졌지요. 오, 사랑하는 아버지

이제는 지하 깊숙이 어둠 속에 거하시는 아버지

당신이 늙고 병들어 쇠약하기 그지없을 때도

제겐 늘 소중했고 앞으로도 영원히 그럴 거예요.

영원히 끝나지 않을 페넬로페의 베 짜기

페넬로페도 외모보다는 성품과 행실이 더 아름다운 전설 속 여주인공입니다. 페넬로페는 스파르타의 왕 이카리오스의 딸이었어요. 이타케의 왕 오디세우스는 경쟁자들을 모조리 제치고 페넬로페의 마음을 얻었지요.

어느덧 신부가 아버지의 집을 떠나야 할 때가 왔지만 아버지는 도저히 딸을 떠나보낼 엄두가 나지 않았답니다. 그래서 페넬로페에게 남편을 따라 이타케로 가지 말고 자기와 평생 함께 살자고 했어요. 오디세우스는 페넬로페에게 원하는 대로 하라고 했지요. 아버지의 집에 남든 오디세우스를 따라 떠나든 페넬로페가 선택하라는 것이었습니다. 페넬로페는 아무 대답도 하지 않고 얼굴을 베일로 가렸어요. 그러자 아버지도 더 이상 남으라고 보채지 않았지요. 딸이 떠나간 후 이카리오스는 부녀가 헤어진 장소에 기념비를 세웠답니다.

오디세우스와 페넬로페의 행복한 신혼 생활은 고작 일 년밖에 가지 않았어요. 때마침 터진 트로이 전쟁에 오디세우스가 불리어 갔기 때문이지요. 이후로 기나긴 이별의 시간이 이어졌습니다.

「옷의 실을 푸는 페넬로페」
영국 화가 조지프 라이트의 작품이다. '페넬로페'라는 말에는 '원양'이라는 뜻이 있다. 페넬로페는 20년 동안 남편 오디세우스를 기다린다. 귀족들이 끈질기게 구혼했지만 끝까지 정절을 지킨다. 폴 게티 미술관 소장

남편이 살았는지 죽었는지도 모른 채 페넬로페는 살아 돌아온다는 기약도 없는 남편을 기다렸어요.

그러자 온갖 구혼자들이 나타나 페넬로페를 꼬드겼지요. 워낙 성가신 구혼이 이어졌기에 지쳐서라도 그들 가운데 한 명을 남편으로 받아들여야 할 것만 같았답니다. 하지만 페넬로페는 온갖 꾀를 부려 시간을 벌면서 오디세우스가 돌아오기만을 기다렸어요. 미루는 구실 중 하나는 시아버지 라에르테스의 수의를 짜는 일이었지요. 수의 짜는 일을 마치고 나면 구혼자들 가운데 한 명을 고르기로 짐짓 약속을 해 두었습니다. 하지만 낮에는 옷을 짜고 한밤중에는 낮에 짠 옷을 남몰래 풀었어요.

이것이 바로 그 유명한 '페넬로페의 베 짜기'이지요. 이 말은 끊임없이 하고 또 하지만 끝내 마무리를 짓지 못하는 일을 가리킨답니다. 이후의 페넬로페 이야기는 남편 오디세우스의 모험을 설명할 때 다시 하기로 해요.

인간과 신이 서로 드잡이하던 시대가 있었다고요?

아폴론은 아드메토스의 집에서 종살이를 한다. 신이 어떻게 인간을 위해 종살이를 할 수 있을까? 놀랍지만 그리스 신화에는 이따금 신들이 인간 밑에서 일하고, 더러는 학대당한 일화들이 나온다. 나중에 신이 될 영웅 헤라클레스가 옴팔레 밑에서 종살이한 사례는 이미 보았다. 헤라클레스가 에우리스테우스의 명에 따라 열두 가지 어려운 일을 한 것도 유명하다. 그 밖에 아폴론과 포세이돈은 트로이 왕 라오메돈 밑에서 일하기도 했다. 아폴론은 짐승을 치고 포세이돈은 성을 건축해 주었지만 삯도 받지 못하고 쫓겨난다. 포세이돈은 그냥 당하고 넘어가진 않아서 엄청난 바다 괴물을 보내 트로이 해안을 유린한다. 라오메돈이 이를 막기 위해 공주 헤시오네를 바닷가에 제물로 묶어 놓는다. 헤라클레스가 그곳을 지나가다 헤시오네를 구해 주었지만, 이번에도 라오메돈은 제대로 사례하지 않는다. 이 일로 헤라클레스는 트로이 도시를 함락한다. 이런 종살이는 대개 신들이 잘못을 저질러서 속죄하기 위한 것이다. 아폴론이 아드메토스에게 종살이한 것은 제우스의 벼락을 만드는 키클롭스들을 죽였기 때문이다. 아폴론과 포세이돈이 라오메돈 밑에서 봉사하게 된 것은 제우스에게 반역했기 때문이라고 한다. 이러한 일화들에서 보듯 신과 인간은 티격태격한다. 헤시오도스의 『신들의 계보』를 보면 처음에 신과 인간은 함께 살았다고 한다. 초기 신화에서는 인간과 신의 거리가 그리 멀지 않았던 모양이다.

품삯을 주지 않는 라오메돈에게
항의하는 아폴론과 포세이돈

5 시와 음악의 힘 | 오르페우스와 에우리디케, 아리스타이오스, 신화 속 시인과 음악가들

시와 음악은 우리들 삶에 깊숙이 스며들어 있습니다. 꼭 특정한 시인이 쓴 시가 아니어도 우리는 시적인 문장을 대하면 가슴이 뭉클해지지요. 온갖 장르의 음악들이 수많은 사람들의 일상에서 활력소가 되고 때로는 휴식과 감동의 원천이 된답니다. 지금은 시와 음악이 나누어져 있지만 고대 세계에서 시와 음악은 하나였어요. 시인은 악기를 연주하면서 시를 노래로 불러 사람들에게 전했습니다. 시인 겸 음악가 중에서 가장 유명한 이가 바로 오르페우스였지요. 그의 시와 음악만큼이나 아름답고도 슬픈 오르페우스의 아내에 대한 사랑 이야기가 펼쳐집니다. 고대 로마 시인 베르길리우스가 전하는 꿀벌 치는 사람 이야기, 신화 속의 다른 유명한 시인들 이야기도 함께 들어 보아요.

- 두려움이 가득한 이곳과, 이 커다란 혼돈과, 침묵만이 맴도는 이 넓은 땅의 이름으로 부탁드립니다. 너무 일찍 끊어진 에우리디케의 운명의 실을 이어 주십시오. 어차피 우리는 모두 그대들에게 돌아가게 될 것입니다. (오비디우스 『변신 이야기』)

- "다시는 안 그럴 테니 용서해 주십시오! 저 피리를 버리겠습니다. 형벌을 거두어 주세요!" 마르시아스가 비명을 지르는 동안 아폴론은 그의 살갗을 전부 벗겨 냈다. 마르시아스의 몸 전체가 하나의 상처가 되었다. (오비디우스 『변신 이야기』)

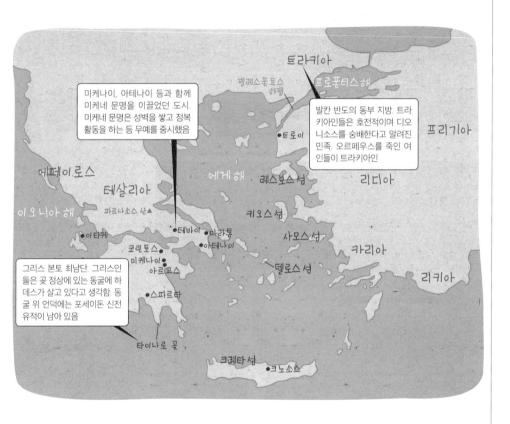

죽음의 땅에서 울려 퍼진 슬픈 사랑 노래

오르페우스는 무사 칼리오페와 아폴론 사이에서 태어난 아들입니다. 아폴론은 오르페우스에게 리라를 선물하고 연주법을 가르쳐 주었어요. 어찌나 리라를 잘 탔던지 누구든 오르페우스의 연주를 들으면 황홀감에 젖어 헤어나질 못했지요. 오르페우스가 리라를 탈 때면 인간은 물론이고 짐승들도 온순해졌답니다. 다들 황홀한 표정으로 얌전히 오르페우스 곁에 서서 음악을 들었어요. 그게 다가 아니었지요. 나무와 바위조차 음악의 매력에 빠져들었습니다. 나무들이 오르페우스 주위로 모여들었고, 바위도 딱딱함이 누그러져 말랑말랑해졌어요.

어느덧 오르페우스는 에우리디케라는 여인과 백년가약을 맺

「오르페우스를 가르치는 칼리오페」
프랑스 화가 알렉상드르 오귀스트 이르슈의 작품이다. 오르페우스는 아폴론 신과 무사 여신 칼리오페(아름다운 목소리를 가진 여자) 사이에서 태어났다. 아폴론에게서는 리라(하프의 일종)를 연주하는 능력을, 칼리오페에게서는 노래를 잘 부르는 능력을 물려받았다.
월터스 미술관 소장

게 되었지요. 두 사람을 축복해 달라며 결혼의 신 히메나이오스를 결혼식에 초청했답니다. 히메나이오스가 오긴 왔지만 축복을 빌어 줄 선물은 가져오지 않았어요. 달랑 가져온 횃불이 연기만 피워 대는 바람에 다들 눈물만 흘리고 말았지요. 이런 징조 때문이었는지 에우리디케는 혼례를 치르고 얼마 지나지 않아 참변을 당하고 말았습니다. 님프들과 어울려 다니다가 양치기 아리스타이오스의 눈에 띄게 되었지 뭐예요. 이 양치기는 에우리디케의 미모에 반해 치근덕거렸지요. 이를 피해 달아나던 에우리디케는 풀밭에서 독사에 물리는 바람에 죽고 말았답니다. 오르페우스는

「죽은 에우리디케를
애도하는 오르페우스」
프랑스 화가 아리 셰퍼의 작
품이다. 에우리디케는 트라
키아 숲의 님프다. 아르고 호
원정에서 돌아온 오르페우
스와 행복한 결혼식을 올렸
으나 아리스타이오스를 피
하려다 독사에 물려 죽고 말
았다.

슬픔의 노래를 지어 신이든 인간이든 세상에 숨 쉬는 모든 이들
을 향해 불러 댔어요. 하지만 부질없는 짓임을 깨닫고서 저승 세
계로 내려가 직접 아내를 구해 오기로 마음먹었지요. 곧장 타이
나로스 곶에 있는 동굴로 내려가 스틱스 땅에 이르렀습니다. 어
느새 유령들이 득실거리는 곳을 지나 하데스와 페르세포네 앞에
섰어요. 오르페우스는 리라를 타면서 이렇게 노래 불렀지요.

"오, 저승의 신들이시여! 목숨 지닌 모든 이들이 끝내 와야 하
는 곳에 계신 분들이여. 저의 진실한 말을 들어주소서. 저는 타르

타로스의 비밀을 캐내려고 온 것이 아니에요. 그리고 저승 입구를 지키는 머리 셋에 뱀 갈기를 한 개와 싸워 이겨 힘자랑을 하려고 온 것도 아니지요. 다만 제 아내를 찾아왔을 뿐입니다. 꽃다운 나이에 독사에 물려 세상을 떠난 제 아내를 찾아왔어요. 사랑의 신 에로스가 저를 이곳으로 이끌었지요. 땅 위에 사는 우리에게는 전능의 신인 에로스의 뜻이랍니다. 만약 옛 전설이 옳다면 이곳 저승 세계에도 사랑의 숭고함은 다르지 않겠지요. 공포로 가득 찬 이곳, 적막과 죽음의 땅인 이곳이지만 에우리디케의 끊어진 생명의 실을 부디 다시 이어 주십시오. 우리 모두는 당신들에게로 가야 할 운명, 빠르나 느리나 결국에는 이곳으로 와야만

「지옥의 오르페우스」
프랑스 화가 앙리 르뇨의 작품이다. 저승의 망령들이 오르페우스의 리라 연주와 노래에 감동받고 있다. 페르세포네와 하데스는 오르페우스의 간청을 들어주어야 할지 고민하고 있다.
©VladoubidoOo
레이스 박물관 소장

합니다. 제 아내도 수명을 다하면 마땅히 여기로 오겠지요. 하지만 그때까지는 부디 제 아내를 돌려주세요. 만약 이 부탁을 물리치신다면 저는 혼자 돌아가진 않으렵니다. 두 분께서는 우리 부부의 죽음을 마냥 신나게 바라보소서."

오르페우스가 부르는 이 낭랑한 곡조에 유령들조차 눈물을 흘렸습니다. 영원한 목마름의 형벌을 받고 있던 탄탈로스는 물을 찾지 않았고, 제우스에게 벌을 받아 영원히 돌고 있던 익시온의 수레바퀴도 멈추었고, 독수리는 프로메테우스의 간을 더 이상 쪼지 않았고, 다나오스의 딸들은 두레박으로 물을 긷는 일을 내팽개쳤고, 끊임없이 바위를 굴리던 시시포스도 바위에 앉아 노래를 들었어요. 이때 처음으로 복수의 여신도 뺨이 눈물로 촉촉이 젖었다고 해요. 페르세포네는 절절한 호소를 외면할 수 없었지요. 그러자 하데스도 오르페우스의 부탁을 들어주기로 했답니다.

드디어 에우리디케가 불려 나왔어요. 갓 저승에 온 유령들 사이를 헤치고 다친 발을 절뚝이며 나왔지요. 오르페우스는 에우리디케를 데려가도 좋다는 허락을 받았지만 한 가지 조건이 있었습니다. 저승을 빠져나가기 전에는 아내의 모습을 뒤돌아보지 않아야 한다는 조건이었어요. 조건을 지키겠다고 굳게 맹세한 다음 오르페우스가 앞서고 에우리디케가 뒤따랐지요. 둘 다 한마디 말도 없이 컴컴하고 가파른 통로를 헤쳐 나갔답니다. 바야흐로 밝은 세상의 입구에 거의 다다랐을 무렵이었어요. 오르페우스는 약속을 깜빡 잊고서 아내가 잘 따라오고 있는지 확인하고 싶은 마음이 생겼지요. 그래서 슬쩍 뒤를 돌아보고 말았습니

다. 순식간에 아내는 뒤로 끌려가기 시작했어요. 둘은 팔을 뻗어 서로를 안으려 했지만 잡히는 것은 허공뿐! 두 번이나 죽어 가면서도 에우리디케는 남편을 탓할 수 없었지요. 자기를 보고 싶어 애태우던 간절한 마음을 어떻게 나무랄 수가 있겠어요?

"여보," 마지막으로 에우리디케가 말했답니다.

"이제 영영 이별……." 말을 채 끝맺기도 전에 에우리디케는 사라져 버렸기에 목소리가 남편 귀에 다다르지도 못했어요.

오르페우스는 아내를 따라가려고 했습니다. 다시 한 번 아내를 구하기 위해 저승 세계로 가게 해 달라고 애원했어요. 하지만 엄한 뱃사공은 어림도 없다면서 길을 내주지 않았지요. 그래서

「지하 세계에서 에우리디케를 데리고 나가는 오르페우스」
프랑스 화가 장 밥티스트 카미유 코로의 작품이다. 하데스와 페르세포네의 허락을 받은 오르페우스가 에우리디케와 함께 저승을 빠져나가고 있다.
휴스턴 미술관 소장

이레 밤낮으로 식음을 전폐하고 강가에 죽치고 있었답니다. 무
정한 저승의 신들을 탓하며 구슬픈 노래를 지어 바위와 산을 향
해 불렀어요. 호랑이도 참나무도 애절한 노래에 감동하여 흐느
껴 울었지요. 그 후로 오르페우스는 늘 자신의 불운한 신세를 한
탄하면서 여자들을 멀리했습니다. 트라키아의 아가씨들은 오르
페우스의 마음을 사로잡으려고 갖은 애교를 다 떨었지만 번번이
퇴짜를 맞았어요. 참다 참다 분통이 터진 한 아가씨가 디오니소
스의 제전에서 이렇게 외쳤지요.

"저기다. 우리를 모욕한 저놈이 있다!"

그러면서 다짜고짜 창을 던졌습니다. 쏜살같이 날아오던 창은
오르페우스의 리라 소리가 들리는 곳에 이르자 힘을 잃고 툭 떨
어졌어요. 아가씨들이 던진 돌멩이도 마찬가지였지요. 그러자
여자들은 고함을 질러 음악 소리를 잠재워 버렸답니다. 또 다시
창이 날아들었고 오르페우스의 몸은 피로 물들었어요. 광기에

사로잡힌 여자들은 오르페우스의 사지를 갈가리 찢고 머리와 리라를 헤브로스 강에 던졌지요. 둥실둥실 강물에 떠내려가면서도 오르페우스의 머리와 리라는 구슬픈 노래를 흥얼거렸습니다. 이에 맞추어 양쪽 강둑에서도 애달픈 노래를 불러 주었어요. 무사 여신들이 시신을 수습하여 레이베트라에 묻어 주었지요. 그곳의 무덤 위에서는 다른 어느 곳보다 꾀꼬리가 더 아름답게 노래한답니다. 제우스는 오르페우스의 리라를 별자리 가운데 올려놓았어요. 오르페우스는 유령이 되어 다시 타르타로스로 내려갔지요. 거기서 에우리디케를 찾아내 둘은 얼싸안고 하염없이 울었습니다. 이제 둘은 행복의 들판을 앞서거니 뒤서거니 거닐고 있어요. 오르페우스는 마음껏 에우리디케를 바라볼 수 있지요. 무심결에 뒤돌아보아도 더 이상 아무 일도 일어나지 않는답니다.

「오르페우스의 죽음」
프랑스 화가 에밀 레비의 작품이다. 트라키아 여인들의 모욕감은 디오니소스 축제를 계기로 폭발한다. 분노와 광기에 사로잡힌 여인들은 오르페우스를 펜테우스 왕처럼 갈기갈기 찢어 버린다. 오르세 미술관 소장

오르페우스 이야기는 음악의 힘을 잘 보여 줍니다. 시인 포프는 「성 세실리아의 날에 바치는 송가」에서 음악의 위대함을 찬양하고 있지요. 아래 구절은 이야기의 마지막 부분입니다.

그러나 눈 깜짝할 사이에 연인이 뒤돌아보네.
다시금 그녀는 끌려가네, 다시 저승으로!

운명의 여신들인들 어찌 손 쓸 수 있을까?

사랑이 죄가 아니라면, 그대에겐 죄가 없으리.

이제 저 우두커니 서 있는 산 아래

떨어지는 폭포수 아래에서

또는 굽이굽이 흐르는

헤브로스 강가에서

홀로 외로이

그는 애통해 하며

아내의 영혼을 부르네.

영원히, 영원히 떠난 아내여!

이제는 분노에 휩싸이고

절망과 혼란에 몸부림치며

「오르페우스」

프랑스 화가 귀스타브 모로의 작품이다. 트라키아 여인들은 오르페우스의 머리를 리라에 박아 강물에 던진다. 한 여인이 강물에 떠내려온 머리를 경건하게 수습하고 있다.
오르세 미술관 소장

눈 덮인 로도페 산 속에서

추위에 새빨개진 얼굴을 떨고 있네.

보아라, 거친 산야를 내달리는 그의 모습을

들으라, 하이모스 산에 울리는 주정꾼들의 외침을

아, 보아라. 이제 그도 죽어 가네!

죽어 가면서도 그는 에우리디케를 노래하네.

에우리디케를 노래하는 그의 혀가 떨리고 있네.

에우리디케는 숲에

에우리디케는 강에

에우리디케는 바위에 그리고 산골짜기에 울려 퍼지네.

오르페우스의 무덤 위에서 꾀꼬리가 더 아름답게 운다는 이야기는 영국 시인 로버트 사우디의 『탈라바』에 나온답니다.

곧이어 그의 귀에 들려온

조화로운 노랫가락이여!

은밀한 침실에서

저 멀리 폭포에서

나뭇잎 살랑대는 숲에서 날아온

희미한 음악과 나긋나긋한 노래여!

꾀꼬리 한 마리가

새빨간 장미 넝쿨 속에 앉아 노래했네.

그 노래는 짝을 찾을 때 부르는

아름다운 사랑의 노래가 아니었네.

트라키아의 양치기가 오르페우스의 무덤가에서

들었던 가락은 그보다 더 감미로웠다네.

거기에선 무덤 속의 혼백이

온 힘을 다해 꾀꼬리의 노래를

더욱 아름답게 부풀렸기 때문이라네.

비극을 일으킨 죄로 벌을 잃다

인간은 동물의 본능을 이용해 이익을 얻곤 하지요. 꿀벌 치는 일도 그런 예랍니다. 처음에 꿀은 분명 야생에서 얻는 것이라고 알려졌을 거예요. 꿀벌은 나무의 구멍이나 바위의 움푹한 곳 또는 이와 비슷한 빈 공간에 벌집을 지었겠지요. 그런데 우연히 죽은 짐승의 몸속에 벌집을 짓는 일도 있었을 겁니다. 그런 예외적인 경우 때문에 꿀벌이 짐승의 썩어 가는 살 속에서 생겨난다는 미신이 생겼어요. 옛날 사람들은 병이나 사고로 벌집을 잃게 되면 그런 미신을 이용해 벌 떼를 새로 키워 내려고 했지요. 로마의 시인 베르길리우스가 쓴 아래의 이야기는 그런 내용을 담고 있답니다.

아리스타이오스는 양봉 기술을 처음으로 가르쳤던 사람이에요. 물의 님프 키레네가 이 사람의 어머니였지요. 꿀벌들이 모조리 죽자 아리스타이오스는 어머니한테 도움을 구했습니다. 강가에 서서 어머니에게 이렇게 말했어요.

"어머니, 제 인생의 자랑거리가 사라졌어요! 소중한 벌들을 모조리 잃고 말았거든요. 온갖 솜씨를 다해 정성껏 돌보았지만 허사였습니다. 그런데도 어머닌 이 불행한 사태를 막아 주지 않으셨지요."

아들이 이렇게 볼멘소리를 하고 있을 때, 어머니는 강물 아래 궁전에 앉아 있었습니다. 시중드는 여러 님프들에 둘러싸인 채로요. 다들 아녀자의 일을 하고 있었지요. 도란도란 이야기꽃을 피우며 실을 잣고 물레를 돌리고 있었답니다. 한 명이 아리스타이오스의 구시렁거리는 소리를 듣고서 물 위로 고개를 내밀었어요. 누군지 알아차린 님프는 다시 물 밑으로 내려가 키레네에게 알려 주었지요. 키레네는 아들을 자기 앞에 데려오라고 지시했습니다. 그러자 강물이 양쪽으로 쩍 갈라져 마치 마주 선 벼랑처럼 떡하니 섰어요. 그 틈으로 쉽사리 아리스타이오스가 들어갔지요. 큰 강들의 물길이 시작하는 곳에 이르자, 거대한 저수지가 보였답니다. 거기서 콸콸콸 쏟아져 나와 사방팔방으로 흘러 나가는 물소리를 듣고 있자니 귀가 먹먹할 지경이었어요. 이윽고 궁전에 다다르니 어머니와 시녀 님프들이 따뜻하게 맞아 주었습니다. 식탁에는 온갖 산해진미가 가득 차려져 있었고요. 다들 식탁에 앉아 첫 잔을 포세이돈에 바친 다음 만찬을 즐겼지요. 식사가 끝나자 키레네가 아들에게 말했답니다.

키레네 고고 유적(제우스 신전)
키레네가 맨손으로 사자와 싸우는 모습에 반한 아폴론은 북아프리카의 리비아에 키레네 시를 세우고 키레네를 그 도시의 여왕으로 삼았다. 헬레니즘 시대에 '키레네 학파(쾌락주의를 주장함)'가 생겨날 정도로 문화적으로 융성했다. 1982년 유네스코 세계 문화유산으로 지정되었다.
©Travcoa Travel

"프로테우스라는 늙은 예언자가 있단다. 바닷속에 살고 있는데 포세이돈께서 무척 총애하시지. 그래서 포세이돈의 물개들을 그분이 맡아 기르고 있어. 우리 님프들도 가슴 깊이 존경하는 분이란다. 아주 학식이 깊은 현자신지라 과거와 현재와 미래를 훤히 아시지. 아들아, 그분이라면 벌들이 왜 죽었는지 그리고 어떻게 해야 벌 떼를 다시 키울 수 있는지 알려 주실 거란다. 하지만 아무리 네가 부탁해도 순순히 알려 주시진 않을 게다. 그러니 강압적인 수단을 써야만 한단다. 꽉 붙잡아 쇠사슬에 묶어 두면, 풀려나려고 답을 알려 주시겠지. 네가 사슬을 풀어 주지 않는 한 스스로는 벗어날 수 없을 테니 답을 안 하고는 못 배기실 거다. 그분이 사는 동굴로 데려가 줄 테니, 한낮의 휴식을 취하러 나올 때 사로잡도록 해라.

붙잡히고 나면 그분은 변신술을 부려 여러 가지 모습으로 변하실 게다. 사나운 멧돼지나 무서운 호랑이로 변했다가 비늘이 잔뜩 붙은 용이나 노란 갈기를 단 사자로도 변하실 거야. 게다가 불꽃이 활활 타거나 물이 콸콸 쏟아지는 시끄러운 소리를 내기도 하실 거란다. 너한테 겁을 줘서 네가 사슬을 풀면 도망치려는 속셈이지. 하지만 끝까지 단단히 붙잡아 두어야 한다. 결국에는 아무리 해도 소용없다는 걸 알고 원래 모습으로 돌아가 네가 시키는 대로 하실 거란다."

말이 끝나자 어머니는 아들에게 신들의 음료인 향기로운 넥타를 뿌려 주었어요. 그러자 즉시 향기가 온몸을 휘감으면서 전신에 활력이 넘치고 배짱이 두둑해졌지요.

어머니는 아들을 예언자의 동굴로 데려갔습니다. 바위틈 깊숙한 곳에 아들을 숨긴 후 어머니도 구름 뒤에 숨었어요. 한낮이 되자 사람들과 가축들은 뜨거운 햇빛을 피해 낮잠을 즐기러 그 늘로 모여들었지요. 프로테우스도 물속에서 나왔는데 물개들도 따라 나와 강가에 늘어섰답니다. 프로테우스는 바위에 앉아 물 개들의 숫자를 세었어요. 그러고는 동굴 바닥에 눕더니 잠이 들 었지요.

깊은 잠에 빠져들려는 찰나 아리스타이오스가 족쇄를 채우더 니 크게 고함을 질렀습니다. 프로테우스가 깜짝 놀라 잠에서 깨 어나 보니 몸이 꽁꽁 묶여 있었어요. 즉시 변신술을 부려 처음에 는 불이 되었다가 이내 강이 되었다가 곧이어 무시무시한 짐승 이 되었지요. 하지만 아무 소용이 없자 다시 원래 모습으로 돌아 가 잔뜩 화난 말투로 청년에게 물었답니다.

"맹랑한 녀석 같으니라고. 도대체 넌 누구냐? 내 집에 쳐들어와서 원하는 게 무엇이냐?"

아리스타이오스가 대답했어요.

"프로테우스 선생님, 누구도 선 생님을 속일 수 없으니 사실대 로 말하겠어요. 그리고 선생 님도 잘 아실 테니 여기서 도망칠 생각은 꿈도 꾸 지 마시고요. 저는 신의 도 움을 받아 여기까지 왔어 요. 저에게 생긴 불행의 원 인과 그 해결책을 찾으러

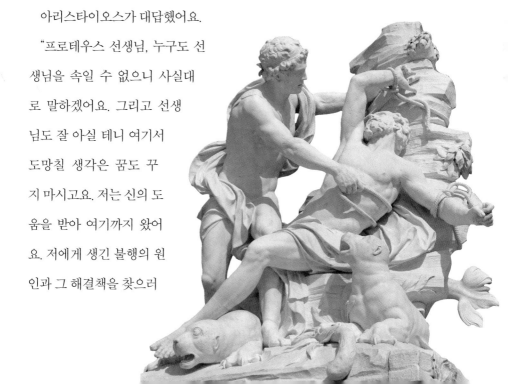

「프로테우스를 속박하는 아리스타이오스」
프랑스 조각가 세바스티안 슬로츠의 작품이다. 프로테 우스는 바다의 신인데, 모든 사물로 변신할 수 있는 능력 이 있었다고 전한다. '바다의 노인'이라 불리기도 한다.
©Marie-Lan Nguyen

온 것이랍니다."

이 말을 듣자 예언자는 회색 눈으로 청년을 뚫어져라 쳐다보더니 이렇게 말했어요.

"네가 저지른 짓 때문에 벌을 받은 것이다. 치근덕거리는 너를 피해 에우리디케가 도망치다가 독사에 물려 죽지 않았느냐? 그 죽음에 복수하려고 에우리디케의 친구인 님프들이 너의 벌들을 죽였느니라. 님프들의 분노를 달래야만 벌들을 다시 키울 수 있겠지. 이렇게 하여라. 우선 큼직하고 건장한 황소 네 마리와 이에 걸맞게 아름다운 암소 네 마리를 고르거라. 그런 다음 님프들에게 바치는 제단을 네 개 쌓아 놓고 소들을 제물로 바쳐라. 그리고 죽은 소들을 나무들이 무성한 숲 속에 갖다 놓아라. 오르페우스와 에우리디케의 혼백에 정성을 바쳐야 둘의 앙심도 가라앉겠지. 아흐레 뒤에 소들의 시체에 가 보면 무슨 일이 벌어졌는지 알게 될 것이다."

아리스타이오스는 예언자의 지시에 그대로 따랐어요. 소들을 제물로 바친 다음 시체들을 숲 속에 놓아두었지요. 그랬더니 세상에! 소의 시체 하나를 벌 떼가 차지하고서 마치 벌집에서처럼 부지런히 일하고 있었답니다.

쿠퍼는 「과제」라는 시에서 아리스타이오스 이야기를 내비치고 있어요. 러시아의 여제(女帝) 안나가 지은 얼음 궁전을 노래한 시이지요. 이 시는 얼음이 폭포와 함께 빚어내는 환상적인 풍경을 그려 내고 있습니다.

박수갈채보다는 마음 깊이 경탄이 우러나오네.

이토록 참신한 인간의 작품이 다 있다니!

모피를 두른 러시아의 여제가 만든

아주 장엄하며 희한하기 그지없는 작품이라네.

북녘의 경이로운 작품이지. 이 걸작을 지을 때

숲에서는 나무 한 그루 쓰러지지 않았고

돌산은 그 벽을 장식하러 돌 하나 내놓지 않았지.

대신에 강물을 잘라 얼어붙은 물결을 아로새겼지.

이처럼 놀라운 궁전에서 아리스타이오스는

키레네를 만나, 슬픈 이야기를 전했네.

잃어버린 꿀벌 이야기를 들려주었네.

밀턴은 「코머스」의 한 대목에서 세번 강의 님프 사브리나를 노래했답니다. 아마도 키레네와 그녀 주변의 풍경을 염두에 두고 지은 것 같아요.

어여쁜 사브리나여!

지금 그대가 앉아 있는

유리처럼 차갑게 비치는 물결 아래서 들어주오.

그대의 길게 늘어뜨린 노란 머리카락에

백합꽃을 엮어 곱디곱게 땋은 채로

들어주오, 은빛 호수의 여신이여!

고귀한 이의 명예를 위하여

듣고서, 그를 구해 주오.

리라로 성을 쌓고 피리로 신과 겨루다

아래는 신화 속의 유명한 시인과 음악가들 이야기예요. 그중 몇
몇은 오르페우스 뺨치는 쟁쟁한 실력자들이지요.

헤르메스의 제자 암피온

암피온은 테바이의 여왕인 안티오페와 제우스 사이에서 태어난
아들이었습니다. 쌍둥이 동생인 제토스와 함께 태어나자마자 키
타이론 산에 버려졌어요. 부모가 누군지도 모른 채 양치기들 사
이에서 자랐지요. 헤르메스가 암피온에게 리라를 주고서 연주법
을 가르쳤답니다. 동생 제토스는 사냥과 양 떼 기르는 일에 흠뻑
빠져 지냈고요.

　그 무렵 어머니 안티오페는 큰 곤혹을 치렀지요. 테바이 왕위
를 노리던 리코스와 그의 아내 디르케에게 모진 수모를 겪었던
것입니다. 그래서 두 아들에게 출신을 알려 주고 어머니를 돕게
끔 불러들였지요. 그러자 두 아들은 양치기 무리들을 이끌고 쳐

「제우스와 안티오페」
프랑스 화가 장 밥티스트 마
리 피에르의 작품이다. 안티
오페에게 반한 제우스가 사
티로스로 변신해 안티오페
에게 다가가고 있다. 이후 쌍
둥이를 임신한 안티오페는
아버지의 분노를 피해 도망
친다.
프라도 미술관 소장

들어가 리코스를 죽였어요. 디르케는 머리채가 황소에 묶인 채로 숨이 멎을 때까지 끌려다닙니다. 디르케가 받은 형벌은 오늘날 나폴리 박물관에 소장되어 있는 유명한 조각상들에 잘 나타나 있어요. 암피온은 테바이의 왕이 된 다음 성벽을 더욱 튼튼하게 쌓았지요. 암피온이 리라를 타면 돌들이 저절로 움직여 성벽이 차곡차곡 쌓였다는 전설이 전해지고 있습니다. 시인 테니슨은 이 이야기를 바탕으로 「암피온」이라는 시를

짓기도 했지요.

헤라클레스의 음악 선생 리노스

리노스는 헤라클레스에게 음악을 가르친 인물이지요. 하지만 어느 날 제자를 너무 심하게 꾸짖었답니다. 그러자 단단히 화가 난 헤라클레스는 리라로 리노스를 때려죽여 버렸대요.

무사 여신과 승부를 다툰 타미리스

타미리스는 그 옛날 트라키아의 음유시인이었지요. 자기 실력을 너무 믿은 나머지, 무사 여신들에게 솜씨를 겨루자고 도전장을 던졌습니다. 하지만 결국 시합에서 졌고 무사 여신들은 타미리스를 장님으로 만들어 버렸지요. 밀턴은 『실낙원』 제3권 35행에서 자신이 장님이라고 말하면서 타미리스를 비롯한 장님 시인들을 노래하고 있답니다.

아폴론에게 도전한 마르시아스

피리는 아테나가 발명했답니다. 아테나는 피리를 불어 천상의 모든 신들을 즐겁게 해 주었어요. 하지만 피리 소리에 한껏 감동한 신들의 얼굴을 보고서 장난꾸러기 에로스는 웃음을 터뜨리고 말았지요. 아테나는 분통이 터져 피리를 지상으로 내던졌습니다.

　이것을 주운 이가 마르시아스였습니다. 마르시아스가 피리를 불자 황홀하기 그지없는 가락이 흘러나왔어요. 이에 기고만장해진 마르시아스는 음악의 신 아폴론에게 도전장을 던졌지요. 시합은 보나마나 아폴론이 이겼답니다. 신에게 대든 마르시아스는 어찌 되었을까요? 산 채로 가죽을 벗기는 무시무시한 벌을 받았지요.

최초의 예언자 멜람푸스

멜람푸스는 예언 능력을 지닌 최초의 인간이었습니다. 이 사람의 집 앞에는 참나무 한 그루가 서 있었는데, 거기에 뱀의 둥지가 있었어요. 둥지 속의 늙은 뱀들은 하인들에게 죽임을 당했지만, 어린 뱀들은 멜람푸스가 가엾게 여겨 소중히 보살폈지요. 어느 날 멜람푸스는 참나무 아래서 잠이 들었답니다. 자는 동안에 뱀들이 혓바닥으로 귀를 핥아 주었어요. 깨어나 보니 놀랍게도 새와 곤충들의 말을 알아들을 수 있게 되었지요. 이 능력 덕분에 미래를 예견할 수 있게 되어 멜람푸스는 유명한 예언자가 되었습니다.

그런데 한 번은 적군에게 잡혀 감옥에 꽁꽁 갇혀 있게 되었어

「아폴론과 마르시아스」
에스파냐 화가 리베라의 작품이다. 아폴론은 자신의 키타라를 거꾸로 들고 연주한 후, 마르시아스에게 그렇게 연주하라고 명령했다. 피리를 거꾸로 불 수 없었기 때문에 마르시아스는 잔혹한 형벌을 받았다.
산 마르티노 국립 박물관 소장

「무사이오스와 리노스」
리노스(오른쪽)가 자신의 문하생 무사이오스(왼쪽)의 파피루스 두루마리를 들고 있는 장면이다. 무사이오스의 작품으로는 두 남녀의 사랑과 비극적 결말을 다룬 「헤로와 레안드로스」가 있다. 루브르 박물관 소장

요. 하지만 쥐 죽은 듯 고요한 한밤중에 감옥의 나무 창살 속에 있던 벌레들이 속삭이는 이야기를 들었지요. 이야기인즉슨 벌레들이 나무를 다 파먹어 곧 지붕이 무너질 거라는 내용이었답니다. 멜람푸스는 간수들에게 이 이야기를 들려주고 자기도 내보내 달라고 했어요. 간수들이 그의 경고를 받아들여 모두 대피할 수 있었지요. 이후 적들조차 멜람푸스에게 감사하고 존경하였습니다.

오르페우스의 아들 무사이오스

무사이오스는 신화 속 인물이기도 하고 실제 인물이기도 해요. 어떤 전설에 의하면 오르페우스의 아들이라고도 하지요. 종교적인 시집이나 신화를 썼다고도 한답니다. 밀턴은 「일 펜세로소」에서 무사이오스를 오르페우스와 나란히 떠올리고 있어요.

오, 슬픔에 잠긴 처녀여. 그대 슬픔의 힘으로
무사이오스를 나무 그늘에서 일으켜 세우고
오르페우스의 영혼이 노래하게 했을지니
그가 리라에 맞추어 노래할 때면
하데스의 뺨에도 강철 눈물이 흘렀다네.
지옥에조차 사랑의 꿈이 무르익었다네.

영웅들은 왜 너도나도 저승 여행을 떠났을 까요?

그리스에는 영웅이 온전한 존재가 되려면 저승에 한 번씩 다녀와야 한다는 생각이 있었다. 오르페우스가 아내를 데리러 간 사건 말고도 영웅이 저승에 간 이야기가 여럿 있다. 헤라클레스는 저승의 개 케르베로스를 데리러 갔고, 테세우스는 페르세포네를 납치하러 갔다. 오디세우스는 예언자 테이레시아스를 만나러, 아이네이아스는 아버지를 만나러 갔다. 여성 영웅 중에는 프시케가 다녀왔다. 우리나라의 바리데기 설화도 프시케 이야기와 비슷하다. 신들 중에서는 디오니소스가 어머니 세멜레를 데리러 저승에 갔다. 아리스토파네스의 『개구리』라는 희극을 보면 디오니소스가 비극 작가 에우리피데스를 데리러 저승 가는 이야기가 나온다. 이런 저승 여행에는 몇 가지 반복적으로 등장하는 요소들이 있는데, 저승 여행의 성격을 가진 다른 사건들에도 등장한다. 가장 뚜렷한 예가 트로이 전쟁 막바지에 프리아모스가 아들 헥토르의 시신을 찾으러 그리스군 진영에 찾아가는 장면이다. 프리아모스는 해가 진 다음에 출발해 해 뜨기 직전에 돌아온다. 혼령들이 돌아다니는 시간이다. 프리아모스는 무덤을 지나 강가에 잠깐 머문다. 저승 강이다. 거기서 헤르메스와 마주친다. 헤르메스는 영혼 인도자다. 이런 저승 여행을 가장 자세히 묘사해 놓은 이야기가 『오디세이아』 11권에 그려진 오디세우스의 여행이고, 이를 이어받은 이야기가 베르길리우스의 『아이네이스』 6권이다. 단테는 이 둘을 바탕으로 『신곡』을 썼다.

희생 제물을 바쳐
테이레시아스의 영혼을 불러낸 오디세우스

6 고대 시인들의 애환 | 시인들

이번에는 신화 속에 나오는 전설상의 시인이 아니라, 고대 그리스 로마 시대에 실존했던 시인들에 대한 이야기를 들어 봅니다. 그리스 시인 아리온은 경연 대회에 참가해 상을 타게 됩니다. 귀국선에 상품을 가득 싣고 돌아오던 중 탐욕에 눈먼 뱃사람들 때문에 죽음의 위기에 처하지요. 마지막 순간까지 음유시인으로서 노래하다 죽겠다는 시인의 자세가 우리의 옷깃을 여미게 해 줍니다. 이비코스도 강도를 만나 죽음을 당하지만 두루미가 시인의 억울한 죽음을 애도하고 원수를 갚아 준답니다. 또한 시모니데스에게 시를 지어 달라고 했던 왕이 있었는데, 시인의 작품을 못마땅하게 여긴 결과 큰 화를 당하지요. 마지막으로 여류 시인 사포의 삶과 슬픈 사랑 이야기도 들어 보아요.

- 이방인이여, 스파르타인에게 말해 다오. 우리는 그들의 법에 충실했기에 여기 누워 있노라고. (시모니데스 「테르모필레에서」)
- 설득의 여신 페이토가 네 품속에서 빼앗아 간 사람이 누구냐? 어떤 아름다운 여인이 너를 거절했느냐? 사포, 마음이 아프더라도 네가 원하는 그녀가 떠나도록 그저 내버려 두어라. (사포 「아프로디테 송가」)

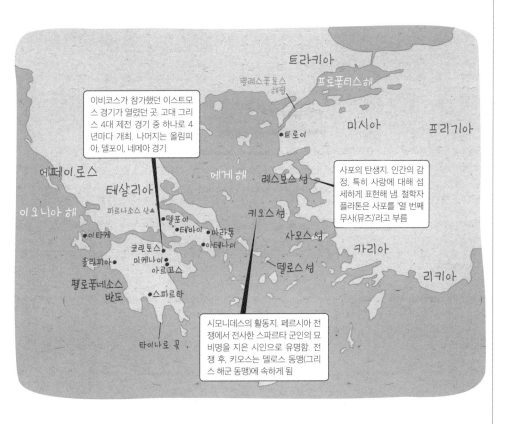

이비코스가 참가했던 이스트모스 경기가 열렸던 곳. 고대 그리스 4대 제전 경기 중 하나로 4년마다 개최. 나머지는 올림피아, 델포이, 네메아 경기

사포의 탄생지. 인간의 감정, 특히 사랑에 대해 섬세하게 표현해 냄. 철학자 플라톤은 사포를 '열 번째 무사(뮤즈)'라고 부름

시모니데스의 활동지. 페르시아 전쟁에서 전사한 스파르타 군인의 묘비명을 지은 시인으로 유명함. 전쟁 후, 키오스는 델로스 동맹(그리스 해군 동맹)에 속하게 됨

트라키아
헬레스폰토스 해협
프로폰티스 해
미시아
프리기아
트로이
에페이로스
에게 해
레스보스 섬
테살리아
파르나소스 산▲
델포이
테바이
마라톤
키오스 섬
이오니아 해
이타케
코린토스
아테나이
사모스 섬
카리아
올림피아
미케나이
아르고스
델로스 섬
리키아
펠로폰네소스 반도
스파르타
타이나로 곶

옛 시인들의 흔적을 찾아서

이번 장에 나오는 시인들은 실제 인물이었고 지금껏 내려오는 작품도 존재합니다. 그러나 이 시인들의 작품보다는 훗날의 시인들에게 미친 영향이 더 중요해요. 아래에 나오는 시인들에 관한 내용은 지금껏 이 책의 다른 이야기들처럼 다른 시인들이 쓴 것이지요. 여기 나오는 첫 번째와 두 번째 이야기는 독일어 작품을 번역한 것이랍니다. 아리온은 슐레겔의 작품에서 그리고 이비코스는 실러의 작품에서 옮겼어요.

아리온, 돌고래를 타고 귀환하다

아리온은 유명한 음악가였지요. 코린토스의 왕 페리안드로스의 궁전에서 살았으며, 왕과 절친한 친구 사이였답니다. 어느 날 시칠리아에서 음악 경연 대회가 열린다는 소식이 들렸어요. 아리온은 대회에 참가해 상을 타고 싶었지요. 왕에게 보내 달라고 말하자 왕은 마치 친동생을 대하는 듯한 말투로 아리온의 참가를

타오르미나
이탈리아 시칠리아 주에 있는 타오르미나에는 기원전 3세기에 세워진 반원형 그리스 극장이 있다. 오늘날에도 연극, 오페라 등 공연이 열리고 있다. ⓒBart Hiddink

말렸습니다.

"제발 내 곁에 머무는 것으로 만족하게나. 이기려고 애쓰다 보면 지는 법이라네."

하지만 아리온의 대답은 이랬어요.

"자유로운 영혼을 지닌 시인에게는 방랑 생활이 가장 잘 어울린다네. 신이 내려 주신 재능으로 많은 이를 즐겁게 해 주고 싶기도 하고. 만약 내가 상을 탄다면 세상에 널리 알려질 테니 이얼마나 기쁜 일이겠나!"

아리온은 기어이 참가해 상을 탔지요. 상으로 받은 재물을 가득 싣고 고향 코린토스로 향하는 배에 올랐답니다. 출항한 지 둘째 날, 순풍에 돛을 달고 배는 경쾌하게 물살을 갈랐어요. 아리온은 이렇게 외쳤지요.

"페리안드로스여, 모든 근심을 내려놓으시게. 곧 내가 돌아갈 테니 아무 걱정할 것이 없다네. 신들에게 바칠 감사의 선물을 잔뜩 싣고 내가 가고 있네.

축하 잔치는 또 얼마나 즐거울지 벌써부터 가슴이 설레는구면."

바람과 바다는 여전히 평온했지요. 하늘은 구름 한 점 없이 맑았답니다. 바다는 마음껏 믿어도 좋았어요. 하지만 사람을 너무 믿은 게 탈이었지요. 얼핏 들으니 뱃사람들이 서로 무언가를 수군거리고 있었습니다. 아리온의 재물을 빼앗으려는 음모를 꾸미고 있었어요. 하지만 손쓸 새도 없이 뱃사람들이 아리온을 에워싸더니 험악하게 외쳤지요.

"아리온, 그만 죽어 주어야겠다! 뭍의 무덤에 묻히고 싶으면 순순히 여기서 죽음을 맞아라. 반항하면 산 채로 바다에 던지겠다."

그러자 아리온이 물었어요.

"내 목숨이 탐나서 이러는 것이냐? 그게 아니라면 재물은 가져가고 목숨만은 살려 다오."

뱃사람들은 이렇게 대꾸했지요.

"아니, 안 될 말씀! 널 살려 둘 수는 없지. 살려 두었다가는 우리가 너무 위험해진다고. 우리한테 강도짓을 당했다는 사실을 페리안드로스가 알면 우린 죽은 목숨이거든. 널 살려 두고 재물만 빼앗아 집에 돌아간들 무슨 소용이 있겠냐고. 허구한 날 잡혀가지 않을까 벌벌 떨면서 지낼 텐데."

그러자 아리온은 이렇게 말했습니다.

"그러면 마지막으로 부탁 하나만 들어 다오. 이제 도저히 살아날 길은 없으니 죽기는 죽겠다만 마지막까지 음유시인으로 죽게 해 다오. 내가 죽음의 노래를 마치고 내 리라가 떨리기를 멈출 때까지 기다려 다오. 그러면 순순히 운명에 따라 목숨을 내놓으마."

재물에만 눈이 먼 자들인지라 부질없는 부탁이 될 것만 같았어

요. 하지만 유명한 음유시인이란 말을 듣자 간악한 이들도 마음
이 움직였지요. 아리온은 이렇게 덧붙였습니다.

"옷을 제대로 갖춰 입게 해 다오. 음유시인 복장을 하고 있지
않으면 아폴론께서도 영감을 내려 주시지 않거든."

아리온은 균형이 잘 잡힌 몸에다 눈부시게 아름다운 황금빛과
자줏빛 옷을 걸쳤어요. 긴 외투가 우아한 주름을 이루며 몸을 감
쌌고, 팔에는 보석들로 장식하고, 머리에는 빛나는 황금

「아리온」
프랑스 조각가 장 멜키오르
라옹의 작품이다. 레스보스
에서 태어난 아리온은 주로
서정시를 지었다. 비극의 기
원으로 알려진 디티람보스
(디오니소스를 찬양하는 합창)
의 시조이기도 하다.
ⓒCoyau
베르사유 궁전 소장

화관을 쓰고 있었지요. 향
수 냄새가 은은히 나는 머
리카락은 목과 어깨 너머
로 치렁치렁 드리워졌답니다.
이런 멋진 차림을 하고서 왼손엔 리라
를 들고 오른손엔 리라의 줄을 타는 상아 조
각을 쥐었어요. 아침 햇살을 쬐며 공기를 들
이마시고 있는 아리온은 정말로 영감에 충만
해 보였습니다. 뱃사람들도 그 모습에 감탄을
금할 수 없었어요. 아리온은 뱃전으로 걸어가
서 깊고 푸른 바다를 내려다보았지요. 드디어
리라를 타면서 아리온은 노래를 시작했답니다.

"노래의 벗이여, 나와 함께 저승으로 오라. 케
르베로스가 으르렁거려도 노래의 힘 앞에
서는 한없이 유순해지리니. 저 어두운
강 너머 엘리시온의 영웅들이여, 행
복한 영혼들이여! 나도 곧 그대들

과 함께하리니. 하지만 그대들이여, 내 슬픔을 가라앉혀 주겠는
가? 아, 벗을 남겨 놓고 떠나야 하는 내 슬픔을. 오르페우스여, 그
대는 에우리디케를 찾았건만 찾자마자 다시 잃어버리지 않았는
가? 아내가 신기루처럼 사라졌을 때, 밝은 빛도 그대에겐 얼마나
얄미웠으리오! 나는 떠나야만 하지만 두렵지는 않다네. 신들이
우리를 굽어살피시도다. 죄 없는 나를 죽이려는 자들아, 이제 내
가 떠나고 나면 두려워 떠는 시간이 너희들에게 오리라. 자, 바다
의 여신 네레이스들이여, 나를 받아 주소서. 그대들의 자비에 몸
을 맡기는 이 나그네를 받아 주소서!"

　노래를 마친 후, 아리온이 깊은 바닷물 속으로 뛰어들자 금세
파도가 몸을 덮었어요. 뱃사람들은 범행을 들킬 걱정이 말끔히
사라졌다며 마음 놓고 항해를 계속했지요.

　하지만 아리온의 노래를 들으려고 깊은 바다의 생물들이 몰려
와 있었답니다. 돌고래들은 마법에 걸린 듯 배를 따라왔어요. 아

리온이 파도에 허우적거리고 있을 때 돌고래 한 마리가 등을 내주었지요. 그래서 아리온은 돌고래 등에 올라타 무사히 해변에 도착했습니다. 아리온이 내린 자리에는 훗날 청동 기념비가 세워졌어요. 덕분에 후대 사람들도 그 사건을 기억하게 되었지요.

해변에서 아리온과 돌고래는 각자의 갈 길로 떠나야 했답니다. 아리온은 이렇게 감사의 마음을 전했어요.

"안녕, 고맙고도 정겨운 바다의 친구여! 집으로 데려가 너에게 보답을 하고 싶지만 우리는 서로 갈 길이 다르니 어쩔 수가 없구나. 바다의 여왕 갈라테이아가 너에게 은총을 내려 주시기를! 여왕의 자랑거리인 돌고래야, 네가 그분의 이륜마차를 끌 때 바다 속이 거울처럼 매끄럽기를!"

이 말을 마치고서 아리온은 서둘러 바닷가를 떠났지요. 얼마 후 코린토스의 탑들이 눈에 보이기 시작했습니다. 아리온은 반가움과 기쁨에 젖어 리라를 켜고 노래를 부르며 걸어갔어요. 잃어버린 재물은 까맣게 잊은 채, 소중한 친구와 리라가 남아 있다는 생각만으로도 마냥 행복했지요. 마침내 궁전에 도착해 페리안드로스의 다정한 품에 안겼답니다.

"친구여, 이제야 돌아왔네." 아리온이 말했답니다.

"신께서 내려 주신 재능으로 많은 사람들에게 기쁨을 주었다네. 하지만 날강도들이 상으로 받은 소중한 재물을 낚아챘다네. 그래도 어쨌든 내가 온 세상에 유명해진 건 사실이라네."

그러고서 아리온은 그간 일어난 놀라운 일을 자세히 이야기해 주었어요. 그의 말을 듣고서 페리안드로스는 어처구니가 없었지요.

"그런 몹쓸 놈들이 떵떵거리며 살아서야 될 말인가? 그대로 놔 둔다면 왕인 나로서도 체면이 말이 아니네. 우리가 범인들을 잡 으러 갈 테니, 일단 자네는 여기 꼼짝 말고 있게나. 놈들은 아무 것도 모르고 순순히 모여들겠지."

배가 항구에 도착하자 왕은 뱃사람들을 불러 모은 뒤 물었습 니다.

"아리온 소식은 듣지 못했나? 아리온이 오기만을 목이 빠져라 기다리고 있었노라."

그러자 뱃사람들은 이렇게 말했어요.

"우리가 그분을 타라스에 무사히 내려 드렸습니다."

이 말이 끝나자마자 아리온이 걸어 나와 뱃사람들 앞에 섰지 요. 아리온은 뱃전에서 마지막 노래를 부를 때와 똑같은 차림이 었습니다. 균형이 잘 잡힌 몸에다 눈부시게 아름다운 황금빛과 자줏빛 옷을 걸치고 있었어요. 긴 외투가 우아한 주름을 이루며 몸을 감쌌고, 팔에는 보석들로 장식하고, 머리에는 빛나는 황금 화관을 쓰고 있었지요. 향수 냄새가 은은히 나는 머리카락은 목 과 어깨 너머로 치렁치렁 드리워졌답니다. 이런 멋진 차림으로, 왼손엔 리라를 들고 오른손엔 리라의 줄을 타는 상아 조각을 쥐 고 있었어요. 뱃사람들은 마치 번개에 맞기라도 한 듯 아리온의 발밑에 일제히 엎드렸지요. 그러고는 다 함께 말했습니다.

"우리가 당신을 죽이려 했건만 이제 신이 되어 나타나셨군요. 아, 땅이여! 입을 벌려 우리를 삼키소서!"

그러자 페리안드로스가 근엄하게 말했지요.

"위대한 음유시인은 살아 있도다! 자비로운 하늘의 신들께서 시인의 생명을 지켜 주시느니라. 너희들에게 앙 갚음을 하지는 않겠노라. 아리온은 너희들의 피를 원하지 않는다. 탐욕의 노예들아, 어서 썩 꺼져라! 어디 황무지라도 찾아가서 평생 참회하면서 살거라!"

아리온 이야기를 소재로 시인 스펜서가 지은 시가 있어요. 돌고래의 등을 타고 온 아리온이 **포세이돈**과 **암피트리테**의 행렬을 앞서서 이끄는 장면을 그리고 있지요.

「포세이돈과 암피트리테」
이탈리아 화가 세바스티아노 리치의 작품이다. 암피트리테는 네레우스와 도리스의 딸들인 네레이데스 중 한 명이다. 포세이돈의 청혼을 거절하고 숨어 있었으나 돌고래에게 발견되어 포세이돈과 결혼했다.
티센보르네미서 미술관 소장

그때 노랫가락이 들려왔네.
천상에서 울리는 듯 아름다운 음악이었네.
그리고 두둥실 파도 위에 자리를 잡고서
아리온이 리라를 켜자
모든 선량한 이들의 귀와 마음이 쏠렸지.
해적들의 눈을 피해 아리온을 태우고
에게 해를 질주하던 돌고래조차
노래에 취해 어느새 가만히 멈추었네.
거친 바다도 기쁨에 젖어 잔잔해졌다네.

바이런도 『귀공자 해럴드의 순례』 제2편에서 아리온 이야기를 슬쩍 내비치고 있답니다. 바이런은 자신의 항해를 떠올리며, 한 뱃사람이 흥겹게 음악을 연주하는 장면을 노래하고 있어요.

달이 뜨고, 더할 나위 없이 아름다운 밤!

춤추는 파도 위로 달빛은 하염없이 반짝이네.

지금 뭍의 사내들은 사랑을 속삭이고

처녀들은 그 사랑을 믿으리니

뭍으로 돌아가면 우리도 그러하리라!

어느새 문득 아리온의 분주한 손이

경쾌한 화음을 깨우니, 뱃사람들이 환호하네.

즐거운 청중들이 둥근 원을 그리고서

귀에 익은 박자에 맞춰 멋지게 움직이네.

마치 뭍에서 마음껏 멋대로 뛰어놀 듯이.

두루미가 전해 준 이비코스의 탄식

이제 소개할 이비코스 이야기를 제대로 이해하려면 다음 몇 가지 사실을 알아야 합니다.

우선, 고대의 극장은 만 명 내지 삼만 명의 관객이 입장할 수 있는 거대한 건물이었어요. 극장은 제전 때에만 개방되었고, 입장은 누구나 무료였기 때문에 늘 사람들로 꽉 찼지요. 지붕이 없어서 하늘이 그대로 드러났기에 공연은 낮에만 펼쳐졌답니다. 그리고 공연 내용으로 보자면, 복수의 여신들의 저 무시무시한 모습도 과도하게 표현되지는 않았어요. 왜냐하면 실제로 이런 일이 있었기 때문이지요. 한때 비극 시인 아이스킬로스가 오십 명의 합창단으로 하여금 복수의 여신을 노래하게 했습니다. 그랬더니 관객들이 공포에 휩싸여 많은 이들이 기절하고 경기를 일으켰대요. 이런 까닭에 나라에서는 이후로 그런 식의 표현을 금지시켰지요.

이비코스는 신앙심이 깊었고 훌륭한 시인이었답니다. 아폴론이 노래 재주와 시인의 달콤한 입술을 선물해 준 덕분이었어요. 어느 날 이륜마차 경주와 음악 경연 대회가 열린다기에 코린토스의 이스트모스로 가고 있었지요. 그리스인들의 인기를 한 몸에 받던 대회였답니다. 이비코스는 가벼운 발걸음으로 신의 은혜에 감사하며 걸어갔어요. 어느새 코린토스의 높은 탑들이 시야에 들어왔지요. 곧이어 이비코스는 경건한 마음으로 포세이돈의 신성한 숲으로 들어갔습니다. 숲 속은 적막하기 그지없었지만, 오직 한 떼의 두루미만이 머리 위로 보였어요. 이비코스가 걷는 길과 같은 방향으로 남쪽을 향해 날고 있었지요.

"힘내라, 정겨운 두루미들아!" 이비코스가 외쳤답니다.

"너희들은 바다를 건너올 때부터 나와 함께였지. 아무래도 행운의 징조인 것 같구나. 우리는 멀리서 건너와 편히 쉴 곳을 찾는 같은 운명이라네. 부디 너희나 나나 낯선 곳에서 따뜻한 대접을 받게 되면 좋으련만!"

신나게 걷고 있자니 어느덧 숲의 한가운데에 이르렀어요. 그

이스트미아 경기는 고대 그리스 4대 제전 경기 중 하나다. 4년마다 개최되었고 개최지는 코린토스였다. 포세이돈에게 바쳐지는 이 경기는 그리스가 로마의 지배를 받던 시대에도 계속 열렸다. 로스앤젤레스 카운티 미술관 소장

런데 오솔길에서 느닷없이 강도 두 명이 나타나 길을 가로막았지요. 항복해서 목숨을 구걸하거나, 아니면 싸워서 이겨야만 했습니다. 하지만 이비코스의 손은 리라만 탈 줄 알았지 싸움에는 영 젬병이었어요. 결국 이비코스는 털썩 주저앉고 말았지요. 인간이든 신이든 살려 달라고 외쳤지만 헛된 메아리만 돌아올 뿐이었답니다.

"아, 여기서 죽는구나." 이비코스는 탄식했어요.

"낯선 객지에서 불한당의 손에 죽고 마는구나. 울어 주는 이도 없이, 원수를 갚아 주는 이 하나 없이……."

강도의 공격을 받은 이비코스는 심한 상처를 입고 땅에 쓰러졌지요. 머리 위에선 두루미들이 거친 울음소리를 토해 내고 있었습니다.

"두루미야, 내 사연을 알려 다오. 내 피맺힌 외침을 듣는 이는 너희들뿐이구나."

이 말을 끝으로 이비코스는 눈을 감더니 세상을 떠났어요.

난도질을 당해 이리저리 찢긴 이비코스의 시신이 얼마 후 발견되었지요. 심한 상처로 훼손되긴 했지만 그를 기다리고 있던 코린토스의 친구 한 명이 이비코스인 줄 알아보았답니다. 친구는 이렇게 탄식했어요.

"도대체 어찌하여 이런 꼴을 하고 있단 말이냐? 음악 경연 대회에서 우승해 월계관을 머리에 쓴 모습으로 보게 될 줄 알았건만!"

제전에 모여든 사람들은 소식을 듣고서 깜짝 놀랐지요. 모든 그리스인의 가슴에 멍이 들었고, 모두들 자기 일처럼 안타까워했습니다. 사람들이 재판소에 구름 같이 모여들어 살인자를 찾

고대 코린토스의 극장
유적
코린토스는 펠로폰네소스
반도와 그리스 본토를 잇
는 지점에 있는 도시다. 해
상 무역이 수월한 위치에 있
어 상업이 번성했다. ⓒChris
Oxford

아내 그 피로써 죗값을 물으라고 아우성쳤어요.

하지만 성대한 제전에 참가한 수많은 관객들 속에서 무슨 증거로 범인을 찾아낼 수 있을까요? 강도들의 손에 죽은 것일까요, 아니면 개인적으로 원한이 있는 자가 죽였을까요? 오직 모든 것을 내려다보시는 태양신만이 아실 일이었지요. 태양신 외에는 아무도 본 사람이 없으니 범인을 찾을 가망이 없었답니다. 하지만 살인자가 군중 가운데 돌아다니고 있을지도 모르는 일이었어요. 복수심에 불타지만 범인을 잡을 실마리 하나 없어 애태우는 사람들을 바라보며 속으로 싱글벙글하고 있을지도 모르지요. 어쩌면 신전에 몰래 들어가서 신들을 모욕한 다음, 군중들에 섞여 원형극장으로 흘러들고 있을지도 몰랐습니다.

바야흐로 군중들이 극장에 빼곡히 들어차 경기장이 무너질까 두려울 정도였어요. 관객들이 떠들어 대는 목소리는 바다의 거센 파도 소리 같았지요. 원형극장은 위로 올라갈수록 넓어지는 구조였답니다. 높은 곳에 자리 잡은 사람들은 하늘에 닿을 지경이었어요.

이윽고 수많은 관객들은 **복수의 여신**으로 분장한 합창단의 무시무시한 목소리를 듣고 있었지요. 엄숙한 옷차림의 합창단은 노래의 박자에 맞추어 무대 주위를 돌았습니다. 이런 무서운 분위기를 자아내는 합창단은 과연 이 세상의 여자들일까요? 그리고 숨죽이며 듣고 있는 관객들은 과연 살아 있는 인간들일까요?

거무튀튀한 옷차림의 합창단원들은 다들 메마른 손에 검붉게 타오르는 횃불을 들고 있었지요. 뺨에는 핏기 하나 없었고, 머리에는 머리칼 대신 꼬불꼬불한 뱀이 휘감겨 있었습니다. 이런 무

「**오레스테스를 뒤쫓는 복수의 여신들**」
프랑스 화가 윌리앙 아돌프 부그로의 작품이다. 오레스테스는 아버지 아가멤논을 죽인 어머니를 살해한다. 그 대가로 복수의 여신 세 자매에게 쫓겨 광기에 사로잡힌 채 떠돌아다니게 된다.
로스앤젤레스 카운티 미술관 소장

시무시한 여자들이 둥근 원을 이룬 채 노래를 부르자, 죄인들은 심장이 방망이질하듯 뛰고 온몸이 오그라들었어요. 노랫소리가 높아지며 널리 퍼지자 악기 소리를 압도했지요. 급기야 사람들의 판단력을 빼앗고 심장을 마비시키고 피를 얼어붙게 만들었답니다.

"마음이 정결하여 죄 없는 자들은 행복하도다! 그런 자들은 우리 복수의 여신들도 건드리지 않는다네. 무사히 생명의 길을 걸어가리니. 하지만 남몰래 살인을 저지른 자는 화를 면치 못하리라! 우리 밤의 무서운 자매들은 그런 자들의 몸을 꽁꽁 죄어드나니. 날아서 우리의 손아귀를 벗어나려는가? 우리는 더 빨리 날아서 뒤쫓는다네. 우리의 뱀들이 그런 자의 다리를 감아 땅에 곤두박질치게 하리로다. 지치지 않고 추격하리니, 우리가 가는 길에는 어떤 동정의 손길도 없다네. 쉴 새 없이 이 세상 끝까지 쫓고 또 쫓으리니, 살인자는 결코 평온히 쉴 수 없으리라."

복수의 여신들은 이렇게 노래 부르며 엄숙한 리듬에 맞춰 춤을 추었습니다. 그러는 내내 죽음과도 같은 정적이 모든 관객들을 감쌌어요. 관객들은 마치 진짜 신들을 마주한 듯 숨소리조차 내뱉지 못했지요. 마침내 합창단은 장엄한 발걸음으로 무대를 한 바퀴 돌더니 무대 뒤로 사라졌답니다.

모두들 방금 전의 공연이 현실인지 환상인지 어리벙벙해 했어요. 그리고 모두의 가슴은 정체를 알 수 없는 공포로 고동쳤지요. 은밀한 범죄를 감시하며 보이지 않은 운명의 실타래를 감고 있는 무서운 힘 앞에서 다들 전율을 금치 못했습니다. 바로 그때, 제일 꼭대기 좌석에서 이런 고함이 터져 나왔어요.

"저기 봐! 저기 봐! 저기 이비코스의 두루미들이 날고 있네!"

정말로 어디서 날아왔는지 검은 물체가 하늘을 가로지르고 있었어요. 가만히 살펴보니 극장 위를 곧바로 날아가는 한 무리의 두루미들이었지요.

"이비코스의 두루미라고? 이비코스가 그런 말을 한 적이 있었나?"

정든 이름을 듣자 다들 가슴에 슬픔이 되살아났답니다. 바다에서 파도가 넘실넘실 퍼져 나가듯이 그 말은 사람들의 입에서 입으로 전해졌어요.

"이비코스의 두루미라고? 우리 모두가 슬퍼하는 사람, 어떤 살인자의 손에 무참히 죽은 그 사람 말이야! 그런데 두루미가 이비코스랑 무슨 상관이지?"

사람들의 목소리가 차츰 커지면서 마치 번개가 내려치듯 모두의 머리에 이런 생각이 번쩍 떠올랐지요.

"이것이야말로 복수의 여신들의 힘이다! 신앙심 깊었던 시인은 이제야 한을 풀리라! 살인자는 스스로 입을 열었도다! 맨 처음 고함을 친 놈과 그 놈이 말을 건넨 놈을 붙잡아라!"

범인들은 자기 말을 다시 주워 담고 싶었지만 이미 때는 늦었답니다. 공포에 새하얗게 질린 살인자들의 얼굴이 죄를 고스란히 드러냈으니까요. 사람들은 둘을 잡아다 재판관 앞으로 끌고 갔지요. 범인들은 죄를 낱낱이 자백했고 그에 마땅한 벌을 받았습니다.

죽은 영웅을 감동시킨 시모니데스

시모니데스는 그리스 초기 시인들 중에서 가장 많은 시를 지은 것으로 알려져 있지만, 오늘날까지 전해지는 작품은 얼마 되지 않아요. 시모니데스는 찬가와 송가와 비가를 썼지요. 특히 슬픈 노래인 비가에 뛰어난 솜씨를 보였답니다. 감성을 울리는 시에 능했는데, 사람의 감정을 그보다 더 진실하게 다룬 시인은 없었어요.

시모니데스의 시편들 가운데서 지금까지 내려오는 가장 중요

「다나에」

오스트리아 화가 구스타프 클림트의 작품이다. 다나에는 제우스의 사랑을 받고 아이를 낳는다. 하지만 외손자가 자신을 죽일 것이라는 신탁을 받은 다나에의 아버지는 모자를 바다에 버린다. 시모니데스는 이 이야기를 주제로 「다나에의 비탄」이라는 시를 지었다.

한 작품은 「다나에의 비탄」이지요. 다나에와 갓난아기가 상자에 갇혀 바다를 떠도는 전설을 바탕으로 지은 시랍니다. 이 전설은 앞서 페르세우스 이야기에서 나왔던 것이에요. 상자가 세리포스 섬에 닿았는데, 마침 그곳에서 어부 딕티스가 두 사람의 목숨을 구했지요. 어부는 둘을 그 나라의 왕 폴리덱테스에게 데려갔고, 왕은 모자를 따뜻하게 맞이하여 지켜 주었습니다. 그 아이가 바로 페르세우스였는데, 자라서 나중에 유명한 영웅이 되었어요. 페르세우스의 모험담도 앞에서 자세히 소개했지요.

시모니데스는 인생의 대부분을 왕궁에서 보내면서 때때로 솜씨를 발휘해 송가와 축가를 지었답니다. 왕들의 업적을 찬양하여 후한 보답을 받으며 살았던 것이에요. 시인의 그런 생활은 불명예스러운 것이 아니었지요. 초기의 음유시인들은 다들 그렇게 살았습니다. 호메로스가 작품 속에 묘사했던 데모도코스가 그러

「테르모필레 전투의 레오니다스」
프랑스 화가 자크 다비드의 작품이다. 시모니데스의 작품 가운데 가장 유명한 것은 테르모필레 전투에서 전사한 페르시아 장병을 기리는 묘비명이다. 레오니다스와 스파르타군은 테르모필레에서 페르시아군과 맞붙어 전멸했다.
루브르 박물관 소장

했고, 또한 **호메로스** 자신도 그렇게 살았대요.

시모니데스가 테살리아의 왕 스코파스의 궁전에 머물고 있을 때, 왕은 만찬에서 낭독할 시를 한 편 지어 달라고 했지요. 왕이 자신의 업적을 찬양하는 내용의 시를 부탁했던 거랍니다. 시모니데스는 신앙심이 깊은 시인답게 카스토르와 폴리데우케스의 업적도 함께 넣어 시를 지었어요. 당시의 시인들이 흔히 쓰던 방법이었지요.

게다가 보통의 사람들이었다면 그런 위대한 인물들과 함께 칭송받으면 흡족했을 것입니다. 하지만 허영심이 유별났던 왕은 달랐어요. 아첨 잘 하는 신하들에 둘러싸여 있던 스코파스는 자기만 칭송하지 않는 시가 몹시도 거슬렸지요. 약속한 보상을 받으러 시모니데스가 다가오자 스코파스는 예상 금액의 절반만 주면서 말했답니다.

"너의 작품에서 나를 칭송한 부분만큼만 값을 쳐주겠다. 나머지는 카스토르와 폴리데우케스한테 받아야 마땅할 것이다."

왕이 이렇게 비아냥거리자 다른 이들도 웃음을 터뜨렸어요. 상심한 시인은 아무 말 없이 자리를 빠져나왔지요. 잠시 후 시인에게 전갈이 왔는데, 말을 탄 두 청년이 시인을 간절히 뵙기를 원한다는 내용이었습니다. 시모니데스는 급히 대문으로 나갔지만 눈을 씻고 보아도 두 청년은 온데간데없었어요. 하지만 시인이 연회장을 빠져나오자마자 지붕이 굉음을 내며 폭삭 내려앉았지요. 스코파스 왕을 포함해 모든 손님들이 잔해 속에 파묻혀 버렸답니다. 시모니데스는 자신을 찾은 두 청년의 외모를 심부름꾼에게 물어보았어요. 아니나 다를까 두 청년은 바로 카스토르와 폴리데우케스였지요.

여류 시인 사포, 절벽에서 투신하다

사포는 그리스 문학의 가장 초기에 활약했던 여류 시인이었습니다. 지금까지 전해지는 작품은 몇 안 되지만 그것만으로도 사포의 천재성을 확인하기에 손색이 없지요. 사포는 다음 이야기로도 유명하답니다. 사포는 파온이라는 잘생긴 청년에게 마음을 홀딱 빼앗겼지만 사랑의 응답을 받지 못했어요. 절망한 나머지 레우카디아 절벽에서 몸을 던져 바다에 빠져 죽었대요. 떠돌던 속설을 믿었기 때문이라지요. 당시에는 그 절벽의 '연인들의 투

「사포와 알카이오스」
네덜란드 화가 앨머 태디마의 작품이다. 사포와 알카이오스는 서로 활발하게 교류하며 많은 작품을 남겼다. 사포는 서정시, 연가, 축혼가 등을 썼고 알카이오스는 주로 전술, 정치적 분쟁과 관련한 시를 썼다.
월터스 미술관 소장

신 바위'에서 뛰어내려도 죽지 않으면 사랑의 상처가 아문다는 속설이 있었답니다.

바이런은 『귀공자 해럴드의 순례』 제2편에서 사포 이야기를 노래하고 있어요.

「사포와 파온」
프랑스 화가 자크 다비드의 작품이다. 뱃사공 파온은 어느 날 노파로 변신한 아프로디테를 배에 태우게 되었는데, 뱃삯을 받지 않았다. 흡족해진 아프로디테는 파온에게 향유를 상으로 주었다. 향유를 바른 파온의 얼굴은 아름답게 변했다고 한다.
에르미타슈 미술관 소장

귀공자 해럴드는 황량한 장소를 지났네.

슬픈 페넬로페가 파도를 내려다보았던 그곳을

저 멀리 산을 바라보니, 아직도 생생하여라.

연인의 은신처, 레스보스 섬 여인의 무덤이여.

기구한 사포여! 그대 불멸의 시로

영원의 불꽃이 타는 가슴을 구할 수 없었던가?

그리스의 어느 가을날 고요한 저녁 무렵

해럴드는 레우카디아 절벽을 향해 외쳤다네.

사포와 이 시인의 '투신'에 대한 자세한 이야기는 무어의 「그
리스의 저녁」이란 시에 잘 나와 있어요.

아리온의 다정한 친구는
좋은 통치자였을까요?

음악가 아리온 이야기에서 불핀치는 코린토스의 통치자 페리안드로스를 아리온의 다정한 친구로 소개한다. 하지만 헤로도토스의 『역사』에 전하는 모습은 그렇지 않다. 무자비하고 가혹했으며, 때로는 예측할 수 없는 행동을 하기도 했다. 페리안드로스가 가혹한 통치를 하게 된 계기에 대해 이런 일화가 있다. 페리안드로스가 통치법에 대해 충고를 구하러 밀레토스의 통치자 트라시불로스에게 사람을 보냈다. 트라시불로스는 페리안드로스가 보낸 사람을 데리고 곡식밭으로 나가서 곡식 중에 가장 잘 자란 것만 골라서 꺾었다. 페리안드로스는 사절의 말을 전해 듣고 트라시불로스의 충고에 따랐다고 한다. 페리안드로스는 시민 중에 자기 경쟁자가 될 만한 뛰어난 사람은 모두 미리 제거했다. 아내를 죽인 일도 있었다. 나중에 아내의 혼령이 춥다고 불평하자 페리안드로스는 코린토스의 여자들을 모두 모이게 하고 옷을 모조리 벗겼다. 그러고 나서 그 옷들을 구덩이에 넣고 태워 아내에게 바쳤다고 한다. 지배하에 있던 케르키라 섬 사람들이 자신의 아들을 죽였을 때는 어떻게 했을까? 그 섬에서 가장 뛰어난 소년 300명을 골라 페르시아로 보내 내시로 만들려고 했다. 페리안드로스의 아버지 킵셀로스도 가혹한 독재자였다. 킵셀로스는 아기 때 살해당할 뻔했지만 암살자가 그를 받아 들었을 때 방긋 웃었다고 한다. 이 웃음 때문에 죽음을 면했다는 일화는 유명하다.

페리안드로스

7 신과 인간의 사랑 이야기 |
엔디미온, 오리온, 에오스와 티토노스, 아키스와 갈라테이아

천상의 신들은 지상을 내려다보다가 미남 미녀를 만나면 사랑에 빠졌답니다. 신은 불멸의 존재이고 인간은 유한한 삶을 살기 때문에 둘의 인연은 영원히 이어지지가 않아요. 슬픈 운명을 맞게 되는 쪽은 인간인 경우가 많습니다. 하지만 인간이 죽음을 맞게 되어도 신은 사랑했던 인간을 특별한 존재로 만들어 주기도 했지요. 또한 신과 인간 사이에도 삼각관계가 종종 생겼답니다. 이런 경우에도 고통을 겪는 쪽은 인간이었어요. 간혹 영원한 사랑을 바라게 된 신이 인간을 불멸의 존재로 만들어 주기도 했지요. 하지만 청춘을 주지 않았기에 결국은 사랑했던 이를 멀리하게 되는 경우도 있었어요. 사랑은 청춘의 일인가 봅니다. 아무튼 신과 인간의 흥미로운 사랑 이야기를 따라가 보아요.

- 자신들이 용감한 전사 멤논에게서 태어났음을 아는 듯, 새들은 그의 시신이 타고 남은 재 위로 몸을 던졌다. 제우스는 그 새들에게 아버지의 이름을 딴 멤노니데스라는 이름을 주었다. (오비디우스 『변신 이야기』)
- 나 오직 그대 앞에서만 꿇어 엎드리네. 제우스와 하늘, 벼락도 두려워하지 않지만 그대는 두렵소, 네레우스의 딸이여! 그대의 분노는 모든 것을 꿰뚫는 제우스의 벼락보다 더 무섭다오. (오비디우스 『변신 이야기』)

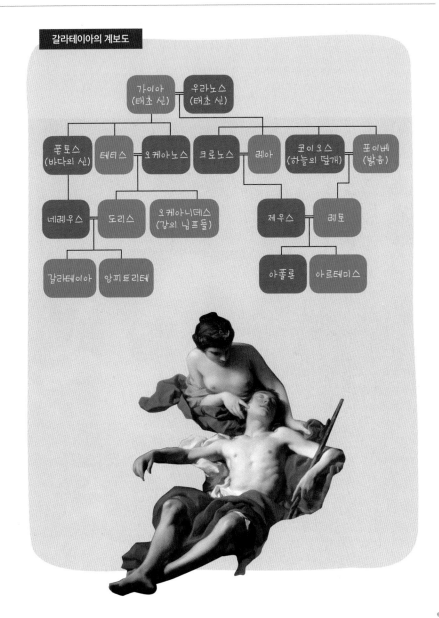

갈라테이아의 계보도

미청년 엔디미온에게 달빛이 내리다

「아르테미스와 엔디미온」
프랑스 화가 피에르 쉬블레이라스의 작품이다. 그리스인들은 초승달에서 보름달로 부풀어 가는 달의 모습에서 '풍요'와 '아기를 잉태한 여성'을 연상했다. 그래서 달의 여신 아르테미스를 풍요와 다산을 관장하는 신으로 여겼다.
내셔널 갤러리 소장

엔디미온은 라트모스 산에서 양을 치는 잘생긴 청년이었습니다. 어느 고요하고 맑은 날 밤이었어요. 달의 여신 **아르테미스**가 지상을 내려다봤는데, 이 청년이 잠자고 있었지요. 잘생긴 청년을 보자 처녀 여신의 차가운 가슴도 녹아내렸답니다. 여신은 지상으로 내려와 청년에게 입을 맞추었어요. 그리고 잠자는 엔디미온의 모습을 밤새도록 바라보았지요.

또 이런 이야기도 있습니다. 제우스가 엔디미온에게 영원한 젊음과 영원한 잠을 함께 누리는 재주를 내려 주었대요. 그렇다 보니 엔디미온은 이렇다 할 모험담이 없지요. 전하는 말로는 아르테미스가 엔디미온의 재산을 지켜 주었다고 합니다. 엔디미온은 늘 늘어져 자고 있었으니까요. 그래서 여신이 나서서 짐승으로부터 양들을 지켜 주어 양 떼가 많이 늘어났다고 하지요.

엔디미온 이야기는 인생에 관한 독특한 매력을 암암리에 전해 주고 있습니다. 엔디미온에게서 우리는 젊은 시인의 모습과 더불어 시인의 공상을 엿볼 수 있어요. 젊은 시인은 아무리 갈구해도 늘 마음 한 편이 공허하지요. 온 세상이 잠든 밤에 홀로 은은한 달빛 아래서 우수와 열정에 사로잡혀 마음을 애태운답니다. 엔디미온 이야기는 그리움과 시적인 사랑, 현실보다는 꿈을 찾는 삶 그리고 때 이른 죽음에의 동경을 암시하고 있어요. 존 키츠가 쓴 「엔디미온」은 격정적이고도 몽상에 가까운 시입니다. 이 시에는 아래와 같이 달을 향해 노래한 아름다운 구절이 담겨 있답니다.

그대의 밝은 빛 속에 누워

잠자는 암소들은 신의 들판을 꿈꿔

수많은 산들이 솟아오르고 또 솟아올라

그대의 눈빛을 숭배하기를 갈망하노라.

하지만 그대의 축복은 미치지 않는다네.

어두운 은신처에는. 하지만 작은 곳에

기쁨이 전해지기도 하지, 굴뚝새 한 마리

그대처럼 고운 얼굴로 고요한 둥지에 깃드나니.

「아르테미스와 엔디미온」
이탈리아 화가 우발도 간돌
피의 작품이다. 잠자는 엔디
미온의 모습에 완전히 매료
된 아르테미스는 엔디미온
을 영원히 잠들게 했다.

에드워드 영도 「밤의 명상」에서 엔디미온을 이렇게 노래하고 있습니다.

이런저런 생각은, 오 밤이여, 그대에게서 왔다네.

연인들의 은밀한 속삭임처럼 그대에게서 왔다네.

모두 잠든 사이에 아르테미스가 시인들처럼

어둠 속에서 은밀히 달에서 미끄러져 내려왔네.

양치기 청년과의 밀회를 위해, 하지만 여신을

더 사랑하는 이는 나이건만.

영국의 극작가 존 플레처의 「충실한 양치기 여인」에는 이런 대목이 나오지요.

숲에서 사냥하던 아르테미스가

젊은 엔디미온을 처음 보았을 때, 여신은

청년의 눈에서 영원히 꺼지지 않는 불꽃을 보았네.

곤히 잠든 청년의 관자놀이에 양귀비를 달아 주고

장엄한 라트모스 산꼭대기로 데려가

거기서 밤마다 청년을 지켜보았네.

산이 햇살을 받아 금빛으로 빛날 때

살며시 연인에게 입을 맞추었네.

잘못된 표적을 겨냥한 사냥의 여신

오리온은 포세이돈의 아들이었답니다. 거구에다 미남이었고 사냥 솜씨가 뛰어났어요. 아버지에게서 물려받은 능력 덕분에 깊은 바다를 건널 수 있었지요. 또한 바닷물 위를 걷는 재주도 있었습니다.

　오리온은 메로페라는 아가씨한테 반해 청혼을 했어요. 메로페는 키오스 섬의 왕 오이노피온의 딸이었지요. 오리온은 섬의 짐승들을 모조리 잡아서 메로페에게 선물로 바쳤답니다. 하지만 오이노피온은 딸의 결혼을 이 핑계 저 핑계로 자꾸만 미루었어요. 그러자 오리온은 메로페를 강제로 겁탈하려고 했지요. 이 사실을 알게 된 오이노피온은 단단히 화가 났습니다. 그래서 오리온에게 술을 먹여 취하게 해 놓고 장님으로 만들어 버렸어요. 그리고 눈먼 오리온을 바닷가에 내다 버렸지요. 오리온은 외눈박이 키클롭스의 망치 소리를 따라 렘노스 섬에 간신히 도착했답니다. 거기서 헤파이스토스의 대장간으로 갔어요. 헤파이스토스

「아르테미스와 오리온이 있는 풍경」
프랑스 화가 푸생의 작품이다. 오이노피온의 복수로 눈이 먼 오리온이 케달리온을 어깨 위에 태운 채 걸어가고 있다. 저 멀리 구름 위에서 아르테미스가 오리온을 지켜보고 있다.
메트로폴리탄 미술관 소장

는 오리온을 불쌍히 여겨 태양신의 궁전으로 가 보라고 말해 주었지요. 이때 케달리온이라는 부하를 길잡이로 내주었습니다. 오리온은 케달리온을 어깨에 올려놓고 동쪽으로 갔어요. 마침내 태양신을 만났더니 빛나는 광채 덕분에 시력을 되찾았지요.

이후 오리온은 사냥을 하면서 아르테미스와 함께 지냈답니다. 여신의 마음에 쏙 들었거든요. 심지어 여신이 오리온과 결혼할 거라는 소문까지 나돌았지요. 여신의 쌍둥이 오빠 아폴론은 이를 못마땅하게 여겨 자주 동생을 꾸짖었습니다. 하지만 소귀에 경 읽기였어요. 어느 날 아폴론은 오리온이 머리를 물 위에 내놓고 바다를 건너오는 모습을 보았지요. 아폴론은 여동생에게 저 멀리 바다를 가리키며 말했답니다.

"네가 아무리 활을 잘 쏘기로서니 저렇게 멀리 있는 검은 물체를 맞추진 못하겠지."

이 말에 발끈한 아르테미스는 그만 운명의 화살을 날리고 말았어요. 얼마 후 오리온의 시신이 넘실넘실 파도에 떠밀려 왔지요. 아르테미스는 눈물을 쏟으며 오랫동안 자신의 실수를 자책했습니다. 긴 한탄을 그친 후에는 오리온을 하늘의 별자리에 올려 주었어요. 오리온은 사자 가죽을 걸치고 허리띠와 칼을 차고 몽둥이를 든 거인의 모습으로 지금도 밤하늘에 빛나고 있지요. 그리고 오리온의 사냥개인 시리우스가 주인을 뒤따르고 플레이아데스 성단이 앞에서 날아가고 있답니다.

플레이아데스는 아틀라스의 딸들이자 아르테미스의 시중을 드는 님프들이었어요. 어느 날 오리온은 이들을 보고서 홀딱 반하여 달려들었지요. 기겁을 한 님프들은 신에게 기도를 올려 자신들의 모습을 바꾸어 달라고 했습니다. 제우스가 가엾게 여겨 이들을 비둘기로 만든 후 밤하늘의 별자리에 올려 두었어요. 이 님프들은 모두 일곱 명이었지만 지금 보이는 별은 여섯 개뿐이지요. 그중 한 명인 엘렉트라가 트로이의 함락을 차마 볼 수 없어 자리를 떴기 때문이랍니다. 트로이는 엘렉트라의 아들 다르다노스가 세운 도시였던 까닭이에요. 함락되는 모습이 너무도 참혹했기에 나머지 여섯 자매도 이후 줄곧 창백하게 보이는 것이지요.

롱펠로는 「오리온의 행방」이라는 시를 지었습니다. 아래 구절은 신화 속의 이야기를 노래하고 있어요. 미리 알아 두어야 할 것은 별자리 그림을 보면 오리온은 사자 가죽을 걸치고 몽둥이를 휘두르는 모습으로 표현되어 있다는 점이지요. 이 별자리의 별들이 하나씩 달빛에 가려지는 모습을 시인은 이렇게 묘사하고 있답니다.

사자의 붉은 가죽이 툭 떨어져

그의 발아래 강물 속으로 잠겼네.

무시무시한 몽둥이가 더 이상

황소의 머리를 내리치지 않네, 다만

그는 예전처럼 바닷가를 비틀비틀 걸었네.

오이노피온 때문에 장님이 된 몸으로

대장간의 대장장이를 찾아 걷고 또 걸었네.

그리고 좁은 골짜기에 올라

텅 빈 눈으로 태양을 바라보았네.

테니슨은 **플레이아데스**를 새로운 시각으로 노래하고 있어요.

밤마다 나는 플레이아데스를 보았네.

그윽한 어둠 속에서 떠오르는 이 별자리를

은빛 머릿결에 달라붙은 반딧불이 무리처럼

빛나고 있었네.

바이런은 플레이아데스 성단의 사라진 별 하나를 이렇게 노래
하고 있지요.

이제는 사라져 볼 수 없는 플레이아데스의 별 하나처럼

「플레이아데스」
미국 화가 엘리후 베더의 작
품이다. 플레이아데스는 수백
개의 별들로 이루어진 성단이
다. 그중 일곱 개의 별을 각각
알키오네, 켈라이노, 엘렉트
라, 마이아, 메로페, 아스테로
페, 타이게타라고 부른다.
메트로폴리탄 미술관 소장

이루어지지 않는 에오스의 사랑

새벽의 여신 에오스도 언니 달의 여신 못지않았습니다. 무슨 말이냐고요? 인간을 연모하는 마음에 종종 휩싸였기 때문이지요. 에오스가 가장 사랑했던 이는 트로이의 왕 라오메돈의 아들 티토노스였답니다. 에오스는 티토노스를 납치해 와서는 제우스에게 부탁해 그를 신으로 만들었어요. 하지만 영원한 젊음이 유지되도록 하는 걸 깜빡 잊었지요. 나중에 알고 보니 티토노스는 점점 늙어갔습니다. 뒤늦게 후회해도 한발 늦었어요. 티토노스가 백발이 성성해지자 에오스는 마음이 떠났지요. 그래도 티토노스는 에오스의 궁전에 살면서 신들의 음식을 먹고 천상의 옷을 입었답니다. 마침내 티토노스가 몸을 제대로 가눌 수도 없게 되자 에오스는 티토노스를 방 안에 가두어 두었어요. 방에서 가끔씩

「서둘러 떠나는 에오스」
프랑스 화가 루이 장 프랑수아 라그르네의 작품이다. 에오스는 아프로디테의 연인인 전쟁의 신 아레스를 사랑했다. 이를 알게 된 아프로디테는 에오스에게 어떤 남자를 사랑하든지 비극적인 결말을 맞으리라는 저주를 내렸다.
개인 소장

노인의 기진맥진한 목소리가 들리곤 했지요. 마침내 에오스는 티토노스를 메뚜기로 변신시켜 버렸습니다.

멤논은 에오스와 티토노스 사이에서 태어난 아들이었어요. 에티오피아의 왕이 되어 동쪽 끝자락에 있는 오케아노스의 바닷가에서 살았지요. 트로이 전쟁이 났을 때는 아버지의 친척들을 도우러 군대를 거느리고 참전했습니다. 트로이의 프리아모스 왕은 멤논을 극진히 대접하였어요. 그리고 멤논이 바닷가에서 일어난 신기한 일들을 들려주자 감탄을 연발했지요.

트로이에 도착한 바로 다음 날, 뭐가 그리도 급했던지 멤논은 군대를 이끌고 싸움터로 나갔답니다. 네스토르의 용감한 아들 안틸로코스가 멤논의 손에 쓰러졌어요. 그러자 그리스군은 물러서지 않을 수 없었지요. 바로 그때 아킬레우스가 나타나 전세가 뒤집어졌습니다. 에오스의 아들과 아킬레우스 사이에 길고 긴 싸움이 이어졌어요. 결국 승리는 아킬레우스에게 돌아갔고 멤논은 장렬히 전사했지요. 트로이군은 허둥지둥 도망치기 바빴답니다.

에오스는 하늘의 처소에서 걱정스레 내려다보고 있었어요. 위태롭던 아들이 끝내 쓰러지자 멤논의 형제인 바람의 신들에게 지시했지요. 멤논의 시신을 파플라고니아에 있는 아이세포스 강가로 데려오라는 것이었습니다. 저녁 무렵 에오스는 시간의 여신들과 플레이아데스를 거느리고 강가에 도착했어요. 죽은 아들을 끌어안고 하염없이 울고 또 울었지요. 밤의 여신도 애통해 하는 에오스가 가여워 하늘을 검은 구름으로 덮어 주었답니다. 이렇듯 천지만물은 모두 새벽의 여신의 아들이 죽은 것을 슬퍼했어요. 에티오피아인들은 님프의 숲 사이로 흐르는 강가에 멤논의 무덤을 세웠지요. 제우스는 활활 타는 장작에서 나오는 불똥과 재를 새로 변하게 만들었습니다. 그러자 이 새들은 두 패로 나뉘더니 서로 싸우다가 다시 불길 속으로 떨어졌어요. 그 뒤 해마다 멤논의 제삿날이면 이 새들이 나타나 그때처럼 맴돈다고 하지요. 에오스는 이후로도 아들을 잃은 슬픔에서 헤어나지 못했답니다. 그래서 지금도 눈물을 흘리고 있대요. 아침 풀숲의 이슬방울들이 바로 이 여신의 눈물이라지요.

멤논 이야기는 고대 신화의 다른 불가사의한 이야기들과는 다릅니다. 이야기를 기념하는 상징물들이 지금까지 전해 오고 있으니까요. 이집트 나일 강변에는 거대한 석상이 두 개 있지요. 그중 하나가 바로 멤논의 상이라고 한답니다. 고대 작가들의 기록에 따르면, 아침 햇살이 처음 비칠 때 이 석상에서 어떤 소리가 났다고 해요. 리라의 현을 탈 때 나는 소리와 비슷했다지요. 하지만 고대 작가들이 말한 상이 나일 강변의 이 석상인지는 꽤 의심스럽습니다. 수수께끼 같은 소리는 더더욱 의심스럽고요. 하지만 그런 소리가 난다는 현대적인 증거가 아예 없지는 않지요. 석상 속에 갇힌 공기가 돌 틈으로 빠져나올 때 소리가 날 수도 있다고 보는 것입니다. 지금은 고인이 된 권위 있는 탐험가이자 이집트 학자 가드너 윌킨슨 경이 조각상을 직접 검사한 적이 있어요. 그는 석상의 속이 비어 있음을 알아내고서 이런 기록을 남겼지요.

"석상의 무릎 부분에 있는 돌을 두드리면 쇳소리가 난다. 석상 속에 신비한 힘이 있다고 믿는 관광객들을 속이는 데 이 소리가

지금도 이용되고 있다."

소리 나는 멤논 상은 시인들이 즐겨 찾는 소재입니다. 에라스무스 다윈은 「식물원」에서 이렇게 노래하고 있어요.

멤논의 신전을 찾은 거룩한 태양에게

아침의 곡조가 저절로 화음을 울리네.

동쪽 햇살이 닿자 응답의 소리들이

리라를 울리며 현이 일제히 떨리나니

긴 통로에 부드러운 곡조가 이어지고

숭배의 노래가 거룩한 메아리로 퍼지고.

제1권 제1편 182행

괴물의 등 뒤에서 달콤한 밀회를 즐기다

앞에서 소개했듯이 시칠리아에는 아름다운 아가씨 스킬라가 살고 있었습니다. 바다 님프들이 무척 아끼던 아가씨였어요. 많은 사내들이 스킬라의 마음을 얻으려고 했지만 모두들 퇴짜를 맞았지요. 스킬라는 갈라테이아 여신의 동굴로 가서 사내들 때문에 진절머리가 난다고 하소연했답니다. 어느 날 스킬라가 여신의 머리를 빗겨 주면서 그런 이야기를 주절대니까 여신은 이렇게 말했어요.

"하지만 스킬라야, 너를 얻으려는 사내들은 그나마 점잖은 편이야. 네가 원치 않아 손사래를 치면 순순히 물러가잖니. 하지만 나는 네레우스의 딸인 데다 여러 언니들의 보살핌을 받아도 외눈박이 거인 키클롭스의 손아귀에서 벗어나지를 못해. 고작해야 잠시 바닷속 깊이 숨는 것뿐이란다."

여신은 눈물이 앞을 가려 더 이상 말을 잇지 못했지요. 마음이 여린 스킬라는 가녀린 손으로 눈물을 닦아 주었습니다. 이어서 여신을 위로하며 이렇게 말했어요.

"여신님, 왜 그런 딱한 처지가 되었는지 말씀해 주세요."

갈라테이아의 대답은 이러했지요.

파우누스와 님프 나이아스 사이에서 난 아키스라는 아들이 있었단다. 부모는 아들을 끔찍이 사랑했지만 그를 사랑하는 내 마음에 비하면 아무것도 아니었어. 그 미소년도 오직 나한테만 마음을 주었어. 그때 아키스는 열여섯 살, 이제 겨우 수염이 거뭇거뭇 나기 시작했지. 그런데 내 마음은 아키스에게 빠져 있는데, 키

클롭스도 나랑 사귀고 싶어 안달이 났지 뭐니. 아키스를 사랑하는 마음과 그 키클롭스를 미워하는 마음 중에 어느 것이 더 크냐고 묻는다면 나는 대답할 수가 없어. 두 마음이 똑같았으니까.

아, 아프로디테 여신이시여! 그대의 능력은 얼마나 위대하신지요! 이 난폭한 거인조차도 사랑이 무언지 알게 되어 내게 마음을 빼앗기다니요! 숲을 공포로 뒤덮으며, 걸렸다 하면 어떤 나그네라도 요절을 내고야 마는 그런 괴물이 말이야. 심지어 제우스신에게도 번번이 대드는 그런 무지막지한 자였는데! 이제는 자기 가축들도 동굴 속에 쟁여 놓은 먹잇감들도 전혀 안중에 없단다. 그리고 요새 처음으로 자기 외모에 신경을 쓰기 시작했지 뭐니. 좀 사근사근한 모습으로 비치고 싶은가 봐. 부스스한 머리카

「아키스와 갈라테이아가 있는 풍경」

프랑스 화가 클로드 로랭의 작품이다. 아키스와 갈라테이아가 키클롭스(폴리페모스)를 피해 밀회를 즐기고 있는 장면이다. 우측 상단에 조그맣게 그려져 있는 키클롭스가 눈에 띈다.

드레스덴 국립 미술관 소장

락에 빗질을 해 대질 않나, 수염을 낫으로 깎지를 않나, 수면 위에 흉측한 몰골을 비춰 보질 않나, 하여튼 그렇게 나름 용모를 가꾸더라고. 살육을 즐기고 피에 굶주린 사나운 기질도 이젠 사라졌어. 그자의 섬에 들르는 배들도 무사히 지나갈 수 있게 되었지. 바닷가를 이리저리 거닐면서 육중한 걸음으로 큼지막한 발자국만 남길 뿐이야. 그러다 지치면 동굴에 들어가 조용히 쉬기나 하고.

바닷가에는 우뚝 솟은 절벽이 하나 있었단다. 절벽의 양쪽 기슭에서 물결이 찰랑거렸지. 어느 날 거구의 키클롭스가 거길 올라가 꼭대기에 앉더구나. 자기 가축들은 주위에서 놀게 놓아두

「아키스와 갈라테이아」
오스트리아 화가 야코프 판 슈펜의 작품이다. 갈라테이아와 아키스가 사랑을 나누는 사이, 상심한 폴리페모스는 쓸쓸히 피리를 불고 있다.

고선 말이야. 배의 돛으로 삼아도 될 만한 지팡이를 내려놓고선 악기를 집어 들었어. 많은 갈대를 촘촘히 모아서 만든 악기였지. 그자가 악기를 불자 산과 바다에 음악이 울려 퍼졌단다. 나는 사랑하는 아키스를 옆에 끼고 바위 아래 숨은 채로 아련히 들려오는 가락을 들었어. 나의 아름다움을 한껏 찬양하다가 또 어느새 쌀쌀맞고 무정한 나를 심하게 꾸짖는 듯한 곡이었지.

연주를 마치더니 일어나서 마치 고삐 풀린 망아지처럼 날뛰다가 숲으로 들어가더라. 그래서 아키스와 나는 더 이상 신경을 안 쓰고 있었는데, 느닷없이 우리 둘이 있는 곳에 떡하니 나타난 거야. 우리 둘이 앉아 있는 모습을 보더니 괴물은 이렇게 으르렁댔지.

"딱 걸렸군. 너희들의 밀회는 이것으로 마지막이 되겠지만."

성난 키클롭스만 낼 수 있는 무시무시한 목소리였어. 에트나 산조차 부르르 떨렸으니까. 나는 기겁을 하고서 바닷물 속에 뛰어들었지. 아키스는 뒤돌아 도망치며 이렇게 고함쳤어.

"살려주세요, **갈라테이아** 여신님! 엄마, 살려 줘!"

키클롭스는 아키스를 뒤쫓다가 산에서 바위를 하나 뽑더니 던졌어. 귀퉁이에 살짝 스쳤을 뿐이건만 아키스는 산산조각이 나고 말았지. 그래도 내가 아키스에게 해 줄 일이 하나 있기는 있었단다. 아키스의 할아버지인 강의 신에 맞먹는 명예를 그에게 부여했어. 붉은 피가 바위 밑에서 흘러나오더니 차츰 색이 옅어졌지. 마치 비를 맞아 탁하게 보이는 강물 같았어. 그러더니 한참 후에는 맑은 물이 되었지. 이윽고 바위가 쪼개지더니 틈새로 물이 솟으면서 즐겁게 속삭이는 소리가 났단다.

그리하여 아키스는 강이 되었답니다. 그 강은 지금도 아키스라는 이름으로 불리고 있어요.

드라이든은 「키몬과 이피게네이아」라는 시에서 어느 시골뜨기가 사랑의 힘으로 신사로 거듭나는 이야기를 노래하고 있지요. 어쩌면 갈라테이아와 키클롭스의 전설에서 따온 이야기가 아닐까 싶습니다.

아버지의 걱정도 가정교사의 재주도
그의 거친 마음을 어찌할 수 없었지요.
최고의 선생은 바로 사랑, 한순간에 불붙었네.
마치 메마른 땅에 풍요의 결실이 맺힌 듯했네.
사랑으로 부끄러움을 배웠지, 옥신각신하다 보니
어느새 인생에서 소중한 정중함을 배웠나니.

원본은 '멤논 이야기'일까요, 『일리아스』일까요?

새벽의 여신 에오스는 트로이 왕자 티토노스와의 사이에서 멤논을 낳는다. 멤논의 죽음 이야기에 얽힌 재미있는 주장이 있다. '멤논 이야기'가 장대한 『일리아스』의 원본이라는 주장이다. 멤논은 아킬레우스의 친우 안틸로코스를 죽이고서 친구를 위해 복수에 나선 아킬레우스에게 죽는다. 이것은 헥토르가 아킬레우스의 친구인 파트로클로스를 죽이고서 아킬레우스에게 죽은 것과 비슷한 구도다. 제우스는 헤르메스를 시켜 두 사람의 운명을 저울에 단다. 멤논의 운명이 땅으로 처져 아킬레우스보다 멤논이 먼저 죽는다. 이와 비슷한 저울 장면이 『일리아스』에도 나온다. 헥토르가 아킬레우스에게 도망치며 트로이 성을 세 바퀴째 돌고 있을 때, 제우스가 저울에 두 사람의 운명을 올려놓는다. 헥토르의 운명이 땅으로 처져 헥토르가 죽는다. 하지만 헥토르의 죽음은 이미 앞에서 예고된 것이다. 제우스는 그저 저울을 들어 예정된 죽음을 선언했을 뿐이다. 반면 멤논 이야기에서는 누가 먼저 죽을지 결정되지 않았으므로 저울로 달아 보는 행위가 큰 의미를 지닌다. 같은 내용이 한쪽에서는 반드시 필요한 반면 다른 쪽에서는 큰 의미가 없다면 어느 쪽이 원본일까? 저울 내용이 꼭 필요한 멤논 이야기가 먼저 나온 원본이기 쉽다. 하지만 『일리아스』를 만든 시인은 아주 간단한 이야기를 크게 확장해 대작을 만들어 내는 데 성공했다. 원본은 멤논 이야기일지 몰라도 성취는 『일리아스』 쪽이 훨씬 크다.

트로이 전쟁에 출전할 준비를 하는 멤논

8 아름다움이 전쟁을 불러오다 | 트로이 전쟁

트로이 전쟁은 신화 속의 전쟁 가운데서 가장 유명하며, 위대한 문학 작품을 많이 낳은 중요한 사건이었습니다. 무려 9년 동안이나 싸움이 벌어졌고 수많은 목숨이 전장의 이슬로 사라졌지요. 이 엄청난 사건도 발단은 아주 사소한 데서 시작되었어요. 바로 여신들의 아름다움에 대한 경쟁 때문이었답니다. 여기에 당대의 절세 미녀가 전쟁의 불씨를 당기는 도화선이 되지요. 트로이 전쟁 이야기 속에는 흥미로운 대목들이 흘러넘친답니다. 그리스군 내부의 알력과 다툼, 영웅들의 쩨쩨하고 옹졸한 모습, 진정한 전우애, 아버지의 눈물 어린 부성애 그리고 인간의 전쟁에 교묘히 끼어들어 서로 다투는 신들의 활약 등등. 그럼 이제부터 트로이 전쟁의 현장으로 우리도 들어가 볼까요.

- 어디 한번 군신 아레스의 벗이라는 메넬라오스를 기다려 봐라. 네가 어떤 사내의 아내를 빼앗아 왔는지 알게 될 것이다. 하프도, 아프로디테의 선물도 네 몸과 머리카락이 흙먼지 속에서 나뒹구는 것을 막아 주지 못하리라. (호메로스 『일리아스』)

- 기뻐하라, 파트로클로스여. 지금 저승에 있을지라도 전에 했던 그대와의 약속을 지킬 것이다. 헥토르를 끌고 와 그의 살을 개에게 먹일 것이고, 타오르는 그대의 제단 앞에서 건장한 트로이 남자 열두 명의 목을 베리라. (호메로스 『일리아스』)

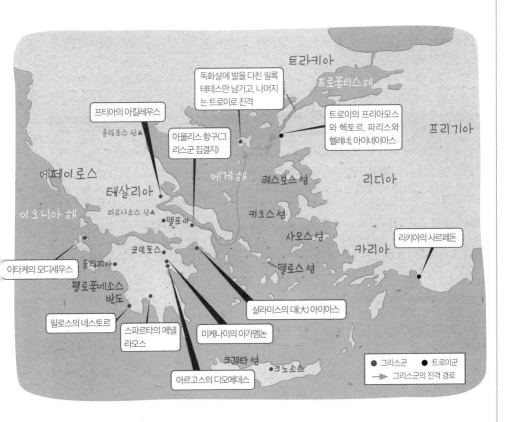

전쟁의 발단이 된 파리스의 심판

아테나는 지혜의 여신이었지만 한번은 무척 어리석은 짓을 저질렀습니다. 누가 더 아름다운가를 놓고서 헤라, 아프로디테와 경쟁을 벌였어요. 사연인즉 이러했지요. 펠레우스와 테티스의 결혼 잔치에 모든 신들이 초대를 받았지만 불화의 여신 에리스만은 예외였답니다. 왕따를 당한 에리스는 분노가 치밀어 견딜 수가 없었어요. 그래서 다짜고짜 잔치 자리에 나타나 사과를 하나 던졌지요. 웬 사과냐고요? 사과에는 이런 글이 적혀 있었답니다. '가장 아름다운 여신에게.' 그러자 헤라, 아프로디테 그리고 아테나 여신이 서로 자기 것이라고 다투었어요.

「파리스의 심판」

플랑드르 화가 페테르 루벤스의 작품이다. 트로이 왕 프리아모스는 불길한 신탁을 듣고, 파리스를 이데 산에 버린다. 파리스는 양치기로 살다가 우여곡절 끝에 다시 왕자가 되지만 적응하지 못하고 산에서 양들을 돌보며 지낸다.

내셔널 갤러리 소장

제우스도 이건 너무 미묘한 문제라 직접 끼어들기가 부담스러웠지요. 그래서 여신들을 이데 산으로 보냈습니다. 거기서 양떼를 돌보는 잘생긴 청년 **파리스**에게 판단을 맡기기 위해서였어요. 여신들은 저마다 파리스에게 다가가 환심을 사려고 했지요. 헤라는 부와 권력을 주겠다, 아테나는 전쟁 영웅이 되게 해 주겠다, 아프로디테는 절세 미녀를 아내로 삼게 해 주겠다고 약속했답니다. 파리스는 아프로디테의 편을 들면서 황금 사과를 건넸어요. 그러자 다른 두 여신은 파리스에게 앙심을 품었지요.

아프로디테가 보호해 준 덕분에 파리스는 무사히 그리스로 돌아갈 수 있었습니다. 그곳에서 그는 스파르타의 왕 메넬라오스의 융숭한 대접을 받았지요. 그런데 메넬라오스의 아내인 헬레네가 바로 아프로디테가 말한 절세 미녀였답니다. 예전에 헬레네는 구혼자들이 흘러넘쳤어요. 서로 헬레네를 차지하려고 난리법석이었는데 마침 오디세우스가 나타나 이런 제안을 했지요.

"우리 구혼자들은 지금은 서로 경쟁하는 처지입니다. 하지만 헬레네가 마음을 정한 이후에는 합심하여 헬레네를 모든 위험으로부터 지키도록 합시다. 그리고 헬레네를 위해서라면 전쟁의 불길 속이라도 뛰어듭시다."

다들 오디세우스의 제안을 따르기로 했지요. 마침내 헬레네는 메넬라오스를 신랑감으로 골랐습니다. 그리하여 둘이 행복한 나날을 보내고 있는데, 파리스가 손님으로 왔던 것이에요. 아프로디테의 도움을 받아 가며, 파리스는 거침없이 헬레네를 유혹했지요. 결국 함께 도망치자고 헬레네를 꼬드겨 트로이로 데려갔답니다. 이렇게 해서 그 유명한 트로이 전쟁이 시작되었지요. 트로이 전쟁은 고대 위대한 시인들의 단골 주제였어요. 호메로스나 베르길리우스 같은 최고의 시인들도 트로이 전쟁을 노래했습니다.

메넬라오스는 그리스의 왕족들에게 전갈을 보내 이전의 맹세대로 자기 아내를 찾는 데 동참해 달라고 호소했어요. 대다수는 순순히 응했지만 정작 오디세우스는 즉답을 피했지요. 그 무렵 오디세우스는 페넬로페와 결혼을 한 데다 아이까지 생겼습니다. 마냥 행복에 젖어 있다 보니 골치 아픈 일에 나서기가 싫었던 거예요. 오디세우스가 뭉그적거리자 메넬라오스는 설득을 하려고 팔라메데스를 보냈지요. 팔라메데스가 이타케에 도착했을 때 오디세우스는 미친 척을 했답니다. 나귀와 소를 같은 쟁기에 매고 밭을 갈게 하면서 소금을 뿌리고 있었어요. 그러자 팔라메데스는 오디세우스의 어린 아들 텔레마코스를 데려와 쟁기 앞에 놓았지요. 진짜로 미쳤는지 알아보려는 것이었습니다. 과연 팔라메데스의 생각대로 아버지는 쟁기를 옆으로 비키는 바람에 거짓 연기였음이 들통나고 말았어요. 이제 더 이상 예전의 맹세를 모른 척 할 수 없게 되었지요. 그리하여 오디세우스도 어쩔 수 없이 가담하긴 했는데, 이번에는 물귀신 심보를 드러냈답니다. 이 일을 내켜 하지 않는 다른 왕족들, 특히 아킬레우스를 끌어들이려고 안달했다는 사실!

여신들 앞에 불화의 사과가 떨어졌던 결혼 잔치의 주인공 테티스를 기억하시나요? 아킬레우스는 바로 이 테티스의 아들이었지요. 테티스 또한 바다의 님프로서 불멸의 존재였습니다. 그

래서 아들이 출전하면 트로이에서 죽을 운명임을 알고 있었어
요. 테티스는 아들이 참가하지 못하게 꼼수를 부렸지요. 아들을
여자로 변장시켜 리코메데스 왕의 궁궐로 보냈답니다. 공주들의
시중을 들면서 몸을 숨기게 한 거예요. 하지만 오디세우스는 그
사실을 귀신같이 알아냈지요. 그래서 상인으로 변장해 궁궐로
들어가 여자들의 장신구를 가득 펼쳐놓았습니다. 장신구들 속에
는 무기도 몇 가지 있었어요. 공주들은 다들 장신구에 정신이 팔
렸는데, 아킬레우스만 무기를 만지작거렸지요. 결국 매서운 오디
세우스의 눈에 띄어 정체가 탄로 나고 말았답니다. 결국 오디세
우스의 설득에 넘어간 아킬레우스는 어머니의 간곡한 부탁을 저
버리고 전쟁에 동참하게 되었어요.

「리코메데스의 딸들
중에서 아킬레우스를
알아본 오디세우스」
프랑스 화가 루이 고피에의
작품이다. 오디세우스가 꾀
를 내면서까지 아킬레우스
를 트로이 전쟁에 끌어들이
려고 했던 이유는 예언자 칼
카스 때문이다. 칼카스는 아
킬레우스가 참전하지 않는
다면 트로이 전쟁에서 그리
스군이 승리할 수 없다고 예
언했다.
스톡홀름 국립 미술관 소장

최강의 군대가 트로이로 진격하다

트로이의 왕은 프리아모스였지요. 헬레네를 유혹해 데려간 양치기가 바로 이 왕의 아들이었습니다. 파리스가 아무도 몰래 양치기를 하면서 자라났던 까닭은 갓난아기일 때 불길한 예언이 있었기 때문이에요. 자라서 나라를 망하게 할 인물이라는 예언이었지요. 이제 그 불길한 예언이 실현되는 것 같았답니다. 당시 트로이를 노리던 그리스군은 최강의 군대였으니까요.

아내를 뺏긴 메넬라오스의 형이자 미케나이의 왕인 아가멤논이 그리스군의 총사령관을 맡았지요. 아킬레우스는 그리스군의 가장 뛰어난 장수였습니다. 그다음은 아이아스였어요. 몸집이 크고 용맹했지만 머리가 둔한 편이었지요. 디오메데스는 영웅의 자질 면에서 아킬레우스에 버금가는 장수였답니다. 오디세우스는 총명하기로 이름이 높았어요. 그리고 네스토르는 그리스군의 백전노장이어서 다들 전략을 물으려면 네스토르를 찾았지요.

하지만 트로이군도 만만한 상대가 아니었습니다. 프리아모스 왕은 지금은 늙었지만 나라를 튼튼하게 만든 현명한 군주였어요. 나라 안을 잘 다스렸을 뿐 아니라 이웃 나라들과도 굳건한 동맹 관계를 맺어 놓았지요. 하지만 프리아모스의 권좌를 가장 든든하게 받치는 핵심 인물은

「안드로마케, 아스티아낙스와 작별하는 헥토르」
독일 화가 카를 프리드리히 데클러의 작품이다. 헥토르는 트로이 왕 프리아모스와 왕비 헤카베의 아들이다. 용감함과 고결한 인품을 갖춘 명장이자 트로이군의 실질적인 지휘자다.

「헬레네와 파리스의 사랑」 부분

프랑스 화가 자크 다비드의 작품이다. 파리스에게 황금 사과를 받은 아프로디테는 약속대로 파리스가 헬레네를 아내로 맞을 수 있게 해 준다. 파리스와 사랑에 빠진 헬레네는 남편 메넬라오스를 버리고 금은보화를 챙겨 트로이로 떠난다.

루브르 박물관 소장

아들 헥토르였답니다. 고대의 작가들이 찬양해 마지않던 고귀한 인물이에요. 헥토르는 처음부터 나라가 망할 조짐을 느꼈지만 영웅답게 끝까지 싸웠지요. 하지만 조국에 이런 위험을 몰고 온 나쁜 행동을 옳다고 보지는 않았습니다. 헥토르는 안드로마케를 아내로 맞이했는데, 남편과 아버지의 역할도 장수역할 못지않게 훌륭하게 해냈어요. 트로이군의 주요 장군들로는 헥토르 외에 아이네이아스, 데이포보스, 글라우코스, 사르페돈 등이 있었지요.

이 년 동안의 준비를 마치고, 드디어 그리스 함대와 육군이 보이오티아의 아울리스 항에 집결했답니다. 그런데 이곳에서 아가멤논이 사냥을 하다가 아르테미스에게 바쳐진 수사슴을 죽이고 말았어요. 그러자 여신은 앙갚음으로 군대에 전염병을 돌게 했지요. 이걸로도 성이 안 차, 바람을 멎게 하는 바람에 함대가 항구를 떠날 수도 없게 만들었습니다. 예언자 칼카스가 말하기를 처녀 여신의 분노를 달래려면 처녀를 제물로 바치는 수밖에 없다고 했어요. 또한 제물로는 죄를 지은 이의 딸 외에는 누구도 합당하지 않다고 했지요.

아가멤논은 마지못해 승낙했답니다. 그래서 아킬레우스에게 시집을 보낸다고 속여 딸 이피게네이아를 데려왔어요. 막 제물로 바치기 직전에 여신이 분노를 누그러뜨려 이피게네이아를 구름에 감싼 다음 낚아채 갔지요. 대신 그 자리에 암사슴 한 마리를 남겨 놓았습니다. 여신은 이피게네이아를 타우리스로 데려가 자기 신전의 여사제로 삼았답니다.

테니슨은 「미녀들의 꿈」이란 시를 지어 제물로 바쳐지기 직전에 이피게네이아가 느꼈을 심정을 노래하고 있지요.

그 슬픈 곳에서 희망은 나를 버렸다네.
아직도 다시 떠올리기가 싫고 두려워라.
아버지는 한 손으로 얼굴을 가리셨다네.
눈물이 앞을 가리도록 나는 울었어라.

무언가 말하고 싶었으나 한숨에 목이 메일 뿐
꿈속인 듯만 하였네. 그런데 어렴풋이 보였지.
늑대 같은 눈에 검은 수염을 한 엄한 장군들이
나의 죽음을 기다리고 있었을 뿐이네.

배 위의 높이 솟은 돛대들이 떨렸고
신전도 사람들도 그리고 바닷가도 떨렸네.
누군가 뾰족한 칼을 내 여린 목에 댔고
천천히— 그리고— 아무 일도 없었네.

이윽고 순풍이 불어와 그리스 함대는 출항을 하여 군대를 트로이 해안가로 싣고 갔답니다. 트로이군은 상륙을 저지하려고 달려왔어요. 첫 전투에서 프로테실라오스가 헥토르의 손에 죽임을 당했지요. 프로테실라오스에게는 집에 남겨 놓고 떠난 아내 라오다메이아가 있었습니다. 남편을 끔찍이도 사랑한 여인이었지요. 남편의 전사 소식을 듣자 라오다메이아는 딱 세 시간 동안만 남편과 말할 수 있게 해 달라고 신들께 빌었어요. 지성이면 감천이라고, 신들이 기도를 들어주었답니다. 헤르메스가 프로테실라오스를 이승으로 다시 데려왔어요. 세 시간이 지나 남편이 다시 저승으로 떠날 때, 라오다메이아도 저승길의 동무로 따라나섰지요.

전하는 말에 따르면 님프들이 프로테실라오스의 무덤 주변에 느릅나무를 여러 그루 심었습니다. 이 나무들은 무럭무럭 자라서 트로이가 훤히 내려다보일 정도로 높이 자랐대요. 그런데 언젠가 말라죽었다가 뿌리에서 다시 새 가지들이 나왔다지요.

윌리엄 워즈워스는 프로테실라오스와 라오다메이아 이야기를 소재로 시를 한 편 지었답니다. 이 시에 의하면, 첫 희생자가 나온 쪽이 전쟁에서 승리한다는 신탁이 내려졌던 것 같아요. 시인은 프로테실라오스가 잠시 이승에 돌아와 아내에게 자신의 운명을 이야기하는 장면을 이렇게 그리고 있지요.

바라던 바람도 불어오고, 나는 생각했다오.

고요한 바다에서 그 신탁을 떠올렸지.

더 뛰어난 자가 나서지 않으면, 나는 결심했다오.

일천 척의 함대 중에서 내 배가 반드시

가장 먼저 바닷가에 닿게 하겠다고

트로이의 모래에 내가 첫 피를 뿌리겠다고.

하지만 정작 참담한 고통은 그게 아니었다오.

사랑하는 아내, 당신을 잃는다는 생각 때문이었다오!

내 기억은 부질없이 당신에게 매달렸다오.

평생 살면서 함께 웃고 울던 날들을 되새겼다오.

우리가 함께 걷던 그 오솔길, 그 호숫가와 꽃밭들

내가 설계했던 새로운 도시들과 미완성의 탑들을.

그렇게 머뭇거리자니 적들이 이렇게 외치더군.

"보라, 적군이 겁을 먹었도다! 기세는 등등하다만

숫자만 많았지 한 놈도 죽겠다고 나서지 않는군!"

영혼 깊이 나는 그런 모욕을 떨쳐내려고 했지만

오래된 나약한 마음이 되살아났다오. 허나 마침내

숭고한 생각을 실천하여 허약함을 벗어났다네.

……

헬레스폰토스의 바닷가 한 귀퉁이에

한 무리의 나무가 오랫동안 뾰족하게 자라났다네.

아내도 따라죽었던 그 사내의 무덤에서 자라났다네.

어느덧 나무들은 하늘 위로 높이 높이 치솟아

트로이의 성벽이 내려다보일 때까지 자랐지.

그러고서 나무들은 꼭대기가 시들어 갔다네.

그렇게 나무들은 자람과 시듦을 되풀이했다네.

아킬레우스를 모욕한 대가를 치른 그리스군

전쟁은 꼬박 아홉 해나 계속되었지만 딱히 승패가 나지 않았습니다. 그러던 어느 날 그리스군에게는 치명적이라고 할 사건이 하나 터졌어요. 아킬레우스와 아가멤논 사이에 말다툼이 벌어졌지요. 위대한 시인 호메로스의 『일리아스』는 바로 여기서부터 시작된답니다. 그리스군은 트로이를 함락하진 못했지만 트로이의 이웃 동맹국들을 점령해 나가고 있었어요. 전리품을 나눌 때, 크리세이스라는 여자 포로가 아가멤논의 차지가 되었지요. 크리세이스는 아폴론의 사제 크리세스의 딸이었습니다. 그러자 크리세스는 자신이 사제임을 가리키는 표식을 들고 진영으로 찾아왔어요. 제발 딸을 풀어 달라고 사정했지만 아가멤논은 단칼에 거절했지요. 크리세스는 딸을 내놓지 않고는 못 배길 만큼 그리스

군을 괴롭혀 주십사 아폴론에게 빌었답니다.

아폴론은 사제의 기도를 듣고서 그리스군 진영에 전염병을 퍼뜨렸어요. 그러자 신들의 분노를 달래 전염병을 막을 대책을 마련하려고 회의가 열렸지요. 아킬레우스는 아가멤논

이 크리세이스를 내놓지 않아 이런 재앙이 생겼다고 서슴없이 말했습니다. 아가멤논은 버럭 화를 내긴 했지만 크리세이스를 내놓는 것에는 동의했어요. 대신에 아가멤논은 아킬레우스한테 브리세이스를 달라고 했지요. 브리세이스는 전리품을 나눌 때 아킬레우스의 차지가 된 여자였답니다. 아킬레우스는 요구를 들어주긴 했지만 자기는 이제 전쟁에서 손을 떼겠다고 선언했어요. 그러고선 자기 군대를 따로 빼내 그리스로 돌아가겠노라고 공공연히 떠벌렸지요.

남녀 가릴 것 없이 신들도 이 유명한 전쟁에 당사자들 못지않게 관심이 많았습니다. 이미 신들은 트로이가 결국에는 함락될 운명임을 잘 알고 있었어요. 그리스군이 스스로 전쟁을 단념하고 돌아가지 않는 한 말이지요. 하지만 양측에 가담한 신들이 희망과 절망을 교묘히 자극해 전세를 바꿀 여지는 남아 있었답니다. 헤라와 아테나는 트로이라면 눈에 쌍심지를 켰어요. 자신들의 아름다움이 파리스 때문에 무참히 짓밟혔으니 당연했지요. 정반대 이유로 아프로디테는 트로이에 호감을 품고 있었습니다.

아프로디테는 평소 자신을 숭배하던 아레스를 한편으로 끌어들였어요. 포세이돈은 그리스 편을 들었지요. 아폴론은 중립이어서 한 번은 이쪽, 한 번은 저쪽을 편들었답니다. 그리고 제우스는 훌륭한 왕 프리아모스를 아끼면서도 최대한 공정한 태도를 취했어요. 하지만 예외가 전혀 없지는 않았지요.

아킬레우스의 어머니 테티스는 아들이 모욕을 받았다는 소식을 듣고 불같이 화를 냈습니다. 곧장 제우스의 신전으로 달려가 트로이군에게 승리를 내려 달라고 기도했지요. 그래야 아킬레우스를 부당하게 대한 그리스군이 뉘우칠 테니까요. 제우스가 그 기도를 들어주는 바람에 다음 전투에서 트로이군이 압승을 거두었답니다. 그리스군은 싸움터에서 퇴각해 전함으로 대피했어요.

그러자 아가멤논은 현명하고 용감무쌍한 부하 장수들을 불러 회의를 열었지요. 그 자리에서 네스토르가 솔직히 말했습니다. 즉시 아킬레우스에게 사절을 보내 싸움터로 복귀해 달라고 설득하자고요. 그러려면 다툼의 원인인 브리세이스를 돌려주어야 하며, 다른 선물도 가득 안겨 주어 아킬레우스를 달래야 한다고 말이지요. 아가멤논도 이 충고를 받아들였답니다. 아가멤논은 오디세우스와 아이아스 그리고 포이닉스에게 아킬레우스한테 가서 사과의 뜻을 전하라고 시켰어요. 내로라하는 세 장수가 와서 간곡히 사정했지만, 아킬레우스는 들은 척도 하지 않았지요. 싸움터로 돌아갈 생각은 추호도 없노라, 당장 그리스로 떠나겠노라 고집을 부렸습니다.

그리스군은 함대 주위로 방호벽을 쌓았어요. 이제 트로이를 포위하기는커녕 도리어 방호벽 안에 포위되고 말았지요. 아킬레

우스에게 보낸 사절들이 퇴짜를 맞은 바로 다음 날, 다시 전투가 벌어졌답니다. 제우스의 도움을 받는 트로이군은 파죽지세로 쳐들어가 방호벽에 구멍을 냈어요. 바야흐로 함대에 불을 지르기 직전이었지요. 그러자 포세이돈이 그리스군의 위급한 상황을 알고서 구해 주러 왔습니다. 포세이돈은 예언자 칼카스로 변장하여 장병들을 큰 소리로 격려했어요. 그리고 장병들에게 일일이 호소하여 트로이군을 물리치자며 사기를 북돋웠지요.

아이아스는 용맹하게 싸움을 이끌다가 마침내 헥토르와 맞서게 되었답니다. 아이아스가 네 이놈 하며 고함치자마자, 헥토르는 보란 듯이 이 거구의 장수에게 창을 던졌어요. 창은 정확히 날

아가 아이아스를 맞추었지요. 하지만 칼과 방패를 매단 두 개의 끈이 가슴과 교차하는 지점에 맞는 바람에 아이아스는 무사할 수 있었습니다. 위기를 넘긴 아이아스는 돌 하나를 집어 들어 휙 던졌어요. 전함을 받치고 있던 커다란 돌이었지요. 헥토르는 돌에 목을 맞고 땅바닥에 쓰러졌답니다. 부상당해 기절한 헥토르를 부하들이 즉시 데려갔어요.

포세이돈이 이렇듯 그리스군을 도와 트로이군을 내모는데도, 제우스는 전혀 모르고 있었지요. 아내 헤라에게 빠져서 전쟁터는 거들떠보지도 않고 있었습니다. 그도 그럴 것이 헤라는 온갖 치장을 하여 아름다움을 한껏 뽐내고 있었어요. 급기야 아프로디테한테서 케스토스라는 허리띠까지 빌렸지요. 차고 있으면 누구라도 마음을 빼앗을 수 있는 마법의 허리띠였답니다. 제우스가 올림포스 산에 앉아서 전쟁터를 내려다보고 있는데, 그런 만반의 준비를 하고 헤라가 찾아왔던 것이에요. 아름답기 그지없는 헤라를 보자 제우스는 홀딱 마음을 뺏겼지요. 그 옛날 처음으로 헤라와 사랑에 빠졌을 때의 마음으로 되돌아갔던 것입니다. 그러니 전쟁이든 다른 나랏일이든 죄다 잊고 헤라만 생각했어요. 전쟁은 될 대로 되라며 내팽개쳐 두었지요.

하지만 헤라에 흠뻑 빠져 지내는 날도 오래 가지 않았답니다. 정신을 차리고 세상을 내려다보니 헥토르가 땅바닥에 쓰러져 있었어요. 부상을 입고서 초죽음이 되어 있었지요. 노발대발한 제우스는 헤라를 물리치며 이리스와 아폴론을 불러오라고 시켰습니다. 제우스는 자신의 뜻을 포세이돈에게 전하라며 이리스를 보냈어요. 포세이돈더러 즉각 전쟁에서 손을 떼라는 엄중한 경고였

지요. 아폴론한테는 가서 헥토르의 상처를 치유하고 사기를 북돋
우라고 시켰답니다. 눈 깜짝할 사이에 두 신은 제우스가 시킨 대
로 했어요. 그러자 헥토르는 빨리 회복되어 전쟁이 한창일 때 싸
움터로 다시 나갈 수 있었지요. 포세이돈은 이제 자기가 원래 다
스리던 곳으로 물러갔습니다.

파트로클로스, 헥토르의 창에 쓰러지다

그러던 어느 날 파리스가 쏜 화살이 마카온에게 부상을 입혔어
요. 마카온은 의술의 신 아스클레피오스의 아들이었지요. 마카
온도 아버지한테서 의술을 배운 의사였답니다. 따라서 그리스군
에게는 더할 나위 없이 소중한 인물이었어요. 그리고 아주 용맹
한 전사이기도 했지요. 네스토르는 마카온을 이륜전차에 싣고
싸움터를 떠났습니다. 전차가 아킬레우스의 함대를 지날 때, 아

**「파리스의 나약함을
꾸짖고 참전하기를
권하는 헥토르」**
독일 화가 요한 빌헬름 티
슈바인의 작품이다. 파리스
는 참전 후 궁수로 활약하며
많은 공을 세운다. ⓒJames
Steakley

「파트로클로스」
프랑스 화가 자크 다비드의
작품이다. 파트로클로스는
아킬레우스와 절친한 친구
다. 두 사람은 어렸을 때부터
함께 자라며 켄타우로스 케
이론의 지도를 받았다.
토마 장리 미술관 소장

킬레우스는 네스토르는 알아보았지만 부상당한 장수가 누군지
몰랐어요. 그래서 죽마고우 파트로클로스를 네스토르의 진영으
로 보내 알아 오라고 시켰지요.

파트로클로스는 네스토르의 진영으로 가서 마카온이 부상당
한 것을 알았답니다. 그래서 왜 왔는지 알리고 급히 돌아가려는
데, 네스토르가 불러 세웠어요. 이 노장은 파트로클로스를 앉혀
놓고 그리스군의 참상을 미주알고주알 늘어놓았지요. 그러고는
트로이로 출전하기 전에 아킬레우스와 파트로클로스가 각자 아
버지한테서 들었던 충고를 잊었냐고 네스토르는 따졌습니다. 아
킬레우스는 이번 전쟁에서 가장 명예로운 역할을 해야 하며, 파
트로클로스는 연장자답게 아직 경험이 부족한 친구를 잘 이끌어
줘야 한다는 충고였어요. 네스트로는 말했지요.

"지금이야말로 아킬레우스를 설득할 때라네. 잘되면 아킬레우스를 다시 출전시킬 수도 있을 거라네. 하지만 여의치 않으면 적어도 아킬레우스의 군대라도 싸움터에 보내야 하네. 그리고 파트로클로스 자네가 아킬레우스의 갑옷을 입고 나타나는 거야. 어쩌면 갑옷만 보아도 트로이군은 꽁무니를 뺄지도 모르네."

파트로클로스는 충고를 가슴 깊이 새기고서 아킬레우스의 진영으로 서둘러 달려갔답니다. 가는 내내 그곳에서 보고 들었던 현장의 상황을 마음에 되새겼어요. 아킬레우스를 만나자 파트로클로스는 아군 진영의 참상을 낱낱이 고했지요. 디오메데스, 오디세우스, 아가멤논, 마카온 등의 장수들이 모조리 부상당한 이야기며, 방호벽이 뚫려 적들이 함대에 불을 지르려고 몰려오고 있는 급박한 상황, 그리고 배가 모조리 불타면 그리스로 영영 돌아갈 수 없다는 점도 알렸습니다. 둘이 이야기를 나누고 있는데, 벌써 배 한 척에서 불길이 치솟고 있었어요.

아킬레우스도 그 광경을 보자 마음이 누그러졌지요. 이때다 싶어 파트로클로스는 자신이 (아킬레우스의 군대) 미르미돈을 이끌고 싸움터로 나갈 테니 허락해 달라고 했답니다. 아킬레우스는 허락하고 자기 갑옷도 내주었어요. 네스토르의 말대로 트로이군의 간담을 서늘하게 만들려는 계책이었지요. 지체 없이 병사들이 소집되었습니다. 빛나는 갑옷을 입고 아킬레우스의 전차에 오른 파트로클로스는 용맹한 병사들의 선봉을 맡았어요. 하지만 출전하기 전에 아킬레우스는 파트로클로스에게 단단히 주의를 주었지요. 적군을 쫓아내는 걸로 만족하라는 엄명을 내렸답니다.

미르미돈
아킬레우스의 아버지 펠레우스 왕이 다스리는 도시의 시민들을 일컫는 말이다. 1권 12과에 미르미돈족이 탄생한 자세한 이야기가 있다. 펠레우스의 아버지이자 제우스의 아들인 아이아코스 시대의 이야기다.

"명심하게. 나 없이 트로이로 쳐들어가선 안 되네. 그랬다가는 내 명예가 더욱 곤두박질칠 테니까."

그러고선 병사들의 사기를 한층 북돋운 다음 싸움터로 내보냈어요.

파트로클로스는 병사들을 데리고 가장 치열한 격전지로 곧장 뛰어들었지요. 그 모습을 본 그리스군 병사들이 일제히 환호성을 질렀답니다. 고함 소리가 함대에 메아리쳐 천지가 떠나갈 듯 울려 퍼졌어요. 트로이군은 이전부터 그 갑옷만 보았다 하면 간이 철렁 내려앉았지요. 한동안 뜸하던 갑옷이 다시 보이자 다들 기겁을 하고 도망치기 바빴습니다. 제일 먼저 배를 빼앗아 불을 질렀던 자들이 달아나자 그리스군이 배를 되찾고 불을 껐어요. 나머지 트로이군도 혼비백산 뿔뿔이 흩어졌지요. 아이아스, 메넬라오스 그리고 네스토르의 두 아들은 용감하게 싸웠답니다. 헥토르는 어쩔 수 없이 말 머리를 돌려 포위망을 뚫고 달아났어요. 구렁에 빠진 병사들은 각자 알아서 도망치게 내버려 두었지요. 도망치던 트로이군은 쫓아온 파트로클로스에게 무수히 죽임을 당했습니다. 어느 누구도 파트로클로스의 상대가 되지 못했으니까요.

마침내 제우스의 아들 사르페돈이 파트로클로스와 싸우러 나섰지요. 싸움터를 내려다보고 있던 제우스는 아들을 낚아채서 죽음을 면하게 해 주려고 했답니다. 그때 헤라가 이렇게 귀띔했어요. 만약 그랬다가는 비슷한 입장의 다른 신들도 모조리 자기 자식이 위험하면 싸움에 끼어들 거라고 말이지요. 일리가 있다 싶어 제우스는 물러났습니다. 한편 사르페돈은 창을 던졌지만 파트로클로스를 맞추지 못했어요.
오히려 파트로클로스가 던진 창에
맞고 말았지요. 창이 가슴을 꿰뚫
자 사르페돈은 말에서 떨어졌답니
다. 숨이 끊어지기 전에, 전우들에
게 자기 시신을 적의 손에 넘기지
말아 달라고 외쳤어요. 곧이어 서
로 시신을 차지하려고 격렬한 쟁탈
전이 벌어졌지요. 결국 그리스군이
시신을 차지해 갑옷까지 벗겨 버렸
습니다.

「사르페돈의 시신을
리키아로 옮기는 잠의
신과 죽음의 신」
스위스 출신 영국 화가 퓨젤
리의 작품이다. 사르페돈은
리키아군을 이끌고 트로이
편에서 싸웠으나 파트로클
로스와 싸우다 사망한다.
레히베르크 미술관 소장

  제우스는 아들이 그런 치욕을 당하는 것까지는 보아 넘길 수
없었어요. 제우스의 지시를 받은 아폴론은 적의 수중에 있는 시
신을 낚아챘지요. 쌍둥이 형제인 죽음의 신 타나토스와 잠의 신
히프노스에게 시신을 맡겼답니다. 둘은 시신을 사르페돈의 고향
인 리키아로 날라다 주었어요. 덕분에 제때에 장례를 치를 수 있
었지요.

  지금까지 파트로클로스는 파죽지세로 트로이군을 내쫓고 아
군을 위기에서 구해 냈어요. 하지만 이제부터 그의 운명에 큰 변
화가 닥친답니다. 바로 헥토르가 전차를 타고 앞길을 막아선 것
이지요. 파트로클로스는 큰 돌을 헥토르에게 던졌으나 돌은 목
표물을 빗나갔지요. 하지만 마부 케브리오네스가 맞아 전차에서
굴러떨어졌어요. 헥토르가 전우를 구하려고 전차에서 뛰어내리
자, 파트로클로스도 여기서 끝장을 보자며 전차에서 뛰어내렸습

니다. 그리하여 두 영웅은 서로를 노려보며 최후의 승부를 벌였지요. 이 결정적인 순간을 기록하면서 시인 호메로스는 헥토르에게 공을 안겨 주기가 싫었나 봐요. 괜히 아폴론을 끌어들여 이 신이 파트로클로스의 창과 투구를 떨어뜨렸다고 적었답니다. 곧이어 어느 트로이 병사한테 등을 찔려 부상을 입은 파트로클로스를 헥토르가 창으로 찔렀다고 해요. 치명상을 입고 쓰러진 파트로클로스는 곧 숨이 끊어졌지요.

이번에는 파트로클로스의 시신을 놓고 치열한 싸움이 벌어졌습니다. 그런데 어느 순간 헥토르가 파트로클로스의 갑옷을 벗겨 내고는 살짝 뒤로 물러났어요. 그리고 자기 갑옷을 아킬레우스의 갑옷으로 바꿔 입고 다시 싸움에 나섰지요. 파트로클로스의 시신은 아이아스와 메넬라오스가 지키고 있었답니다. 헥토르와 용감한 부하들은 시신을 뺏으려고 다시 몰려왔어요. 격렬한 싸움이 승패도 없이 이어지고 있을 때, 제우스는 하늘을 온통 먹구름으로 가렸지요. 곧 번개가 치고 천둥이 우르릉거렸습니다. 아이아스는 아킬레우스에게 보낼 전령을 찾으려고 주위를 둘러보았어요. 죽마고우의 죽음을 알리고 시신마저 적의 수중에 넘어갈 지경이라고 알리려 했던 것이지요. 하지만 사방이

「파트로클로스의 주검을 받치고 있는 메넬라오스」
이탈리아 시뇨리아 광장에 있는 조각이다. 메넬라오스가 파트로클로스의 주검을 보호하고 있는 모습이다.
©Yair Haklai

암흑천지라 찾을 수 없었답니다. 이때 아이아스는 아래와 같이 처절하게 울부짖었어요. 아주 유명해서 자주 인용되는 구절이지요. 그리스어 원문을 시인 쿠퍼가 영어로 번역한 내용을 다시 옮긴 것입니다.

「파트로클로스의 시신을 놓고 싸우는 그리스군과 트로이군」

벨기에 화가 비에르츠의 작품이다. 그리스군과 트로이군이 파트로클로스의 시신을 차지하려고 힘겨루기를 하는 장면이 생동감 넘치게 그려져 있다.
비에르츠 미술관 소장

> 하늘과 땅의 아버지시여! 이 어둠을 걷어
>
> 아카이아의 장군을 구해 주소서. 하늘을 맑게 하소서.
>
> 밝은 낮을 주소서. 하지만 당신의 숭고한 뜻이라면
>
> 파멸도 함께 내리소서. 어쨌든, 오, 밝은 낮을 주소서.

시인 포프는 이 구절을 다음과 같이 번역했어요.

하늘과 땅의 주인이여!

오 왕이여! 아버지여! 내 하찮은 기도를 들어주소서!

이 구름을 걷어 하늘의 빛을 되돌려 주소서.

앞만 볼 수 있다면 이 아이아스가 더 무엇을 바라겠나이까.

정녕 그리스가 멸망해야 한다면 당신 뜻에 따르겠나이다.

하지만 죽더라도 한낮의 빛 속에서 죽게 하소서.

제우스는 이 기도를 듣고서 구름을 흩어지게 했지요. 그러자 아이아스는 안틸로코스를 아킬레우스에게 보내, 파트로클로스의 전사 소식과 더불어 시신을 놓고 격렬한 싸움이 벌어지고 있음을 알렸습니다. 마침내 그리스군은 가까스로 시신을 배가 있는 곳까지 운반했어요. 하지만 시신을 쫓아온 헥토르와 아이네이아스를 포함한 트로이군이 바로 턱밑까지 들이닥쳤지요.

아킬레우스는 친구의 전사 소식을 듣고 억장이 무너져 내렸어요. 너무나 괴로워했던지라 안틸로코스는 아킬레우스가 스스로 목숨을 끊지 않을까 걱정했답니다. 아들의 신음 소리가 어머니 테티스의 귀에까지 들렸지요. 깊은 바다 밑에 사는 테티스에게 들릴 만큼 괴로웠던 것입니다. 테티스는 서둘러 아들에게 달려가 까닭을 물었어요. 알고 보니 아킬레우스는 자책감에 휩싸여 있었지요. 아가멤논을 향한 앙심에 사로잡힌 나머지, 결국 친구를 죽게 만들었다는 자책감이었답니다. 슬픔을 치유할 수 있는 길은 오로지 복수뿐이었어요. 당장에라도 달려가 헥토르를 찾아내고 싶었지요. 하지만 어머니는 지금 갑옷이 없지 않느냐며 말렸습니다. 그러면서 하루만 더 기다리면 새로운 갑옷을 가져다

주겠노라 약속했어요. 잃어버린 것 빼치는 갑옷을 헤파이스토스
에게 부탁해 만들어 오겠다는 것이었지요. 아킬레우스가 기다리
겠다고 하자, 테티스는 부리나케 헤파이스토스의 궁전으로 달려
갔답니다.

　마침 헤파이스토스는 자신이 쓸 삼발이를 만드느라 대장간에
서 열심히 일하고 있었어요. 이것은 주인이 원하기만 하면 저절
로 움직여 나왔다가 필요 없을 때는 저절로 들어가는 희한한 물
건이었지요. 테티스의 부탁을 듣자마자 헤파이스토스는 하던 일
을 제쳐 놓고 서둘러 갑옷을 만들기 시작했습니다. 금세 아킬레
우스가 쓸 갑옷을 한 벌 만들었어요. 우선 정교한 장식이 달린 방
패를 만들었고, 이어서 황금으로 볏을 세운 투구를 만들었고, 그
다음에는 결코 뚫리지 않는 갑옷의 가슴받이와 정강이받이를 만

**「파트로클로스의 죽음을
애도하는 아킬레우스」**
스코틀랜드 화가 개빈 해밀
턴의 작품이다. 친구의 주검
을 확인한 아킬레우스가 슬
픔과 분노에 휩싸여 있다.
국립 스코틀랜드 미술관 소장

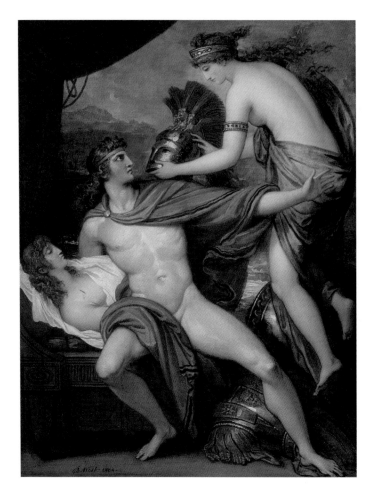

「아킬레우스에게 갑옷을
건네는 테티스」

미국 화가 벤저민 웨스트의
작품이다. 테티스는 아킬레
우스를 끊임없이 도와준다.
아킬레우스가 브리세이스를
빼앗기는 모욕을 당했을 때
는 제우스의 힘을 동원해 그
리스군이 패배하게 만들고,
친구를 잃었을 때는 헤파이
스토스가 만든 갑옷을 가져
다주며 격려한다.
로스앤젤레스 카운티 미술관 소장

들었지요. 모두 아킬레우스에게 딱 맞게 만들어진 완전무결한
걸작이었답니다. 전부 단 하루 밤새 만들어진 갑옷을 받아 들고
테티스는 지상으로 내려갔어요. 새벽닭이 울기 전에 아킬레우스
의 발밑에 갑옷을 놓아두었지요.

헥토르의 시신에 쏟아진 아킬레우스의 분노

굉장한 갑옷을 보자 아킬레우스는 천군만마를 얻은 기분이었습니다. 파트로클로스의 죽음으로 줄곧 실의에 빠져 있다가 처음으로 맛보는 기쁨이었어요. 갑옷을 입고는 곧장 진영으로 나갔지요. 모든 부하 장수들을 불러 회의를 소집했답니다. 모두 모이자 아킬레우스가 드디어 입을 열었어요. 아가멤논에게 품었던 앙심을 버리겠으며, 그 때문에 일어난 비참한 사태에 책임을 통감한다고 했지요. 또한 당장 싸움터로 나갈 채비를 하라고 부하들에게 일렀습니다. 소식을 들은 아가멤논도 환영의 뜻을 밝히며, 모든 책임을 불화의 여신 에리스한테 돌렸어요. 이렇게 하여 두 영웅 사이에 완전한 화해가 이루어졌지요.

드디어 아킬레우스가 다시 전쟁터로 나갔답니다. 활활 타는 분노와 복수심의 불길에 휩싸여 싸움터로 나섰지요. 용맹한 적의 전사들도 줄행랑을 치거나 아킬레우스의 창에 쓰러졌어요. 헥토르는 아폴론의 경고를 받은 터라 멀찍이 떨어져 있었습니다. 대신에 아폴론은 프리아모스의 아들 리카온의 모습으로 변장하여 아이네이아스 앞에 나타났어요. 그러고는 아이네이아스를 부추겨 무시무시한 아킬레우스와 맞서게 했지요. 아이네이아스는 자신이 적수가 안 되는 줄 뻔히 알면서도 싸움을 피하지 않았답니다. 그래서 온 힘을 다해 아킬레우스의 방패를 향해 창을 던졌어요. 헤파이스토스가 만든 방패인 줄도 모르고 뚫리기를 기대했지요. 하지만 방패는 다섯 겹의 금속판으로 이루어져 있었습니다. 두 겹은 청동, 두 겹은 주석 그리고 한 겹은 황금이었어요. 창이 두 겹까지는 뚫었지만 세 번째 겹에서 멈추었지요.

곧바로 아킬레우스가 창을 던져 아이네이아스의 방패를 꿰뚫었답니다. 하지만 목 근처를 스쳤을 뿐 부상을 입히지는 못했어요. 그러자 아이네이아스는 큰 돌을 하나 집어 들었지요. 요즘 사람 같으면 장정 둘이 힘을 합쳐도 들까 말까한 무거운 돌이었습니다. 돌을 막 던지려 하는데 아킬레스가 칼을 빼 들고 아이네이아스에게 달려들었어요. 바로 그때 싸움을 지켜보고 있던 포세이돈은 아이네이아스가 가여웠습니다. 당장 구해 주지 않으면 아킬레우스의 손에 죽겠다 싶어 서둘러 싸움터를 먹구름으로 뒤덮었답니다. 그러고선 아이네이아스를 땅에서 들어 올려 후방으로 빼돌렸어요. 구름이 걷히자 아킬레우스는 사방을 둘러보았지만 적장은 온데간데없었지요. 필시 신께서 조화를 부리신 것을 알고 창을 다른 장수에게 겨누었습니다. 하지만 어느 누구도 감히 아킬레우스에게 맞서질 못했지요.

한편 트로이의 왕 프리아모스가 성벽에서 내려다보니 아군이 전부 성을 향해 달려오고 있었어요. 왕은 성문을 활짝 열어 아군을 맞아들이라고 명령했답니다. 그리고 적군이 따라 들어오지 못하게 아군이 들어오고 나면 재빨리 성문을 닫으라고 엄히 지시했어요. 하지만 아킬레우스가 바짝 추격을 하고 있었기 때문에 제대로 성문을 닫을 수 없을 것만 같았지요. 그런데 이번에도 아폴론이 끼어들었습니다. 아폴론은 프리아모스의 아들 아게노르로 변신해 아킬레우스와 맞섰어요. 그것도 잠시 이내 몸을 돌리더니 트로이 성에서 먼 쪽으로 도망쳤지요. 아킬레우스는 헛된 먹잇감을 쫓아 트로이 성벽에서 점점 멀어져 갔답니다. 그제야 아폴론이 자기 모습을 드러냈어요. '아차! 속았구나!' 탄식하며 아킬레우스는 추격을 멈추었지요.

그런데 군사들이 모두 성안으로 들어갔건만 헥토르 혼자 사생결단을 내겠다며 성 밖에 남아 있었습니다. 헥토르의 늙은 아버지는 싸움을 부추기지 말고 어서 들어오라고 성벽에서 애타게 부르짖었어요. 어머니 헤카베도 간절히 타일렀지만 아무 소용이 없었지요. 헥토르는 혼자 이렇게 중얼거렸답니다.

"모두 나의 명령으로 이 전쟁에 뛰어들어 수많은 이들이 죽었다. 그런데 어찌 단 한 명의 적이 무섭다고 내 살길만 찾겠는가? 그렇지만 이렇게 제안하면 어떨까? 아킬레우스가 헬레네를 포기한다면 헬레네의 모든 재물에다 우리의 재물을 듬뿍 더 얹어 주겠다고 말이야. 아, 안 돼! 이미 너무 늦었어. 내 말이 그 자의 귀에 닿기도 전에 내 목부터 떨어지고 말겠지."

이렇게 고심을 거듭하고 있는 사이, 아킬레우스가 갑옷을 번쩍거리며 다가왔어요. 전쟁의 신 아레스 저리 가라 할 정도로 무시무시했지요. 그 모습을 보자마자 헥토르는 기겁을 하고서 도망쳤습니다. 아킬레우스는 재빨리 뒤를 쫓았어요. 둘은 성벽 둘레를 세 바퀴나 돌며 쫓고 쫓겼지요. 헥트로가 성벽 가까이에 다가갈라치면 번번이 아킬레우스가 가로막아 성벽에서 멀어지게 만들었답니다. 그래도 아폴론이 헥토르의 체력을 지켜 주어 지쳐 쓰러지지 않게 해 주었어요. 그런데 아테나가 헥토르의 동생들 중 가장 용감한 데이포보스

「아킬레우스」
아킬레우스가 테티스에게 받은 무구(武具) 중에는 '아이기스'가 있다. 염소 가죽으로 만든 방패인데, 제우스와 아테네도 가지고 있었다. 벼락을 맞아도 부서지지 않았다고 한다. ©Vince Smith
아킬리온 궁전 소장

로 둔갑해 헥토르 앞에 갑자기 나타났지요. 헥토르는 반가운 동생을 만나자 기운이 펄펄 났습니다. 그래서 몸을 돌려 아킬레우스에게 맞섰어요. 곧장 창을 던졌는데, 아킬레우스의 방패에 맞아 튕겨 나왔지요. 데이포보스한테서 창을 하나 더 받으려고 몸을 돌렸더니 동생은 감쪽같이 사라지고 없었답니다. 그제야 헥토르는 자신의 운명을 깨닫고 탄식했어요.

"아! 이제 내가 죽을 때가 왔구나! 데이포보스가 온 줄 알았지만 동생은 성안에 있을 텐데 아테나가 날 속였구나. 여기서 나는 명예롭게 죽으리라."

말을 마치자 헥토르는 옆구리에서 장검을 빼더니 곧장 싸우러 달려갔지요. 아킬레우스는 방패로 몸을 가린 채, 헥토르가 다가오기를 기다렸습니다. 창을 던져 맞출 만한 거리에 들어오자 아킬레우스는 헥토르의 갑옷에서 약한 부분을 찾았어요. 마침 목이 갑옷에 둘러싸이지 않아 드러나 있었지요. 바로 거기로 아킬레우스가 창을 던졌답니다. 치명상을 입고 쓰러진 헥토르는 숨을 헐떡이며 외쳤어요.

"내 시신을 돌려주어라. 몸값을 받고 내 부모님께 넘겨 다오. 트로이 백성들이 내 장례를 치를 수 있도록."

그러자 아킬레우스가 받아쳤지요.

"시끄럽다, 이놈아! 몸값이 어떻고 네 사정이 어떻고, 헛소리 집어치워라. 내가 너 때문에 얼마나 치를 떨었는데! 말도 안 되는 소리! 누구도 네 시신이 개밥이 되는 걸 막지 못할 테다. 네 몸 무게만큼 금덩이를 가져와 바쳐도 그리는 못하지."

이렇게 말한 다음 아킬레우스는 헥토르의 갑옷을 벗겼습니다.

그러고는 헥토르의 발을 밧줄로 묶어 아킬레우스의 전차 뒤에
매달았어요. 그런 상태로 아킬레우스는 전차에 올라 성벽 근처
에서 이리저리 달렸지요. 헥토르의 시신은 땅에 질질 끌려 갈기
갈기 찢어졌답니다. 그 모습을 지켜보던 왕과 왕비의 심정을 어
찌 말로 다 표현할 수 있겠어요! 늙은 왕이 아들에게 달려가겠다
고 발버둥 치는 걸 신하들이 가까스로 말렸지요. 왕은 땅에 주저
앉아 신하들의 이름을 하나씩 부르며 아들을 구해 보라고 울부
짖었습니다. 헤카베의 슬픔도 남편 못지않았어요. 백성들은 왕
과 왕비를 둘러싸고 서서 모두들 흐느꼈지요.

어느덧 통곡 소리가 헥토르의 아내 안드로마케의 귀에까지 들
렸답니다. 하녀들과 둘러앉아 바느질을 하고 있던 안드로마케
는 불길한 느낌이 들어 성벽으로 다가갔어요. 참혹한 광경이 눈
에 들어오자 곧장 성벽에서 몸을 던지려 했지요. 하지만 그러기
도 전에 기절하는 바람에 하녀들의 품에 쓰러졌습니다. 얼마 후
깨어나서는 자신의 기구한 운명을 한탄했어요. 그리고 곧 다가올
참혹한 광경들을 머릿속에 그렸지요. 조국이 멸망하고 자신은 포

로가 되고 아들은 이방인들에게 빵을 구걸하는 장면이었답니다.

아킬레우스와 그리스군은 파트로클로스의 원수를 갚고 나자, 전우의 장례를 치를 채비를 서둘렀어요. 곧이어 높이 쌓인 장작더미 위에서 파트로클로스의 시신이 엄숙하게 불탔지요. 화장이 끝나자 힘과 기술을 겨루는 전차 경주, 레슬링, 권투 그리고 활쏘기 경기가 벌어졌습니다. 경기가 끝난 뒤에 장군들은 저녁을 먹고 각자 잠을 자러 갔어요. 하지만 아킬레우스만은 음식에 입을 대지 않았고 잠을 자지도 않았지요. 죽은 친구 생각에 밤을 꼬박 지새우며 지난날을 떠올렸답니다. 거친 바다에서, 치열한 전쟁터에서 둘이 함께했던 고난과 역경의 순간들을 되새겼어요. 도저히 마음이 가라앉지 않자, 아킬레우스는 막사 밖으로 나왔지요. 아직 날이 새기도 전이건만 아킬레우스는 전차에 발 빠른 말들을 매었지요. 그러고는 끌고 다니려고 헥토르의 시신을 전차에 묶었습니다. 그런 채로 파트로클로스의 무덤가를 두 번 돌고 난 후, 시신을 흙먼지 속에 내팽개쳤어요. 이런 잔혹한 짓에 시신이 찢기고 일그러지는 것을 아폴론은 눈뜨고 볼 수 없었지요. 그래서 아무 흠집도 없는 깨끗한 모습으로 되돌려 주었답니다.

아들을 위해 적진에 뛰어든 프리아모스

아킬레우스가 영웅 헥토르에게 이런 치욕을 안기며 분풀이를 하자, 제우스는 가엾은 마음이 들었어요. 그래서 테티스를 불러 설득했습니다. 아들한테 가서 헥토르의 시신을 전우들에게 돌려주게 하라고요. 그러고선 무지개의 여신 이리스를 불러 이렇게 시켰지요.

"가서 프리아모스 왕을 우선 위로하시오. 그런 다음에 왕이 몸소 아킬레우스에게 가서 아들의 시신을 받아 오라고 설득해 주오."

이리스가 제우스의 뜻을 전하자 프리아모스는 순순히 따랐답니다. 그래서 곧장 떠날 채비를 서둘렀어요. 왕은 보물창고를 열어 진귀한 옷과 옷감들, 황금 10탈란톤, 아름답기 그지없는 탁자 두 개 그리고 정교하게 세공한 황금 잔 하나를 꺼냈지요. 이어서 아들을 불러 마차를 가져오라고 시킨 다음 아킬레우스에게 몸값으로 줄 온갖 물건들을 싣게 했습니다. 모든 채비를 마치자 왕은 비슷한 연배의 이다이오스만을 마부로 데리고 성문을 나섰어요. 성문에서 왕은 왕비 헤카베를 포함한 모든 친지들과 작별 인사를 했지요. 다들 왕을 사지로 떠나보내는 것만 같아 애통해 했답니다.

제우스는 이 덕망 깊은 왕을 가엾게 여겼어요. 그래서 헤르메스를 보내 길잡이 겸 호위무사를 맡도록 했지요. 헤르메스는 젊은 무사의 모습으로 이 두 늙은이 앞에 나타났습니다. 젊은이를 보자 둘은 도망쳐야 할지 아니면 살려 달라고 해야 할지 몰라 머뭇거렸어요. 그러자 젊은이가 프리아모스 왕의 손을 잡더니 아킬레우스의 막사로 모시겠다고 했지요. 프리아모스는 흔쾌히 제

> **탈란톤**
> 고대 그리스의 질량과 화폐 단위를 뜻한다.

안을 수락했답니다. 헤르메스는 곧바로 마차에 오르더니 고삐를 쥐고 달렸어요. 두 노인을 실은 마차는 얼마 후 아킬레스의 막사에 다다랐지요. 헤르메스는 지팡이로 마법을 부려 경비병들을 모두 잠재웠습니다. 그리하여 쉽사리 막사 안으로 들어갈 수 있었어요. 안에는 아킬레우스가 무사 두 명의 호위를 받으며 앉아 있었지요. 늙은 왕은 아킬레우스의 발밑에 엎드렸답니다. 그리고 자기 아들들을 죽인 끔찍한 손에 입을 맞추었어요.

"오, 아킬레우스여!" 왕이 말문을 열었지요.

"그대 부친을 생각해 보시게나. 나처럼 늙어 인생의 막바지에서 떨고 계실 아버지를. 부친께서 이웃 나라 왕에게 시달리고 있는데 아무도 도와줄 이가 곁에 없다고 생각해 보시게나. 하지만 그런 처지더라도 아킬레우스가 살아 있음을 아신다면 그분은 기뻐하실 터이네. 언젠가 아들을 볼 수 있다는 희망 때문이지. 하지만 이 늙은이에게는 아무 위안도 없다네. 얼마 전까지 트로이의 꽃과 같았던 내 용감한 아들들이 모두 쓰러졌으니 말일세. 그런데 이 늙은이에게 누구보다 더 힘이 되어 주고 나라를 위해 싸우던 한 녀석마저 그대 손에 죽었소. 아들의 시신이나마 되찾으려고 값비싼 재물을 몸값으로 가져왔다오. 아킬레우스여! 부디 신들을 공경하오! 그대 부친을 생각해 주오! 부친을 보아서라도 내게 온정을 베풀어 주시게나!"

이 말에 아킬레우스의 마음이 움직였습니다. 고향에 계신 아버지와 죽은 파트로클로스를 생각하며 아킬레우스도 눈물을 흘렸어요. 게다가 프리아모스의 희끗희끗한 머리카락과 수염을 보고 있자니 가슴이 먹먹해졌지요. 그래서 늙은 왕을 바닥에서 일

으키고는 이렇게 말했답니다.

"왕이시여, 어떤 신의 도움으로 여기까지 찾아오셨군요. 그렇지 않고서야 아무리 젊은 사람이라하더라도 여기까지 올 엄두를 내지 못했겠지요. 당신의 부탁을 들어 드리겠습니다. 그것이 제우스 신의 뜻이겠지요."

그리고선 일어나 두 무사와 함께 밖으로 나가 마차의 짐을 부렸어요. 하지만 시신을 덮을 천 두 장과 옷 한 벌은 남겨 두었지요. 그러고서 헥토르의 주검을 마차에 실은 다음 천으로 덮었답니다. 트로이로 가는 동안 시신이 드러나지 않도록 하기 위해서였어요. 이어서 아킬레우스는 장례를 치를 수 있도록 12일 동안

「아킬레우스에게 헥토르의 시신을 돌려 달라고 청하는 프리아모스」

러시아 화가 알렉산드르 안드레예비치 이바노프의 작품이다. 프리아모스는 온후하고 다정한 왕이었다. 죽은 아들의 시신을 찾기 위해 적진에 들어가는 것을 두려워하지 않았고, 헬레네로 인해 나라가 공격받고 아들들이 죽어도 헬레네에게 보복하지 않았다.

**「헥토르의 죽음을
슬퍼하는 안드로마케」**
프랑스 화가 자크 다비드의
작품이다. 안드로마케가 아
킬레우스가 돌려준 헥토르의
시신을 보고 실의에 빠져 있
다. 어린 아들 아스티아낙스
는 어머니를 위로하고 있다.
루브르 박물관 소장

휴전을 약속한 다음, 늙은 왕과 마부를 보내 주었지요.

마차가 트로이에 다다라 성문 안으로 들어오자, 영웅의 얼굴을 다시 한 번 보자고 사람들이 쏟아져 나왔습니다. 누구보다도 어머니와 아내가 먼저 달려 나왔어요. 헥토르의 싸늘한 주검을 눈앞에서 보자 다시 두 여인은 통곡을 쏟아 냈지요. 모든 백성들도 따라 울었답니다. 이윽고 해가 저물었건만 슬픈 통곡 소리는 그칠 줄 몰랐어요.

이튿날부터 장례 준비가 시작되었지요. 꼬박 아흐레 동안 장작을 날라 산처럼 높이 쌓았습니다. 열흘째 되는 날 꼭대기에 시신을 올려놓고 불을 붙였어요. 트로이 사람들은 모두 몰려나와 주위를 에워쌌지요. 장작이 모조리 불타자 포도주를 부어 남은 불을 껐답니다. 그러고는 하얗게 변한 유골을 모아 황금 항아리에 담았어요. 항아리를 땅에 묻은 다음 그 위에 돌을 한 무더기 쌓았지요. 『일리아스』에서는 이 장면을 이렇게 노래하였습니다.

이처럼 트로이는 영웅에게 경의를 표했다네.
그제야 위대한 헥토르의 영혼은 평온히 잠들었네.

『일리아스』가 지루하다고요?

트로이 전쟁을 가장 자세히 다룬 작품은 호메로스의 『일리아스』이다. 『일리아스』를 직접 읽으면 전투 장면이 끝도 없이 나와서 지루하다는 사람이 이따금 있다. 하지만 전투 장면들이 옛 청중에게는 큰 즐거움이었음을 고려해야 한다. 옛 청중은 현대의 축구 팬과 같다. 축구 팬은 경기의 명장면을 모아 놓고 이것을 거듭거듭 돌려 본다. 더구나 이들은 이야기에 등장하는 비슷한 전투를 자주 치렀다. 따라서 전투 장면에 더욱 관심을 갖고 귀 기울였을 것이다. 또한 『일리아스』는 즐거움만을 목표로 하는 작품이 아니다. 인간의 연약함과 인생의 덧없음을 보여 주고, 강한 적을 쓰러뜨리는 데서 얻는 명성보다는 동료에 대한 연민과 공감이 더 큰 가치를 지닌다는 것을 알려 준다. 인간의 연약함은 계속 이어지는 부상과 죽음의 장면에서 드러난다. 덧없음은 스러져 버린 희망과 기대, 이루지 못한 약속과 완성하지 못한 계획들에서 나타난다. 이 진실들은 시인이 마련해 놓은 길고 반복적인 전투 장면을 배경으로 삼는다. 『일리아스』의 절정은 아킬레우스의 통찰이다. 아킬레우스는 마치 제우스가 저 위에서 내려다보듯 인간의 무력함, 하찮음을 직시한다. 하지만 그는 그 하찮은 인간들 가운데 자신도 있다는 것을 안다. 그들과 동질감을 느끼고 그들을 동정한다. 이것은 신으로서는 다다를 수 없는 언젠가 죽음을 맞을 인간만이 가닿을 수 있는 지점이다. 이를 위해 저 '지루한' 전투 장면들이 필요했던 것이다.

헬레네를 차지하기 위해
전투하는 트로이군과 그리스군

9 트로이의 목마 |
트로이는 무너지고

트로이 전쟁은 결국 그리스 연합군의 승리로 끝납니다. 트로이가 전쟁에 패하여 멸망하게 된 결정적인 원인은 바로 트로이의 목마예요. 그리스군은 9년 동안의 기나긴 공격을 감행하고도 트로이 성을 함락하지 못한답니다. 그래서 군대를 철수시키면서 바닷가에 이 거대한 목마를 남겨 놓지요. 트로이 사람들은 이 목마를 충분히 의심할 수 있었을 텐데, 어쩌자고 목마를 성안에 들여놓게 되었을까요? 의심이 사라지고 근거 없는 확신으로 바뀌게 되는 과정이 트로이의 목마 이야기에 잘 드러난답니다. 또한 트로이가 멸망하고 나서 이 전쟁의 원인인 헬레네의 운명은 과연 어떻게 되었을까요? 그럼 이제부터 트로이 전쟁의 마지막 이야기 속으로 풍덩 뛰어들어 가 볼까요.

- 밤이 되어 모두 잠들자 테네도스에서 그리스인들이 함대를 이끌고 다가왔다. 시논은 아킬레우스의 무덤에서 횃불을 들고, 헬레네는 목마 주위를 돌며 그 안에 있는 장군들의 아내 목소리를 흉내 내어 신호를 보냈다. (아폴로도로스 『도서관』)

- 그래, 내 손에 죽었다! 아니라고는 할 수 없지만 네 아버지를 죽인 자는 나만이 아니다. 디케께서도 하셨지. 너도 제정신이었다면 신을 도왔을 거다. 네 언니를 희생시키고도 태연했던 그리스인은 네 아버지뿐일 테니까! (에우리피데스 『엘렉트라』)

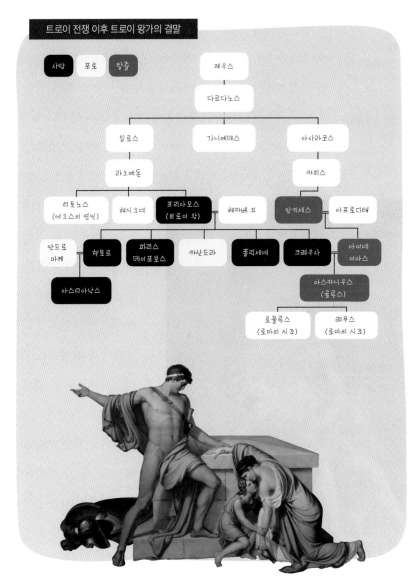

트로이 전쟁 이후 트로이 왕가의 결말

스틱스 강도 막지 못한 아킬레우스의 운명

『일리아스』는 헥토르의 죽음으로 끝납니다. 다른 영웅들의 운명은 『오디세우스』를 비롯한 이후의 서사시에서 알 수 있어요. 헥토르가 죽었다고 해서 트로이가 곧바로 무너지진 않았지요. 새로운 동맹국들이 도와준 덕분에 저항을 계속했답니다.

이런 동맹국 가운데 하나가 에티오피아예요. 앞서 소개했던 에티오피아의 왕 멤논이 원군을 보내 주었지요. 또한 아마존족의 여왕 펜테실레이아가 여전사 부대를 이끌고 와서 힘을 보태 주었습니다. 여전사들의 용맹함과 함성 소리가 어찌나 살벌했던지, 여러 작가들이 기록으로 남겨 놓았어요. 펜테실레이아는 용맹한 적장들을 무수히 쓰러뜨렸지만, 끝내 아킬레우스의 손에 죽고 말았지요. 아킬레우스는 자신이 쓰러뜨린 적장을 허리 굽혀 살펴보았답니다. 아름답고 젊고 용맹한 여인임을 알고서 자신의 승리를 뼈저리게 후회했어요. 그런데 테르시테스라는 경망스럽고 무례한 장수가 아킬레우스가 후회하는 모습을 조롱했지요. 세 치 혓바닥을 나불거리던 이 자는 결국 아킬레우스한테 죽임을 당했습니다.

「아킬레우스와 펜테실레이아」
독일 화가 요한 빌헬름 티슈바인의 작품이다. 펜테실레이아는 전쟁의 신 아레스의 딸이다. 테르시테스는 펜테실레이아를 죽인 것을 후회하는 아킬레우스를 보고 '시체를 사랑한다.'며 조롱했다가 아킬레우스에게 맞아 죽는다.

이따금씩 아킬레우스는 프리아모스 왕의 딸 폴릭세네를 본 적이 있었어요. 아마도 헥토르의 장례를 치르느라 휴전이 이루어졌던 그때였겠지요. 아킬레우스는 폴릭세네의 아름다움에 마음을 뺏겼답니다. 자신과 결혼한다면 그리스군을 설득해 트로이에 평화를 가져다주겠노라 약속했어요.

그리하여 아폴론의 신전에서 혼담이 오가는 중에 파리스가 느닷없이 독화살을 쏘았지요. 아폴론의 도움으로 독화살은 아킬레우스의 발뒤꿈치에 명중했습니다. 아킬레우스의 유일하고 치명적인 약점이 바로 그곳이었어요. 왜냐하면 어머니 테티스가 아기를 불사의 몸으로 만들려고 저승의 스틱스 강에 담갔을 때, 테티스가 잡고 있던 발뒤꿈치는 담기지 않았기 때문이지요. 여담이지만 아킬레우스가 불사의 존재였다는 이야기는 호메로스의 작품에는 나오지 않는답니다. 그랬다면 작품 속 내용과 맞지 않겠지요. 불사의 존재에게 군이 신의 갑옷이 필요하지는 않을 테니까요.

아무튼 아킬레우스는 불의의 죽음을 당했지만, 시신만큼은 아이아스와 오디세우스가 구해냈지요. 아들의 갑옷을 누가 물려받을지 정하는 자리에서 테티스는 이렇게 밝혔습니다. 살아남은 그리스군 중에서 가장 훌륭한 영웅이어야 한다고요. 후보자는 아이아스와 오디세우스 두 명뿐이었지요. 몇 명의 장군들이 모여 심사를 한 결과, 오디세우스로 결정이 났답니다. 용기보다는 지혜를 더 높이 샀던 거예요.

그러자 아이아스는 스스로 목숨을 끊었지요. 아이아스의 피가 스며든 땅에 꽃 한 송이가 피어올랐습니다. 히아신스 꽃이었어요. 꽃잎마다 아이아스의 첫 두 글자 아이(Ai)의 모양을 품고 있는 꽃이었지요. 그리스어로 '아이'는 '슬픔'이란 뜻이랍니다. 앞서 나왔던 청년 히아킨토스와 더불

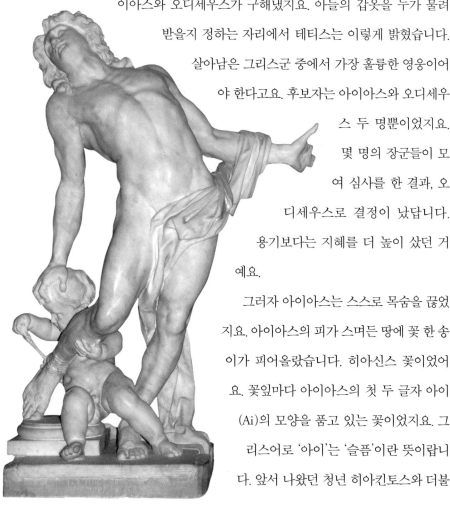

어 아이아스는 히아신스라는 꽃에 제 이름을 남기는 영광을 얻었어요. 이 사건을 떠올릴 때 시인들이 히아신스 대신 자주 거론하는 제비꽃 종류가 있습니다. '델피니움 아이아키스'라는 꽃으로 '아이아스의 제비꽃'이라는 뜻이지요.

이제 트로이를 함락할 수 있는 유일한 방법은 헤라클레스의 화살뿐이었어요. 이 화살은 필록테테스가 가지고 있었지요. 마지막까지 헤라클레스의 친구로 지냈으며, 헤라클레스를 화장할 때 불을 붙였던 사람이랍니다.

필록테테스도 그리스군에 참가해 트로이 원정에 나섰다가 그만 독화살에 발을 다쳤어요. 상처에서 악취가 심하게 나자 렘노스 섬으로 후송되어 치료를 받고 있었지요. 필록테테스를 다시 전쟁터로 데려오기 위해 디오메데스가 찾아갔습니다. 동행한 마카온의 치료 덕분에 필록테테스의 상처는 말끔히 나았어요. 그리하여 헤라클레스의 치명적인 화살이 전쟁에 쓰이게 되었지요.

첫 희생자는 파리스였답니다. 상처를 입고 고통스러워하던 파리스는 누군가를 떠올렸어요. 이제껏 승승장구하던 동안에는 까맣게 잊고 지냈던 여인이지요. 파리스가 한창 젊었을 때 결혼했던 오이노네라는 님프였습니다. 하지만 오이노네는 헬레네 때문에 헌신짝처럼 버려졌어요. 오이노네는 의술에 능했지요. 그래서 파리스는 오이노네에게 자기를 살려 달라고 애원했답니다. 하지만 자신에게 몹쓸 짓을 한 파리스가 미워 님프는 치료를 거부했어요. 결국 파리스는 트로이로 옮겨져 죽었지요. 오이노네는 곧 후회하고 치료약을 들고 급히 따라갔지만 이미 엎질러진 물이었습니다. 결국 오이노네도 스스로 목숨을 끊었어요.

칼을 품은 목마가 트로이로 향하다

트로이에는 아테나의 유명한 조각상인 팔라디온이 있었지요. 하늘에서 떨어졌다는 이 조각상이 있는 한 트로이는 망하지 않는다는 믿음이 퍼져 있었답니다. 그래서 오디세우스와 디오메데스가 변장을 하고 성안으로 들어갔어요. 둘은 팔라디온을 훔쳐 내 그리스 진영으로 가져갔지요.

그런데도 트로이는 여전히 버텼습니다. 그리스군은 무력으로는 트로이를 결코 굴복시킬 수 없음을 깨달았어요. 그래서 오디세우스의 조언에 따라 계략을 꾸미기로 했지요. 과연 포위 공격을 풀 준비를 하는 척했답니다. 일부 함대를 철수시켜 근처의 섬 뒤편에 숨겼어요. 그러고는 거대한 목마를 만들었지요. 또한 분노한 아테나 신을 달래기 위해 목마를 만들고 있다는 거짓 소문을 퍼뜨렸습니다. 하지만 정작 목마 안에는 무장한 그리스군이 가득 들어 있었어요.

목마가 완성되자 남은 그리스군은 함대에 몸을 싣고 출항했지요. 마치 영영 떠나는 것처럼 보였답니다. 그리스군의 막사가 해체되고 함대가 떠나는 것을 보고 트로이군은 적이 영원히 떠났다고 확신했습니다.

성문이 열리고 모든 백성들이 나와서 오랜만에 자유를 만끽했지요. 얼마 전까지만 해도 적의 진영이었던 곳을 마음껏 오갔답니다. 덩그러니 서 있는 거대한 목마는 트로이 백성들의 호기심을 한껏 자극했어요. 다들 무엇에 쓰는 것인지 궁금해 했지요. 전리품으로 삼아 성으로 가져가자는 이들도 있고 왠지 무섭다며 꺼리는 이들도 있었답니다. 다들 기웃기웃 머뭇머뭇하고 있을

때 포세이돈의 사제 라오콘이 외쳤어요.

"여러분, 도대체 왜 정신을 못 차리고 있습니까? 이제껏 숱하게 속았는데도 벌써 마음을 놓은 겁니까? 나로서는 설령 그리스군이 준 선물이래도 두렵기만 합니다."

이렇게 말하고서 라오콘은 목마의 옆구리에 창을 던졌지요. 창이 닿자, 두두둥 소리가 울려 퍼졌습니다. 목마의 속이 비어 있다는 증거였어요. 이때 어쩌면 사람들은 라오콘의 충고에 따라 위험천만한 목마와 그 속의 모든 것을 파괴했을 수도 있었겠지요.

하지만 그때 하필이면 그리스 포로처럼 보이는 자가 끌려 나왔답니다. 부들부들 떨고 있던 포로는 장군들 앞에 무릎을 꿇었어요. 장군들은 포로에게 질문에 올바른 대답을 하면 목숨만은 살려 주겠다고 약속했지요.

포로는 자신이 시논이라는 그리스인이라고 밝힌 뒤, 오디세우스한테 미움을 사는 바람에 그리스군이 떠날 때 홀로 버려졌다

「트로이 목마의 건조(建造)」
이탈리아 화가 티에폴로의 작품이다. 건축가 에페이오스는 이데 산의 나무를 베어 와서 트로이에 보낼 목마를 만들었다. 목마가 완성되자 그리스군은 철수하는 척하며 트로이군의 움직임을 엿보았다.
내셔널 갤러리 소장

「트로이 성으로 옮겨지는 트로이 목마」

이탈리아 화가 티에폴로의 작품이다. 트로이 사람들이 목마에 줄을 매어 성안으로 끌고 들어오고 있는 장면이다. 트로이인들은 목마를 들여오기 위해 성문을 열다 못해 성벽 일부를 무너뜨리기까지 했다.

내셔널 갤러리 소장

고 했습니다. 목마에 대해서는 아테나를 달래기 위한 선물이라고 했어요. 왜 저렇게 크게 만들었냐고 장군들이 묻자, 트로이 성안으로 옮기지 못하도록 하기 위해서라고 말했지요. 또한 칼카스가 예언하기를 만약 목마가 트로이 수중에 넘어가면 그리스군이 반드시 패하리라고 말했다고 전했답니다.

그 말에 갑자기 분위기가 급변했어요. 트로이인들은 어떻게 하면 저 무지막지 큰 말을 성안으로 옮길 수 있을까 궁리하기 시작했지요. 솔깃한 예언을 그만 철썩 같이 믿어 버렸던 것이에요. 바로 그때 어떤 신기한 현상이 벌어지는 바람에 의심의 안개는 완전히 사라졌어요.

무슨 일이냐면 바다에서 커다란 뱀 두 마리가 나타나 해안으로 다가온 것이지요. 두 뱀이 뭍으로 올라오자 사람들은 사방으로 흩어져 달아났습니다.

뱀들은 곧장 라오콘과 두 아들이 서 있는 곳으로 갔어요. 우선 아이들을 먼저 공격했지요. 아이들의 몸을 돌돌 감더니 얼굴에다 독기를 뿜어 댔답니다. 아이들을 구하려는 라오콘도 붙잡혀 역시 온몸이 칭칭 감겼어요. 라오콘은 악착같이 벗어나려고 했지만 도저히 역부족이었지요. 결국 뱀에게 꼼짝없이 감긴 라오콘과 두 아들은 독기를 쐬고 질식해 죽었습니다.

사람들은 라오콘이 신들의 노여움을 샀다고 보았어요. 멀쩡한 목마를 험담한 죄를 받았다고 여겼지요. 이제 사람들은 추호의 의심도 없이 목마를 신성한 물건으로 여기게 되었답니다. 목마를 성으로 옮길 채비를 했어요. 위엄을 갖춘 성대한 의식은 노래와 승리의 환호 속에서 진행되었고, 낮 동안에는 축제가 벌어졌지요.

밤이 깊어지자 목마 속에 숨어 있던 무장 병사들이 시논의 도움으로 밖으로 나왔습니다. 그리고 이미 다른 그리스군도 야음을 틈타 성 근처에 집결해 있었어요. 목마에서 나온 병사들은 그리스군을 위해 성문을 활짝 열었지요. 이내 트로이 성은 불길에 휩싸였답니다. 축제를 마치고 곤히 잠들어 있던 백성들은 맥없이 죽어 갔어요. 이리하여 트로이는 완전히 함락되고 말았지요.

라오콘과 두 아들이 뱀에 휘감겨 있는 모습을 표현한 조각상은 지금까지 남아 있는 유명한 작품이지요. 현재 이 작품은 로마의 바티칸 궁전에 있습니다. 이 조각상을 소재로 한 아래 시구는 바이런의 『귀공자 해럴드의 순례』에 나오는 대목이에요.

지금 바티칸으로 가서 보아라.

고귀한 고통을 겪고 있는 라오콘을

아버지의 사랑과 인간의 고뇌가

불멸의 인내와 함께 뒤섞인 모습을

허망한 몸부림이여! 뱀한테 감겼으니!

뱀의 조임은 더 강하고 세져만 가네.

늙은이는 몸을 뒤틀건만, 독 품은 긴 사슬은

산 생명들을 꽁꽁 묶어 놓았네. 거대한 뱀은

고통에 고통을, 숨막힘에 숨막힘을 더해만 가네.

「라오콘 군상」

로도스 섬의 조각가 아게산드로스, 아테노도로스, 폴리도로스의 작품이다. 뱀에 칭칭 감겨 고통스러워하고 있는 라오콘과 두 아들의 모습이 묘사되어 있다. 뒤틀린 몸과 부풀어 오른 핏줄에서 라오콘의 고통이 생생하게 느껴진다. 내셔널 갤러리 소장

　유머러스한 시인들도 가끔은 이 그리스 고전의 이야기에서 작품 소재를 빌려 오지요. 아래는 『걸리버 여행기』로 유명한 조너선 스위프트의 「도시의 소나기」라는 시의 한 구절이랍니다.

　멋쟁이 사내가 초조하게 의자에 파묻혀 있고

　지붕 위에는 미친 듯 폭우가 쏟아져 내리고

　금세 두렵기 그지없는 소리가 들려오네.

　가죽 두드리는 소리가. 사내는 안에서 떨고 있네.

　저 트로이의 가마꾼들이 목마를 나를 때

　그 속에서 그리스군들이 초조히 떨고 있듯이

　(저 난폭한 그리스군들은, 요즘 사람들이 그렇듯이

　가마꾼에게 삯을 주기는커녕, 모조리 쓸어버렸지.)

　라오콘이 바깥에서 목마를 창으로 찌르자

　속에 갇힌 병사들이 움찔하던 그때 같구나.

「프리아모스의 죽음」(위)

폴란드 화가 타데우시의 작품이다. 폴리테스는 발이 빨라 그리스군의 동향을 파악해 보고하는 역할을 했는데, 결국 피로스에게 살해된다. 피로스의 발밑에 폴리테스가 쓰러져 있고, 아들의 죽음을 보고 맞서 싸우려던 프리아모스도 피로스의 공격을 받아 쓰러지고 있다.

「아이아스와 카산드라」(아래)

독일 화가 요한 빌헬름 티슈바인의 작품이다. 트로이 성이 점령당하자 카산드라는 아테나 신전으로 피신한다. 하지만 그리스 장군 아이아스에게 발각되고, 아이아스는 카산드라를 겁탈한다. 아테나 여신은 신전을 모독한 아이아스의 배를 침몰시킨다. 이후 카산드라는 아가멤논의 포로가 된다.

늙은 프리아모스 왕도 자신의 왕국이 멸망하던 날 밤에 죽임을 당했어요. 왕의 최후는 이랬지요. 그리스군이 트로이 성안을 짓밟기 시작하자, 왕도 무장을 하고 병사들과 함께 싸우러 나가려 했습니다. 그런데 늙은 아내 헤카베의 설득으로 아내와 딸들을 데리고 제우스의 제단으로 피신했어요. 성스러운 곳에 있으면 목숨을 부지할 수 있을까 해서였지요.

그 무렵 막내아들 폴리테스가 아킬레우스의 아들인 피로스에게 쫓기고 있었답니다. 막내는 부상을 입은 채로 제단으로 뛰어들더니 아버지의 발치에서 숨을 거두었어요. 이에 격분한 늙은 왕은 여윈 손으로 피로스에게 창을 던졌지요. 하지만 피로스에게 역습을 당해 죽었습니다.

왕비 헤카베와 딸 카산드라는 포로가 되어 그리스로 끌려갔어요. 한때 카산드라는 아폴론의 총애를 받아 예지능력을 받았지요. 하지만 나중에 아폴론의 노여움을 사는 바람에 예지능력은 무용지물이 되고 말았답니다. 신이 카산드라의 예언을 아무도 믿지 않게 만들어 버렸으니까요.

한편 아킬레우스가 생전에 사랑했던 프리아모스의 딸 폴릭세네는 죽임을 당했지요. 아킬레우스의 살았을 적 소원에 따라 이 영웅의 무덤 위에 제물로 바쳐졌던 것이랍니다.

다시 스파르타의 왕비로 돌아가다

이쯤에서 다들 헬레네의 운명이 궁금하시겠지요? 미모 때문에
이 끔찍한 살육을 몰고 온 장본인이니까요.

트로이가 함락된 후 메넬라오스는 헬레네를 되찾았습니다. 알
고 보니 헬레네는 마음속으로 전남편을 잊지 못하고 있었어요.
다른 남자에게 가긴 했지만 아프로디테의 힘에 눌려 어쩔 수 없
이 한 선택이었지요.

사실 헬레네는 파리스가 죽은 후로는 은밀히 여러 번이나 그
리스군을 도왔답니다. 특히 오디세우스와 디오메데스가 변장을

「헬레네와 메넬라오스」
독일 화가 요한 빌헬름 티슈
바인의 작품이다. 트로이 전
쟁은 파리스에게 헬레네를
빼앗긴 메넬라오스의 명예
를 지키기 위한 전쟁이었다.

하고 트로이 성에 들어와 팔라디온
을 훔쳐 갈 때 큰 도움을 주었어요.
변장한 오디세우스와 마주쳤을 때
누군지 알아보았지만 비밀을 지켰
지요. 게다가 조각상을 훔치는 일
을 직접 도와주었습니다. 그래서
헬레네는 전 남편과 화해할 수 있
었답니다.

둘은 맨 먼저 트로이 해안을 떠나
고국으로 향하는 무리에 끼었지요.

「팔라디온」
폼페이의 메난드로스의 집
에 있는 벽화다. 팔라디온은
아테나 여신의 친구 팔라스
의 신상을 일컫는 말이다. 고
대 그리스 사람들은 팔라디
온이 도시를 외부의 침입으
로부터 보호해 주는 힘을 갖
고 있다고 생각했다.
©WolfgangRieger

하지만 신들의 노여움을 샀던 까닭에 도중에 태풍을 만났답니
다. 그래서 지중해 연안을 따라 키프로스와 페니키아로 흘러갔
다가 마침내 이집트에 다다랐어요.

이집트 사람들은 둘을 따뜻하게 맞아 주었고 값비싼 선물도
주었지요. 선물 중에는 황금 방추와 바퀴 달린 바구니도 있었습
니다. 바구니는 왕비의 옷을 짜기 위한 양털과 실패를 담기 위한
것이었어요. 이에 대해 시인 존 다이어는 「황금 양털」이란 시에
서 다음과 같이 노래하고 있지요.

지금도 많은 여인들은

가슴에 실패를 꼭 붙인 채

걸으면서 물레를 돌린다네.

……

이는 영광스러운 그 옛날의

실 잣는 방식이었네. 이집트 왕자가

황금 실패를 저 아름다운 님프에게

어여쁜 헬레네에게 정중히 선물했을 때였네.

이집트 여왕은 헬레네에게 활력을 되찾게 하는 물약도 선물했답니다. 네펜테스라 불리는 이 유명한 물약에 빗대어 시인 밀턴은 다음과 같이 노래하고 있어요.

이집트 톤 왕의 아내가

제우스의 딸 헬레네에게 주었던 네펜테스도

이것만큼 삶의 활력을 일으키지는 못했고

생기를 북돋우거나 갈증을 해소하진 못했네.

「코머스」에서

메넬라오스와 헬레네는 마침내 스파르타에 무사히 도착했지요. 둘은 다시 왕과 왕비의 위엄을 되찾고 나라를 훌륭하게 다스렸습니다. 나중에 오디세우스의 아들 텔레마코스가 아버지를 찾아 스파르타에 간 적이 있었어요. 그때 둘은 공주 헤르미오네를 아킬레우스의 아들 네오프톨레모스와 결혼시켜 성대한 잔치를 벌이고 있었다지요.

남편을 죽인 아내, 어머니를 죽인 아들

그리스군 총사령관인 아가멤논은 메넬라오스의 형이랍니다. 아가멤논은 어쨌거나 동생 때문에 벌어진 전쟁에 휘말려 그간 고생을 한 셈이었어요. 한편 오랫동안 전쟁터에 나가 있는 동안 아내 클리타임네스트라가 아가멤논을 저버렸지요. 아이기스토스라는 애인을 곁에 두었던 것입니다. 귀국 소식을 듣자 아내는 남편을 죽일 계략을 애인과 함께 짰어요. 결국 귀환을 축하하는 잔치 자리에서 남편을 죽였지요. 또한 공모자들은 아가멤논의 아들

「잠든 아가멤논을 죽이기 전 망설이는 클리타임네스트라」
프랑스 화가 게렘의 작품이다. 아가멤논과 결혼하기 전, 클리타임네스트라는 이미 결혼한 상태였다. 하지만 아가멤논은 전남편을 무참히 살해하고 친딸 이피게네이아까지 희생시킨다.
루브르 박물관 소장

오레스테스마저 죽일 작정이었답니다. 아직은 어려서 걱정할 건 없지만 나중을 대비해 후환을 없애자는 생각이었어요. 하지만 누나인 엘렉트라가 남동생을 은밀히 삼촌에게 보낸 덕분에 오레스테스는 목숨을 부지했지요. 삼촌은 포키스의 왕 스트로피오스였습니다. 삼촌의 궁전에서 오레스테스는 왕의 아들 필라데스와 함께 자랐어요. 둘의 깊은 우정은 오늘날까지도 사람들의 입에 오르내릴 정도이지요. 엘렉트라는 틈틈이 사람을 보내 동생에게 아버지의 원수를 갚아야 함을 상기시켰답니다.

오레스테스는 어른이 되자 델포이 신전을 찾아가 신탁을 받았

「클리타임네스트라와 아이기스토스를 죽이는 오레스테스」
이탈리아 화가 베르나르디노 메이의 작품이다. 오레스테스가 칼을 들고 달려들자, 클리타임네스트라는 가슴을 내보이며 자신이 젖을 먹인 어머니임을 강조한다. 살림베니 궁전 소장

어요. 여기서 복수의 결심이 더욱 확실해졌지요. 드디어 오레스테스는 변장을 한 채 아르고스로 갔습니다. 스트로피오스 왕의 사자인 척하고는 오레스테스의 죽음을 알리러 왔다고 했어요. 능청스럽게도 유골 항아리를 들고 와서는 오레스테스를 화장한 재를 담아 왔노라 말했지요. 곧이어 아버지의 무덤에 참배하고 고대의 풍습에 따라 제물을 바친 다음 누나 엘렉트라에게 정체를 드러냈답니다. 그러고는 잠시 후 아이기스토스와 클리타임네스트라를 죽였어요.

아들이 자기 어머니를 죽인 끔찍한 패륜이었지요. 어미 쪽에 죄가 있으니 신탁에 따라 천벌을 받아 죽었다고 볼 수도 있었습니다. 하지만 요즘과 마찬가지로 옛 사람들도 혐오감을 느끼지 않을 수 없었어요. 그래서 복수의 여신들인 에리니에스가 오레스테스를 붙잡아 미치광이로 만들었지요. 정신이 나간 오레스테스는 이리저리 떠돌며 기구하게 살았답니다. 그나마 필라데스가 따라다니며 늘 곁에서 돌보아 주었어요.

필라데스는 신의 뜻을 다시 물어보았지요. 그러자 오레스테스의 저주를 풀 방법이 나왔습니다. 스키티아 지방의 타우리스에 가서 아르테미스의 조각상을 가져오면 된다는 것이었어요. 하늘에서 떨어졌다고 다들 믿고 있던 귀중한 보물이었지요. 그래서 둘은 타우리스로 갔답니다. 하지만 그곳의 야만족들은 낯선 이가 흘러들어 오면 붙잡아 아르테미스 여신에게 제물로 바치는 관습이 있었어요. 둘은 붙잡혀 신전으로 끌려가 희생 제물이 될 처지에 놓였지요. 그런데 아르테미스의 여사제가 다름 아닌 이피게네이아였습니다. 앞서 나온 이 여인이 기억나시나요? 오레

에리니에스
그리스 신화에 등장하는 복수의 여신들로 알렉토, 티시포네, 메가리아 세 명을 일컫는다. 에리니에스는 복수형이고, 단수형은 에리니스이다.

스테스의 누이인 이피게네이아도 예전에 희생 제물이 될 뻔했는데, 아르테미스의 도움으로 살아나 거기서 지내고 있었지요. 둘이 누구인지 알게 된 이피게네이아는 자신의 정체를 밝혔답니다. 이리하여 셋은 여신의 조각상을 훔쳐 달아나 미케나이로 돌아왔어요.

그랬건만 오레스테스는 아직도 에리니에스의 손아귀를 벗어나지 못했어요. 결국에는 아테나이에 있는 아테나의 신전으로 피신했답니다. 여신은 일단 오레스테스를 지켜 주면서 아레이오스 파고스의 법정에서 그의 운명을 재판하도록 지시했어요. 그래서 에리니에스가 오레스테스를 법정에 고소했고, 오레스테스는

「타우리스 섬의
오레스테스와 필라데스」
네덜란드 화가 니콜라스 페르콜레의 작품이다. 이피게네이아는 오레스테스에게 도주를 제안한다. 여신상을 바닷물로 정화하는 시늉을 하다가 신상을 가지고 달아나자고 한다.
암스테르담 국립 미술관 소장

델포이의 신탁에 따른 것이라고 항변했지요. 투표를 해 보니 찬성과 반대표의 수가 똑같이 나왔습니다. 그리하여 아테나의 판정에 따라 오레스테스한테 무죄가 선고되었어요.

바이런은 『귀공자 해럴드의 순례』 제4편에서 오레스테스 이야기를 암시하고 있지요.

오, 인간의 잘못에 대하여 이제껏 단 한 번도

저울눈의 균형을 깨트린 적 없는 위대한 네메시스여!

그대는 복수의 여신들을 깊은 심연에서 불러내어

오레스테스 주위에서 으르렁거리며 맴돌게 했다네.

그 악착같은 응징은 하지만

먼 옛날의 일이었네, 하지만 이번에 나는

이 혼탁한 세상에서 그대를, 그대의 옛 왕국을 부르노라!

　고대 그리스의 극작품 중에서 가장 비장한 장면으로 오레스테스와 엘렉트라의 만남을 들 수 있답니다. 소포클레스의 작품에 나오는 내용이에요. 여기서 오레스테스는 포키스에서 돌아와 누나 엘렉트라를 만나지만 하녀인 줄로 오해하지요. 그래서 복수의 때가 올 때까지 자기 신분을 철저히 숨기려고 항아리를 하나 내밉니다. 짐짓 오레스테스의 유해가 담긴 것이라고 속이면서 말이에요. 엘렉트라는 정말로 동생이 죽었다고 믿게 되지요. 엘렉트라는 항아리를 끌어안고 슬픔과 절망감에 휩싸여 통곡을 쏟아낸답니다. 밀턴은 소네트를 지어 이렇게 노래했어요.

가엾은 엘렉트라를 시인들이

거듭 노래한 덕분에

아테나이의 성벽은 허물어지지 않았다네.

위의 작품을 이해하려면 다음 사실을 알아야 해요. 옛날에 아테나이가 스파르타의 수중에 들어간 적이 있습니다. 그때 아테나이 성을 허물어 버리자는 제안이 나왔다고 해요. 하지만 그때 누군가가 에우리피데스의 합창 한 구절을 인용했지요. 무슨 구절인진 몰라도 아무튼 그 덕분에 제안은 취소되었답니다.

피로 물든 황야가 잠들다

트로이와 수많은 영웅들에 대한 이야기가 이렇게나 흘러넘치건만, 이 유명한 도시가 있었던 정확한 장소는 아직까지 논쟁거리로 남아 있어요. 호메로스와 더불어 고대의 지리학자들이 트로이에 대한 기록을 남겨 두긴 했지요. 하지만 그런 기록에 어울리는 평지와 옛 무덤의 흔적이 조금 있을 뿐, 큰 도시가 있었다는 증거는 없어요. 바이런은 이런 상황을 다음과 같이 노래하고 있습니다.

바람은 거세고, 헬레스폰토스의 해류는

지중해로 굽이치며 어둡게 흘러가는데

밤의 검은 그림자가 내려와

헛되이 피로 물든 저 들판을 숨기네.

늙은 프리아모스 왕이 자랑하던 황야도

트로이 고고 유적지
토머스 불핀치의 이 책은 1859년에 처음 출간되었다. 공교롭게도 몇 년 후인 1865년부터 지금의 터키 땅 하사를리크 지역에서 옛 트로이 유적이 발굴되기 시작했다. 1998년에는 유네스코 세계 문화유산으로 지정되었다. ©DAVID HOLT

왕국의 유일한 유적인 무덤도 가리우네.

하지만 불멸의 꿈만은 가리지 않고서

바위섬에 사는 눈먼 늙은이 호메로스를 위로했네.

「아비두스의 신부」에서

오레스테스 남매는 어떻게 서로를 알아보았을까요?

오레스테스는 아버지의 죽음에 복수하기 전에 먼저 누이 엘렉트라와 만난다. 어린 시절에 헤어져 아주 오랜 시간 떨어져 있던 남매는 어떻게 서로를 알아보았을까? 이 이야기는 그리스 3대 비극 작가가 모두 다르게 그려 냈다. 제일 위 세대인 아이스킬로스는 오레스테스가 아버지 무덤에 참배하면서 발자국을 남기고, 머리카락을 잘라 무덤에 바쳤다고 썼다. 엘렉트라가 이 것을 보고 자기 동생이 돌아왔음을 알아챈다. 옛날에는 머리와 손발이 사람을 알아보는 중요한 기준이었다. 아이스킬로스는 이에 덧붙여 오레스테스가 누이가 옛날에 만들어 준 짐승 무늬 옷을 입고 있게 했다. 에우리피데스는 아이스킬로스가 알아보기 장치로 내세운 것들을 모두 공격했다. 무덤 주변은 돌로 포장되어 있어서 발자국이 남을 수 없다. 머리카락으로도 신분을 확인할 수 없다. 남녀의 머리카락이 다르고 서로 다른 집안에 속한 사람이 비슷한 머리색을 할 수도 있다. 누이가 짜 주었다는 옷에 대해서는 청년이 어린 시절에 입던 옷을 여전히 입겠냐고 공격했다. 대신에 에우리피데스는 이마의 흉터를 신분 확인 장치로 이용했다. 마지막 시인인 소포클레스는 단순한 장치를 썼다. 오레스테스는 아버지의 도장 반지를 누이에게 보여 준다. 사실 세 시인이 쓴 장치들은 모두 고향으로 돌아온 오디세우스를 알아보기 위한 장치를 조금씩 바꾼 것이다. 떠날 때 입었던 옷, 짐승 문양 브로치, 무릎의 흉터가 그것이다.

엘렉트라와 오레스테스의 재회

10 영웅이 가야 할 길 |
오디세우스의 모험 1

트로이 전쟁이 끝난 후 영웅 오디세우스는 귀국길에 오릅니다. 이 파란 만장한 여정에는 무려 십여 년의 세월이 걸리지요. 어떤 때는 아름답고 행복이 가득한 나라에 들러 후한 대접을 받기도 하지만 어떤 때는 끔찍한 괴물과 맞닥뜨려 큰 곤경에 처하기도 한답니다. 그리고 시대의 영웅이다 보니 가는 길마다 아름다운 여인들이 나타나요. 이 여인들은 영웅이 곁에 머물러 주기를 바라지요. 때로는 여신까지 나타나 오디세우스를 유혹한답니다. 오디세우스는 소명의 길을 가야 할지 현실의 안락한 삶에 만족해야 할지 번번이 고민에 빠졌어요. 과연 영웅은 이런 상황 속에서 어떻게 자신의 갈 길을 찾아 나아가게 될까요? 부푼 돛처럼 호기심을 안고 영웅의 장대한 모험을 뒤따라가 보아요.

- 라이스트리고네스가 던진 돌에 사람들이 맞아 죽고, 배들이 부서질 때의 그 요란한 소리란! 그들은 우리 동지들을 마치 물고기 다루듯 작살로 찔러 댔습니다. 참혹한 식사를 준비하기 위해서였지요. (호메로스 『오디세이아』)
- 아르고스를 죽인 신께서 늘 나에게 말씀하셨어요. 조만간 그분이 검은 칠을 한 빠른 배를 타고 트로이에서 귀국하는 길에 제게 들를 것이라고요. 어쨌든 이젠 칼집에 칼을 도로 꽂으세요. 내 침대에 같이 누워요. (호메로스 『오디세이아』)

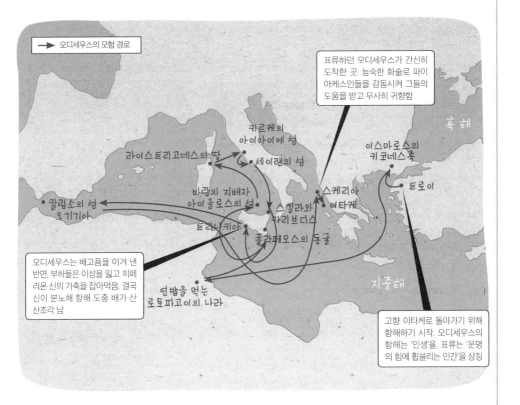

연꽃 열매를 먹고 모험이 싫어지다

이제부터는 『오디세이아』라는 낭만적인 서사시가 여러분의 관심을 끌 차례입니다. 오디세우스가 트로이를 떠나 자기 왕국인 이타케로 돌아오기까지 겪은 파란만장한 이야기예요.

트로이를 떠난 배들은 키코네스족이 살고 있는 이스마로스에 처음으로 정박했지요. 그곳 주민들과 무력 충돌이 벌어져 오디세우스는 각 배에서 부하를 여섯 명씩 잃었답니다. 다시 출항했지만 이번에는 폭풍우가 기다리고 있었어요. 아흐레 동안이나 표류하다가 간신히 로토파고이의 나라에 도착했어요. 연꽃 열매인 연밥을 먹는 사람들의 나라였지요. 식수를 보충한 다음 오디세우스는 부하 셋을 보내 이곳 사람들에 대해 알아 오라고 시켰습니다. 로토파고이를 찾아간 부하들은 따뜻한 대접을 받았어요. 특히 그 사람들의 음식인 연밥을 대접받았지요. 이 음식을 먹고 나니 고향이고 뭐고 그곳에 남고 싶은 마음만 간절했답니다. 급기야 오디세우스가 찾아가 부하들을 강제로 끌고 나와야 했어요. 그래도 부하들이 발버둥을 치는 바람에 배의 노 젓는 자리에 묶어 놓았다는 사실!

테니슨은 「연밥을 먹는 사람들」이라는 시를 지었지요. 이 작품은 연밥을 먹었을 때의 꿈속 같은 나른한 느낌을 근사하게 노래하고 있답니다.

얼마나 즐거웠는지, 반쯤 눈을 감고

흘러내리는 샘물 소리를 얼핏 듣고

비몽사몽 잠 속으로 미끄러져 들고

깊은 산속의 향기로운 숲을 떠나지 않는

저 호박색 빛처럼 꿈꾸고 또 꿈꾸는 나날들

매일매일 연밥을 먹었지.

서로의 속삭임도 들었네.

사르르 흩어지는 바닷가의 잔물결을 보았지.

부서지는 하얀 물보라의 부드러운 곡선도 보았네.

우리의 마음과 영혼을 온전히

포근한 우울의 힘에 맡겼나니

옛 추억을 떠올리고 품고 그 속에 다시 젖었지.

하지만 어린 시절의 보고픈 옛 얼굴들은

풀이 우거진 작은 언덕에 묻혀 있네.

청동 항아리 속 한줌의 하얀 재가 되었네.

「로토파고이족의 땅」
미국 화가 로버트 덩컨슨의
작품이다. 로토파고이란 '로
토스(Lotus) 열매를 먹는 자
들'이라는 뜻이다. 로토스는
연(蓮)을 의미한다.

식인 거인 키클롭스가 꾀쟁이에게 눈을 잃다

다음으로 오디세우스 일행은 키클롭스의 나라에 도착했어요. 키클롭스는 거인족으로, 그 섬나라에는 오직 키클롭스만 살고 있었지요. 키클롭스는 '둥근 눈'이란 뜻입니다. 이마 한가운데 둥근 눈이 딱 하나만 박혀 있었기 때문에 키클롭스란 이름을 얻었던 거예요. 이들은 동굴 속에 살면서 야생에서 난 것들을 먹고 살았지요. 키클롭스는 양치기이기도 해서 가축에서 나는 것들도 먹었답니다. 행여 모르니 오디세우스는 함대 본진은 닻을 내린 채 바다에 대기시켜 놓았어요. 그러고는 부하 여러 명과 함께 배 한 척에 올라 식량을 구하러 섬으로 갔지요. 오디세우스는 선물로 주려고 술 한 병도 챙겨 왔습니다. 일행은 큰 동굴을 발견하자 안으로 들어갔어요. 마침 아무도 없는지라 넓은 동굴 속에 무엇이 있나 샅샅이 살폈지요. 한쪽 편에 살찐 가축들이 떼로 모여 있었고, 또 한쪽에는 치즈며 젖을 담는 양동이와 그릇들이 가지런히 놓여 있었습니다. 우리 속의 새끼 양과 새끼 염소들이 있었지요.

「폴리페모스」
이탈리아 건축가이자 화가인 줄리오 로마노의 작품이다. 키클롭스는 헤시오도스에 의하면 대지의 여신 가이아의 아들이다. 호메로스의 『오디세이아』에서는 사람을 먹고 양을 기르는 외눈족으로 등장한다.

곧이어 동굴의 주인 폴리페모스가 장작으로 쓸 나뭇짐을 한가득 짊어지고 와서는 동굴 입구에 부렸어요. 그리고 젖을 짤 양과 염소 떼를 동굴 안에 들인 다음, 엄청나게 큰 바위를 굴려 동굴 입구를 막았지요. 스무 마리 황소로도 밀어내지 못할 만큼 큰 바위였습니다. 그러고는 앉아서 암양의 젖을 짜고 일부는 치즈로 만들기 위해 따로 저장하고 나머지는 식사 때 마시려고 남겨 두었어요. 그제야 커다란 둥근 눈을 돌려 낯선 자들을 알아보았지요. 으르렁대면서 누군지 어디서 왔는지 물었답니다. 오디세우스는 최대한 공손하게 대답했어요. 그리스군으로 큰 전쟁에 참여했고, 트로이를 함락하는 데 큰 공을 세웠다, 지금은 고향으로 돌아가는 길이니 부디 호의를 베풀어 주기 바란다고 밝혔지요. 폴리페모스는 오디세우스의 말을 듣고도 아무 대답이 없었답니다. 그런데 느닷없이 팔을 뻗어 부하 둘을 붙잡더니 동굴 벽에 던졌어요. 부하 둘 다 머리통이 박살이 났지요. 폴리페모스는 둘을 아주 맛나게 잡아먹기 시작했습니다. 푸짐한 식사를 마치고는 바닥에 누워 잠이 들었어요.

오디세우스는 이 기회를 틈타 놈을 칼로 찔러 버리고 싶은 충동을 느꼈지요. 하지만 그랬다가는 일행이 모조리 죽을 수밖에 없다는 생각이 들었답니다. 동굴 입구를 막은 큰 바위는 자기들로서는 결코 움직일 수 없을 만큼 컸어요. 그러니 키클롭스를 죽였다가는 모두 동굴 속에 꼼짝없이 갇히고 말 테니까요. 이튿날 아침 거구의 괴물은 그리스군 두 명을 더 잡아서 어제의 희생자들과 똑같이 대접했지요. 살점 하나 남기지 않고 죄다 먹어 치운 것입니다. 이어서 바위를 굴려 입구를 열더니 양 떼를 데리고 나갔어요. 이때 용의주도하게 다시 입구를 바위로 막아 놓았지요. 오디세우스는 죽은 부하들의 원수를 갚고 남은 부하들과 도망칠 묘안을 생각해 냈답니다.

마침 동굴 안에는 키클롭스가 지팡이로 쓰려고 잘라 놓은 큰 나무막대가 하나 있었어요. 오디세우스는 부하들을 시켜 막대기 끝을 뾰족하게 한 뒤 불에 그슬려 말린 다음 동굴 바닥의 밀짚 밑에 숨겼지요. 그러고는 용맹한 부하 네 명을 골라 놓고, 자기는 다섯 번째를 맡았습니다. 저녁이 되자 키클롭스가 동굴로 돌아왔어요. 가축들을 들여놓고선 전처럼 젖을 짜고 이런저런 준비를 했지요. 그러고 나서 오디세우스의 부하 둘을 또 붙잡아 죽인 다음 먹어 치웠답니다. 키클롭스의 식사가 끝나자, 오디세우스가 다가가 술 한 잔을 건네며 말했어요.

"키클롭스, 이건 술이라는 겁니다. 사람 고기를 먹고 나서 마시면 맛이 그만입니다."

키클롭스는 받아 마시고는 아주 좋아하며 더 달라고 했지요. 오디세우스가 한 잔을 더 건넸더니, 거인은 또 받아 마셨습니다. 기분이 좋아진 괴물은 특별히 봐준다면서 오디세우스를 제일 마지막으로 잡아먹겠노라 약속했어요. 또한 괴물이 이름이 뭐냐고 묻자 오디세우스는 "내 이름은 우티스입니다."라고 대답했지요. '우티스'는 그리스말로 '아무것도 아닌 사람'이라는 뜻이었답니다.

저녁을 먹은 후 거인은 드러누워 쉬다가 이내 잠이 들었어요. 그러자 오디세우스와 네 명의 부하들은 나무막대 끝을 불 속에 넣어 벌겋게 달구었지요. 곧바로 거인의 외눈을 정확히 겨냥하여 뾰족한 막대를 깊숙이 찔러 넣었습니다. 더군다나 목수가 송곳 돌리듯이 막대를 빙글빙글 돌리기까지 했어요. 곧이어 괴물의 날카로운 비명 소리가 동굴 안을 가득 메웠지요. 오디세우스와 부하들은 잽싸게 도망쳐 동굴 한구석에 숨었답니다. 녀석은 바락바락 악을 쓰며 주변 동굴의 다른 키클롭스들을 죄다 불러 모았어요. 허겁지겁 모여든 키클롭스들은 투덜대며 물었지요. 다들 곤히 자고 있는데 도대체 무슨 일로 그렇게 고함을 질러 대냐고 말입니다. 폴리페모스는 울부짖으며 대답했어요.

"아이고, 이보게들. 나 죽네, 나 죽어. 우티스가 나를 찔렀어."

그러자 친구들은 말했지요.

"우티스가 그랬다고? 그럼 어떤 사람도 널 찌르지 않았다는 말이니, 필시 제우스 신께서 하신 일일 거야. 그럼 참는 수밖에 없다고."

이렇게 말하고는 다들 가 버렸습니다. 고통에 울부짖는 친구를 내버려 두고서 말이죠.

이튿날 아침 키클롭스는 가축을 풀밭으로 내보내기 위해 바위를 옆으로 굴렸지요. 하지만 이번에는 동굴 입구에 딱 버티고 서서 나가는 가축들을 일일이 만져 보았답니다. 장님이 된 이상 오디세우스 일행이 도망가지 못하게 하려면 그 수밖에 없었거든요. 하지만 오디세우스는 미리 손을 써 두었지요. 양 세 마리를 나란히 세워 놓고서 버들가지로 끈을 이어 묶었습니다. 버들가지는 동굴 바닥에서 주운 것이에요. 그러고는 가운데 한 마리에 한 사

폴리페모스의 눈을 찌르는 오디세우스

이탈리아 화가 및 건축가 펠레그리노 티발디의 작품이다. 폴리페모스는 갈라테이아와 오디세우스와 관련된 일화에 등장한다.

팔라초 포지 소장

람씩 매달고, 양측의 두 마리가 가려 주게 해 놓았지요. 가축들이 지나갈 때 거인은 양의 등과 옆구리는 만져 보았지만 배 밑을 만질 생각은 꿈에도 못했답니다. 이리하여 부하들이 모두 빠져나간 후 오디세우스도 마지막으로 빠져나갔어요. 동굴 밖으로 몇 걸음 떨어진 곳에 이르자 오디세우스 일행은 양에서 내렸지요. 일행은 많은 가축을 데리고 배가 있는 해안으로 곧장 갔습니다. 서둘러 가축을 모두 싣고 나서 배는 유유히 해변을 떠났어요. 이쯤 되면 안전하겠지 싶어 오디세우스가 큰 소리로 외쳤지요.

"키클롭스야, 너의 잔혹한 짓에 신들이 마땅한 벌을 내리셨다. 너를 비참한 장님으로 만든 이가 오디세우스란 걸 알아 두어라."

이 말을 들은 키클롭스는 산등성이에 튀어나온 바위를 하나 뽑았답니다. 바위를 높이 치켜들고는 목소리 나는 쪽으로 온 힘을 다해 던졌어요. 바위는 날아가 하마터면 배의 뒷부분을 맞힐 뻔했지요. 커다란 바위가 바닷물 속에 떨어지자 큰 물결이 일어 배가 해안 쪽으로 휩쓸려 갔습니다. 그 와중에 파도에 자칫 배가 뒤집힐 뻔했어요. 부하들이 죽기 살기로 노를 저어 가까스로 다시 뭍에서 멀어졌지요. 그런데도 오디세우스가 다시 거인한테 고함

오디세우스에게 바위를 던지는 폴리페모스
스위스 화가 아르놀트 뵈클린의 「오디세우스와 폴리페모스」다. 뵈클린은 고대 신화에서 영감을 받아 주로 죽음을 주제로 한 상징적인 그림을 그렸다.

을 지르려 하자 부하들이 극구 말렸답니다. 오디세우스는 바위가 빗나갔다고 거인에게 알리고 싶어 안달이 났던 거예요. 하지만 꾹 참고 있다가 전보다 더 안전한 곳에 이르러서야 알렸지요. 이제 속수무책인 거인은 저주만 퍼부어 댈 뿐이었습니다. 오디세우스 일행은 힘껏 노를 저어 곧 함대 본진과 합류했어요.

다음으로 오디세우스가 상륙한 곳은 아이올로스 왕의 섬이었지요. 제우스가 바람의 지배권을 맡긴 왕입니다. 그래서 왕은 바람을 마음껏 내보내기도 멎게도 할 수 있었어요. 왕은 오디세우스를 극진히 대접했지요. 떠날 때가 되자 은빛 끈으로 묶인 가죽 부대를 하나 주었습니다. 웬 거냐고요? 해롭고 위험한 바람을 몽땅 담아 놓은 주머니였어요. 또한 왕은 오디세우스 일행을 고국의 항구로 인도하라고 순풍에게 명령했지요. 꼬박 아흐레 동안 함대는 순풍에 돛을 달고 질주했답니다. 그러는 내내 오디세우스는 잠도 자지 않고 조타실의 키 옆에 서 있었어요. 하지만 마침내 지쳤던지 잠이 들고 말았지요.

오디세우스가 잠들어 있을 때, 부하들은 미심쩍기 그지없는 자루가 무얼까 의논했습니다. 마침내 보물 자루라고 결론을 내렸어요. 인심 좋은 아이올로스 왕이 오디세우스에게 선물한 보물이 들어 있을 거라 여겼지요. 끝내는 자기들 몫도 챙기고 싶은 마음에 끈을 풀고 말았습니다. 순식간에 바람이 휘몰아쳤어요. 함대는 올바른 뱃길에서 한참 멀어지더니 급기야 아흐레 전에 떠나왔던 섬으로 되돌아갔지요. 아이올로스는 단단히 화가 나서 더 이상 도움을 주지 않았답니다. 어쩔 수 없이 오디세우스 일행은 똑같은 뱃길을 죽기 살기로 노를 저어 가야 했지요.

아름다운 항만에 숨은 야만족

그다음 모험은 라이스트리고네스라는 야만족을 상대로 겪은 일이지요. 이 부족이 사는 곳의 항만은 바다가 육지로 완전히 감싸여 풍경이 무척 아름다웠습니다. 그래서 배들이 죄다 그곳으로 들어갔어요. 오직 오디세우스의 배만이 바깥에 머물렀지요. 라이스트리곤들은 배가 완전히 사정권에 들어오자마자 공격을 시작했답니다. 큰 돌을 무수히 던져 배를 부수거나 뒤집어 버렸어요. 물에 빠져 허우적대는 선원들을 창으로 찔러 죽였지요. 오디세우스의 배를 제외하고는 모조리 궤멸되고 말았습니다. 오디세우스도 결국 도망칠 수밖에 없었어요. 부하들에게 힘껏 노를 저으라고 격려하여 겨우 도망쳤지요.

오디세우스 일행을 공격하는 라이스트리고네스
'라이스트리곤'은 라이스트리고네스의 단수형이다. 라이스트리고네스는 신화에 등장하는 식인 거인이다.

키르케와 세이렌, 모험가를 현혹하는 노랫소리

동료들이 죽어 슬픈 마음과 자신들은 살아나 기쁜 마음이 뒤섞인 채로 이들은 항해를 계속했답니다. 그러다가 마침내 아이아이에 섬에 도착했어요. 태양신의 딸 키르케가 살고 있는 섬이었지요. 섬에 내린 오디세우스는 작은 언덕에 올라 주위를 둘러보았습니다. 사람들이 살 만한 곳은 섬의 가운데 한 장소 말고는 없었어요.

그곳에는 나무들로 둘러싸인 궁전이 있었지요. 오디세우스는 에우릴로코스의 지휘하에 부하 절반을 보내 그곳에서 어떤 대접을 받을 수 있을지 알아보게 했답니다. 궁전에 다가간 그들은 어느새, 사자와 호랑이와 늑대들한테 둘러싸이고 말았어요. 하지만 키르케의 마법으로 길들여져 모두 온순한 짐승들이었지요. 원래는 전부 사람이었는데, 키르케의 강력한 마법 때문에 짐승의 모습으로 바뀐 것입니다. 궁전 안에서는 은은한 음악에 맞춰 한 여인의 감미로운 노랫소리가 들려왔어요. 에우릴로코스가 큰소리로 부르자 여신이 마중 나와서 안으로 들어오라고 했지요. 다들 반기며 안으로 들어갔지만 에우릴로코스만은 밖에 남았답니다. 혹시 위험이 도사리고 있을지 모르니까요.

여신은 손님들을 자리에 앉힌 다음 술과 맛있는 음식을 대접했지요. 모두 푸짐하게 먹고 마시고 나자, 여신은 지팡이를 들어 한 사람씩 몸에 갖다 댔습니다. 순식간에 손님들은 돼지로 변했어요. 머리며 몸통이며 목소리며 털은 영락없이 돼지였지만 정신만은 그대로였지요. 여신은 이들을 돼지우리에 가두고서 도토리 같이 돼지가 좋아하는 먹이를 주었습니다.

에우릴로코스는 부리나케 배로 돌아가 이 사실을 알렸어요. 그러자 오디세우스는 자신이 직접 가서 어떻게든 부하들을 구해 내겠다고 했지요. 오디세우스는 과감히 혼자 나섰답니다. 한참 걸어가고 있는데 한 젊은이를 만났어요. 자신을 헤르메스라고 소개한 젊은이는 오디세우스의 모험담을 잘 알고 있는 것 같았지요. 그리고 키르케의 마법에 대해 알려 주면서 위험하니 여신에겐 가지 말라고 했습니다. 그래도 오디세우스가 뜻을 굽히지 않자 젊은이는 '몰리'라는 식물의 이파리를 건넸어요. 마법을 물리치는 것이라고 하면서 어떻게 사용하는지도 가르쳐 주었지요. 이처럼 준비를 한 오디세우스는 마침내 궁전에 도착했답니다. 키르케는 정중하게 손님을 맞으며, 부하들에게 했던 대로 오디세우스를 대접했어요. 오디세우스가 잔뜩 먹고 마시고 나자 키르케는 지팡이를 갖다 대면서 이렇게 외쳤지요.

"썩 꺼져라! 저기 돼지우리로 가서 네 친구들과 함께 뒹굴어라."

하지만 오디세우스는 태연히 일어나더니 칼을 뽑아 들었습니다. 그러고는 험상궂은 표정을 지으며 사나운 기세로 키르케에게 달려들었어요. 키르케는 무릎을 꿇고 용서를 빌었지요. 오디세우스는 키르케에게 엄숙히 맹세를 하라고 다그쳤답니다. 부하들을 풀어 주고 더 이상 오디세우스 일행에게 해가 되는 짓을 하지 않겠다는 맹세를 말이에요. 키르케는 그렇게 맹세하면서 또한 사과의 뜻으로 성대한 잔치를 베풀어 주겠다고 했지요. 과연 키르케는 약속을 지켰습니다. 부하들을 예전 모습으로 되돌려 주었고, 다른 부하들도 불러서 날마다 융숭한 대접을 했어요. 이 윽고 오디세우스는 고향은 까맣게 잊은 것 같았지요. 부끄럽게

「오디세우스에게 술잔을 주는 키르케」
영국 화가 존 워터하우스의 작품이다. 잔뜩 경계하고 있는 오디세우스가 키르케 등 뒤 거울에 비춰 보이고 있다.

몰리
흰 꽃과 검은 뿌리를 가진 전설의 마초(魔草). 야생 마늘이라는 설도 있다.

도 안일한 생활에 젖어 있는 듯 보였답니다.

마침내 부하들이 나서서 정신을 차리게 해 주었어요. 오디세우스는 부하들의 충고를 달갑게 받아들였지요. 키르케도 오디세우스 일행의 출발을 도왔습니다. 특히 세이렌이 있는 해변을 무사히 통과할 수 있는 방법을 가르쳐 주었어요. 세이렌은 바다의 님프인데, 노래를 불러 뱃사람들을 유혹하는 능력이 있지요. 세이렌의 노래를 들은 뱃사람들은 귀신에 홀린 듯 정신을 빼앗긴답니다. 끝내 스스로 바다에 몸을 던져 죽고 말아요. 키르케는 오디세우스한테 부하들의 귀를 밀랍으로 막으라고 알려 주었지요. 세이렌의 노랫소리를 듣지 못하게 말입니다. 아울러 부하들에게 시켜 오디세우스 자신을 돛대에 매달라고 했어요. 그리고 오디세우스가 무슨 말을 하든 무슨 짓을 하든지 세이렌의 섬을 빠져나오기 전까지는 절대 풀어 주지 말라고 부하들에게 엄명을 내

리라고도 했지요. 오디세우스는 여신의 이런 지시를 따랐습니다. 부하들의 귀를 밀랍으로 막았고, 부하들을 시켜 돛대에 꽁꽁 묶였지요.

세이렌의 섬에 접근하자 과연 잔잔한 바닷물 저 너머에서 노랫소리가 들려왔지요. 기막히게 아름답고 매력적인 소리에 홀린 나머지 오디세우스는 돛대에서 내려오려고 발버둥을 쳤답니다. 또한 고함도 치고 몸짓도 해 가며 풀어 달라고 통사정을 했어요. 하지만 부하들은 엄명대로 달려가서 오디세우스를 더 꽁꽁 묶였지요. 배가 유유히 그곳을 벗어날수록 노랫소리는 점점 더 약해졌습니다. 마침내 노랫소리가 더 이상 들리지 않자 오디세우스는 부하들에게 귀의 밀랍을 빼내라는 신호를 보냈어요. 그제야 부하들은 오디세우스를 풀어 주었지요.

「세이렌」
영국 화가 존 워터하우스의 작품이다. 세이렌은 보통 여성의 머리와 물새의 몸을 가진 모습으로 알려져 있다. 세이렌이 인어 모습을 지니게 된 것은 중세 시대 후반부터다.

19세기 초의 영국 시인 키츠는 상상력을 동원하여 키르케 이야기를 들려준답니다. 특히 마법에 걸린 희생자들이 동물로 변했을 때 어떤 심정이었을지 전해 주고 있어요. 「엔디미온」에서 키츠는 코끼리로 탈바꿈을 당한 어느 왕의 생각을 대변하지요. 가엾은 왕은 인간의 말로 키르케 여신에게 이렇게 하소연한답니다.

행복한 왕관을 다시 찾지는 않겠나이다.
동지들이 평원에 모이길 바라지도 않겠나이다.
과부가 된 쓸쓸한 아내를 바라지도 않겠나이다.

나의 어여쁜 아이들, 사랑스러운 아들과 딸들

이 생명의 장밋빛 방울들도 바라지 않겠나이다.

모두 잊겠나이다. 그런 즐거움은 전부 지나간 것일 뿐

그런 천상의 것, 너무나 높은 것은 바라지 않겠나이다.

다만 부디 은혜를 베풀어 나를 죽여주소서.

이 거추장스럽기 짝이 없는 육신에서

이 뚱뚱하고 볼썽사납고 더러운 올가미에서 벗어나

차갑고 음산한 하늘 밑에 드러눕게 해 주소서.

부디, 키르케 여신이시여! 내 기도를 들어주소서!

스킬라, 긴 목을 빼 선원들을 잡아먹다

오디세우스는 또한 키르케에게서 스킬라와 카리브디스라는 괴물
도 조심하라고 들었어요. 스킬라는 글라우코스 이야기에서 나온
적이 있지요. 다시 말하자면 스킬라는 한때는 아름다운 아가씨
였지만 키르케 때문에 뱀처럼 생긴 괴물이 되고 말았습니다. 바
닷가 벼랑 위의 높은 동굴 속에 살면서 기다란 목을 쭈욱 내밀곤
했어요. 목에는 머리가 여섯 개나 달려 있는데, 근처를 지나가는
배의 선원들을 각각의 입이 꿀꺽 삼켰지요. 또 하나의 무서운 괴
물인 카리브디스는 바닷가 근처에 있는 구멍이었답니다. 하루에
세 번 엄청난 양의 물이 이 무시무시한 틈으로 쏟아져 들어갔다
가 나중에 다시 뿜어져 나왔어요. 그래서 구멍 주변에는 무시무
시한 소용돌이가 일었지요. 어떤 배라도 소용돌이 근처에 다가
가면 꼼짝없이 휩쓸리고 말았습니다. 설령 포세이돈이라 하더라
도 배를 구할 수 없었다고 해요.

무서운 두 괴물이 출몰하는 곳에 접근하자 모두들 눈에 불을 켜고 주위를 꼼꼼히 살폈지요. 이때 카리브디스가 물을 빨아들이는 소리가 멀리서 들려와 다들 정신을 바짝 차렸답니다. 하지만 어디에 숨었는지 스킬라는 낌새조차 없었어요. 오디세우스와 부하들은 무서운 소용돌이를 감시하는 데 마음이 뺏긴 나머지, 스킬라의 공격에 대해서는 대비를 제대로 하지 못했지요. 이를 틈타 스킬라는 뱀 모양의 머리들을 불쑥 내밀어 여섯 명을 물었습니다. 날카로운 비명을 지르며 버둥대는 이들을 스킬라는 동굴로 데려갔어요. 오디세우스는 그처럼 참혹한 광경은 일찍이 본 적이 없었지요. 부하들이 비명을 지르며 괴물의 밥이 되는데도 속수무책으로 바라만 볼 수밖에 없었답니다.

키르케가 경고해 준 위험은 한 가지가 더 있었어요. 오디세우스 일행이 스킬라와 카리브디스를 통과한 다음에 상륙할 곳은 트리나키아 섬이었지요. 그 섬에는 태양신 히페리온의 가축을 히페리온의 두 딸 람페티아와 파에투사가 기르고 있었습니다. 아무리 여행에 필요하다고 해도 이 가축들은 절대 해치지 말라는 경고였어요. 만약 그랬다가는 기필코 화가 미치고 말 거라며 여신은 신신당부했지요.

오디세우스는 트리나키아 섬에 들르지 않고 지나가려고 했답니다. 하지만 부하들은 휴식과 재충전의 시간이 간절했어요. 그래서 섬에 상륙해 딱

「스킬라와 카리브디스에 직면한 오디세우스」
스위스 출신 영국 화가 퓨젤리의 작품이다. 이 이야기의 배경은 이탈리아와 시칠리아 섬을 나누는 해협인 메시나 해협이다. 스킬라는 메시나 해협의 어두운 동굴에 살고 있다고 신화에 전한다.

히페리온의 소를 훔치는 오디세우스의 친구들

호메로스의 『오디세이아』에 따르면 오디세우스 동료들이 훔쳤던 가축은 히페리온이 아니라 헬리오스를 위한 제물이다. 헬리오스는 히페리온의 아들로 히페리온으로부터 태양신 자리를 물려받았다.

팔라초 포지 소장

하룻밤만 보내도 소원이 없겠다며 통사정을 했지요. 결국 오디세우스도 허락을 했습니다. 하지만 신성한 가축들은 털끝 하나도 건드리지 말라고 엄명을 내렸어요. 대신 배에 남아 있는 식량으로 만족하라고 했지요. 식량은 이전에 출항할 때 키르케가 실어 주었던 것이랍니다. 아무튼 식량이 남아 있는 동안에는 부하들도 명령을 잘 따랐어요. 하지만 역풍이 줄곧 불어 한 달이나 머무는 바람에 식량이 전부 바닥나고 말았지요. 그러자 새와 물고기를 잡아서 근근이 연명했습니다.

이처럼 다들 굶주림에 시달리던 어느 날, 마침 오디세우스가 잠시 자리를 비웠어요. 그새를 틈타 부하들은 가축 몇 마리를 죽였지요. 고기 일부를 신들에게 바쳐 허물을 덮으려 했지만 헛된 짓이었답니다. 다시 돌아온 오디세우스는 부하들이 저지른 짓을 알고 두려움에 휩싸였어요. 더군다나 불길한 징조가 잇따르자 더더욱 무서움이 엄습해 왔지요. 가죽이 땅바닥을 기어 다녔고 고깃덩이를 굽자 쇠꼬챙이에서 우는 소리가 났기 때문입니다.

어느덧 순풍이 불어오자 오디세우스 일행은 섬에서 출항했어요. 하지만 얼마 가지도 않았는데 날씨가 급변해 천둥번개가 내리치고 폭풍우가 쏟아졌지요. 번개에 맞아 돛대가 부서졌는데, 쓰러지는 돛대에 맞아 키잡이가 죽고 말았답니다. 마침내 배도 산산조각 났어요. 오디세우스는 나란히 떠 있던 용골과 돛대로 간신히 뗏목을 만들었지요. 뗏목에 매달려 있으니 바람이 불어와 오디세우스를 칼립소 섬으로 데려다주었습니다. 나머지 부하들은 전부 물귀신이 되었어요.

밀턴의 「코머스」 제252행에 나오는 아래 구절은 이 이야기를 다루고 있답니다.

나는 몇 번이나 들었지요.
내 어머니 키르케와 세 명의 세이렌이
꽃 가운을 입은 나이아스들에 둘러싸여
약초와 독초를 따 모으며 부르는 노래를
사로잡힌 영혼을 낙원으로 데려가려고
부르는 노래였지요. 스킬라가 훌쩍이며
거센 파도를 잠잠해지게 타이르자
카리브디스도 소곤소곤 맞장구를 쳤지요.

칼립소, 연인에게 헌신한 바다 님프

칼립소는 바다의 님프였습니다. 님프란 신들의 속성을 다분히 지니고 있지만 신 아래 등급의 여러 요정을 가리켜요. 칼립소는 오디세우스를 따뜻하게 맞아들여 융숭한 대접을 했지요. 칼립소는 곧 오디세우스에게 연정을 품게 되어 영원히 함께 살기를 바랐답니다. 그래서 오디세우스를 불사의 존재로 만들어 주기까지 했어요.

하지만 오디세우스는 처자식이 있는 고국으로 돌아갈 결심을 굽히지 않았지요. 제우스 신까지 나서 오디세우스를 보내 주라는 전갈을 보냈습니다. 헤르메스가 이 소식을 들고 찾아왔을 때 칼립소는 자기 동굴에 있었어요. 호메로스는 이 동굴을 아래와 같이 그리고 있지요.

「오디세우스와 칼립소」
스위스 화가 아르놀트 뵈클린의 작품이다. 칼립소란 그리스어로 '감추는 여자'라는 뜻이다. 전설의 섬 오기기아에 산다고 신화에 전한다.
바젤 미술관 소장

포도나무가 넓은 동굴 가득 휘감고
탐스러운 포도송이 주렁주렁 달렸네.
졸졸졸 흐르는 네 군데 샘물이
구불구불 나란히 사방으로 흐르고
어디에나 싱싱한 초록 풀밭 펼쳐졌네.
보랏빛 제비꽃도 만발하여, 이 광경에
하늘에서 온 신조차 감탄을 금치 못했네.

「텔레마코스와 멘토르를 맞이하는 칼립소」
영국 화가 윌리엄 해밀턴의 작품이다. 호메로스의 『오디세이아』 4권까지의 내용은 텔레마코스가 오디세우스를 찾는 여행에 대한 이야기다. 텔레마코스도 칼립소에게 붙잡히지만 역시 칼립소를 떠난다.

칼립소는 마지못해 제우스의 명령에 따랐답니다. 떠나려는 오디세우스에게 뗏목 만들기도 도와주고 식량도 넉넉히 주고 순풍까지 보내 주었어요. 드디어 출항하여 여러 날 동안 순조롭게 항해를 하고 있었지요. 하필 육지가 보이는 곳까지 왔는데 갑자기 폭풍우가 일었습니다. 돛대가 부러졌고, 곧이어 뗏목이 산산조각 날 것만 같았어요. 바람 앞의 촛불 신세인 오디세우스를 어떤 착한 바다 님프가 보았지요. 님프는 바닷새로 변신하여 뗏목에 내려앉았습니다. 바닷새는 띠를 하나 건네면서 가슴 밑에 동여매라고 했어요. 어쩔 수 없이 파도에 휩쓸릴 경우 몸을 둥둥 띄워 뭍으로 헤엄쳐 갈 수 있게 해 주는 물건이었지요.

프랑스 출신의 성직자이자 작가 페늘롱은 『텔레마코스의 모험』이라는 소설을 썼답니다. 오디세우스의 아들 텔레마코스가 아버지를 찾아 떠난 모험 이야기예요. 아버지의 발자취를 따라 이곳저곳을 찾아다니던 텔레마코스도 칼립소의 섬에 도착했지요. 오디세우스에게 했던 것처럼 님프는 온갖 수를 써서 텔레마

「칼립소」
미국 화가 조지 히치콕의 작품이다. 오디세우스는 고향으로 돌아가기 위해 10년을 떠돈다. 그 가운데 7년 동안을 칼립소와 보냈다.
인디애나폴리스 미술관 소장

멘토르
멘토르는 오디세우스의 친구이다. 오디세우스는 트로이 전쟁에 나설 때 멘토르에게 자기 아들을 맡아서 가르쳐 달라고 부탁했다. 멘토(Mentor)라는 영어 단어가 이 멘토르(Mentor)라는 이름에서 유래했다.

코스를 붙잡아 두려 했습니다. 이번에도 불사의 존재로 만들어 주겠다며 유혹을 했어요. 하지만 아테나가 멘토르의 모습으로 가장하여 텔레마코스 곁을 늘 따라다니고 있었지요. 텔레마코스가 무슨 일을 하든 관여하는 멘토르 때문에 님프의 유혹은 수포로 돌아갔답니다. 둘은 님프한테서 벗어날 길을 찾았지만 뾰족한 수가 없었어요. 그래서 바닷가 벼랑에서 뛰어내려 근처에 정박해 두었던 배로 헤엄쳐 갔지요. 텔레마코스와 멘토르가 벼랑에서 뛰어내리는 장면을 바이런은 이렇게 노래하고 있습니다.

하지만 지중해의 자매 섬
칼립소의 섬을 그냥 지나치진 못한다네.
지친 뱃사람에게 미소 짓는 안식처이기에
어여쁜 님프는 이제 그만 울기를 멈추었고
벼랑 너머를 부질없이 살피지도 않았다네.
사내는 감히 인간 아내를 택하였기에
거기 아찔한 벼랑 아래로 몸을 던졌다네.
엄한 멘토르의 재촉에 바다로 뛰어내렸다네.
둘을 뺏긴 님프는 한숨만 연거푸 내쉬었다네.

세이렌의 기원이 소녀 제물이라고요?

오디세우스의 모험을 구성하는 작은 이야기들은 여러 원천을 가지고 있다. 학자들은 그중 세이렌 이야기가 원시 부족의 '화물 숭배' 현상에서 나온 것이라고 말한다. 제2차 세계 대전이 끝난 뒤 서양 사람들은 태평양의 어떤 섬을 방문했다가 깜짝 놀란다. 섬 원주민들이 비행장과 항구를 만들어 놓고 조상들과 교신하려 애쓰고 있었던 것이다. 건물들 사이에 칡넝쿨을 늘어뜨리고 머리엔 깡통을 두드려 만든 헤드셋을 쓰고 있었다. 원주민들은 전쟁 중 들이닥친 서양 사람들이 비행장을 닦고 항구를 조성하는 것을 목격했다. 그 후 이곳에 비행기와 함선들이 들어와 화물을 쏟아 냈다. 원주민들은 좋은 것은 모두 조상들이 보내 준다고 믿었기에 서양인들도 화물들을 조상에서 받았다고 해석했다. 그래서 전쟁이 끝나고 서양 사람들이 떠나간 후에 서양식으로 조상들과 교신하려 했던 것이다. 이 화물 숭배가 세이렌과 어떻게 연결될까? 원시 부족들이 사는 지역 근처로 무역선이 지나가다가 파선된다. 배에서 나온 물건들이 떠밀려 온다. 원주민들은 이것을 조상들이 보내 준 것이라 생각한다. 그래서 배들이 보일 때마다 제물을 차려 놓고 음악을 울리며 파선을 기원한다. 제물 속에는 아름다운 소녀도 포함되어 있다. 세월이 지나면서 이 제의가 바닷가에서 아름다운 여인들이 노래를 불러 배가 파선했다는 이야기로 바뀐다. 동아프리카에 드나들던 근동 상인들에게서 세이렌 이야기가 생겨났다고 추측된다.

세이렌

11 기나긴 모험을 마치고 또 다시 | 오디세우스의 모험 2

오디세우스는 모험 도중에 온갖 고난을 겪게 됩니다. 배가 난파되는 바람에 생사가 위태로운 지경에도 자주 처하지요. 그럴 때면 꼭 신이 나타나 영웅에게 도움을 주어요. 간신히 살아난 오디세우스는 어느 섬에 도착한답니다. 배가 부서지고 뗏목에 매달려 떠다니던 처지라 벌거숭이 신세였지요. 이런 상황에서 한 여인을 만나게 되는데 ……. 과연 어떻게 부끄러운 몸으로 도움을 청할 수 있었을까요? 마침내 이 여인의 도움으로 오디세우스는 자신의 왕국이 있는 고향 땅으로 되돌아옵니다. 무려 이십 년간이나 떠나 있었지요. 아내는 다른 남자에게 시집가기 직전이었고, 주인 없는 왕국은 혼란스럽기 그지없었어요. 과연 오디세우스는 어떻게 마지막 난관을 극복할까요?

- 손님, 일어나 우리 고을로 가세요. 제가 지혜롭고 총명한 저희 아버지의 저택에 당신을 모셔다 드리겠습니다. 당신은 모든 파이아케스족 중에서도 뛰어난 사람들만을 만나게 될 거예요. (호메로스 『오디세이아』)
- 구혼자들이 간담이 철렁해져 온 연회장을 휘저으며 도망치는 그 꼴은 마치 떼 지어 몰려다니는 암소와 같았다. 긴긴 봄날에 이쪽저쪽 날아다니다 덮쳐 오는 등에를 쫓으려 빙글빙글 꼬리를 휘두르는 소들 같기도 했다. (호메로스 『오디세이아』)

오디세우스 가계도

헤르메스 (전령의 신) — 키오네

아우톨리코스 — 암피테아

라에르테스 — 안티클레이아

페넬로페 — 오디세우스 — 키르케

텔레마코스   텔레고노스

나우시카, 기품 높고 사려 깊은 집주인

오디세우스는 악착같이 뗏목에 매달려 버티고 있었습니다. 하지만 더 이상 뗏목에 의지할 수 없게 되자 바닷새가 준 띠를 가슴에 두르고 헤엄을 쳤어요. 그러자 아테나가 물결을 잔잔하게 해주었고, 순풍을 보내어 파도에 몸을 싣고 뭍으로 가도록 해 주었지요. 하지만 해변의 바위에 밀려온 파도가 부딪혀 크게 부서지는 걸 보고는 접근할 엄두가 나지 않았답니다. 그래서 주변을 살살이 살펴보니 마침 물결이 잔잔히 흐르는 곳이 눈에 띄었어요. 오디세우스는 죽을힘을 다해 헤엄을 쳐 거기까지 갔지요. 뭍에 닿자마자 지칠 대로 지쳐 픽 쓰러졌는데, 마치 죽은 사람 같았습니다.

한참 후에 정신이 들자 오디세우스는 땅에 입을 맞추고 기뻐서 날뛰었어요. 하지만 어디로 가야 할지 몰라 어리둥절하였지요. 이리저리 둘러보니 멀지 않은 곳에 숲이 있어서 거기로 갔습니다. 마침 가지들이 우거져 햇빛과 비를 피할 수 있는 은신처를 찾았어요. 나뭇잎들을 잔뜩 모아 침대를 만들고는 그 위에 큰대자로 누웠지요. 이어서 나뭇잎으로 몸을 덮은 뒤, 깊고 깊은 잠에 빠졌답니다.

오디세우스가 흘러든 곳은 파이아케스인들의 나라인 스케리아였어요. 이 사람들은 원래 키클롭스족 가까이에 살았는데, 그 야만족의 핍박을 피해 스케리아 섬으로 이주했지요. 그때 백성들을 끌고 이곳으로 온 사람이 바로 나우시토스 왕입니다. 호메로스의 기록에 따르면 그곳 사람들은 신들과 혈통이 이어진 종족이었대요. 신들도 이 사람들 앞에 태연히 나타났고, 제물을 받으면 함께 어울려서 같이 먹었다지요. 게다가 외로운 나그네를 만나도 몸을 숨기지 않았다고 합니다.

아무튼 그곳 사람들은 생활이 풍족했으며, 전쟁 걱정 없이 마냥 행복하게 살았어요. 왜냐하면 사리사욕을 채우려는 인간들과는 동떨어진 곳이라 적들이 다가오는 일이 없었기 때문이지요. 그러니 활과 화살을 사용할 일조차 없는 곳이었습니다. 이들이 주로 하는 일은 항해였어요. 파이아케스인의 배는 새처럼 빠르고, 지능도 갖추고 있었지요. 배 스스로 뱃길을 모조리 알고 있는 터라 조종할 필요도 없었답니다. 그 무렵에는 나우시토스의 아들 알키노스가 왕으로 있었어요. 현명하고 공정한 군주여서 온 백성이 믿고 따랐지요.

한편, 우연히도 오디세우스가 파이아케스인의 섬에 도착한 날, 그래서 나뭇잎 이불을 덮고 자고 있던 바로 그날, 알키노스 왕의 딸 나우시카는 꿈을 꾸었습니다. 꿈에 아테나 여신이 나타나 말했어요.

"네 결혼 잔치가 멀지 않았노라. 그러

「나우시카」
영국 화가 프레더릭 레이턴의 작품이다. 나우시카는 호메로스의 『오디세이아』 제6권에 등장하는 인물이다.
개인 소장

니 왕실의 빨래를 모조리 해 두는 편이 좋을 것이니라."

하지만 만만한 일이 아니었지요. 왜냐하면 시냇물이 흐르는 곳이 멀리 있는데, 거기까지 많은 빨랫감을 날라야 했답니다. 잠에서 깨자 공주는 서둘러 부모님한테 빨래를 하러 가겠다고 말했어요. 하지만 혼인에 대해선 입도 뻥긋하지 않고 다른 핑계를 둘러댔지요. 아버지는 흔쾌히 허락하면서 마부들에게 마차를 준비하라고 시켰습니다. 빨랫감이 마차에 실린 다음, 어머니는 음식과 술도 한가득 챙겨 주었어요. 공주는 마차에 앉아 채찍을 휘둘렀고 시녀들은 걸어서 따라갔지요.

시냇가에 다다르자 말들을 풀어 풀을 뜯게 하고는 짐을 부렸답니다. 곧장 빨랫감을 물가로 가져가서 다들 즐겁고 신나게 일을 시작하더니 금세 해치웠어요. 곧바로 빨래를 냇가에 걸어 두고서 목욕을 한 다음 자리에 앉아 식사를 했지요. 그 후 시녀들이 일어나 즐겁게 공놀이를 하자 공주는 노래를 불러 주었습니다. 어느덧 말린 옷을 걷고서 성으로 돌아갈 채비를 하고 있는데, 공주가 떨어뜨린 공이 시내에 빠지고 말았어요. 아테나 여신이 꾸민 짓이었지요. 아무튼 이때 시녀들이 전부 소리를 지르는 바람에 오디세우스가 잠에서 깼답니다.

여기서 잠깐 오디세우스의 모습을 한번 그려 볼까요? 부서진 뗏목에 매달려 표류하다가 천신만고 끝에 뭍으로 올라온 지 얼마 되지 않을 때였지요. 옷 하나 몸에 걸치지 않은 그야말로 천둥벌거숭이였습니다. 이 꼴로 자고 있던 오디세우스는 비명에 깨어나 주위를 둘러보았어요. 세상에나! 수풀 너머 그리 멀지 않는 곳에 젊은 여인들이 모여 있었지요. 몸가짐과 옷차림을 보건데

시골뜨기가 아니라 귀한 집의 아가씨들 같았답니다. 도움이 절실한 처지였지만 어찌 모습을 드러낼 수 있겠어요? 알몸이다 보니 다가가 말을 붙일 엄두가 나지 않았지요. 이때야말로 수호 여신 아테나가 끼어들어야 할 순간이었습니다. 위기에 처하면 어김없이 오디세우스를 돕는 여신이었으니까요. 덕분에 오디세우스는 이파리가 수북한 나뭇가지를 하나 꺾어 앞을 가리고는 수풀 밖으로 걸어 나갔지요.

아가씨들은 그 모습을 보고서 사방으로 달아났지만 나우시카만은 달랐답니다. 아테나 여신이 나우시카에게 용기와 분별력을 주었기 때문이에요. 오디세우스는 적당한 거리를 두고 정중한 자세로 서서 자신의 딱한 사정을 알렸지요. 이어서 (여왕인지 여신인지 알 길 없는) 그 미인에게 음식과 옷을 달라고 부탁했습니다. 공주는 공손한 말투로 도와주겠다고 약속했어요. 그리고 자신의 아버지도 사정을 들으면 따뜻하게 맞아 주실 거라 했지요. 이어서 흩어진 시녀들을 불러 모아서는 놀랄 것 없다고 안심시

「오디세우스와 나우시카의 만남」
플랑드르 화가 요르단스의 작품이다. 나우시카는 신화에서 용기와 품위를 모두 갖춘 여성으로 표현된다.

나우시카 뒤를 따라 걷는 오디세우스
러시아 화가 발렌틴 세로프의 「오디세우스와 나우시카」다. 신화의 몇몇 판본에서 나우시카는 나중에 오디세우스의 아들 텔레마코스와 결혼한다.
트레티야코프 미술관 소장

켰답니다. 파이아케스인에게 두려운 적이란 없음을 다시 한 번 상기시켰어요. 그리고 오디세우스의 사정을 알려 주었지요. 또한 딱한 처지의 나그네는 모두 제우스께서 보낸 손님이니 마땅히 잘 보살펴야 한다고 일렀습니다. 이어서 음식과 옷을 가져오게 했어요. 마침 오라버니들의 옷이 마차에 실려 있었지요. 오디세우스는 후미진 곳으로 가서 바다의 소금기를 몸에서 씻어 낸 다음 옷을 입었답니다. 그리고 음식으로 기운을 되찾고 나자 다시 아테나가 나섰어요. 오디세우스의 몸을 살찌우고 넓은 가슴과 수려한 얼굴에 남성다운 기품이 감돌게 해 주었지요.

달라진 용모의 오디세우스를 보고 공주는 감탄을 금치 못했습니다. 자기는 신들이 그런 남편을 보내 주길 기다려 왔다고 시녀들한테 서슴없이 말했어요. 게다가 오디세우스에게 함께 성으로 가자고 권했지요. 오디세우스는 공주 일행을 따라 길을 나섰답니다. 들판을 지날 때까지는 함께 갔는데, 성에 가까워지자 오디세우스에게 따로 떨어져 와 달라고 공주는 부탁했어요. 공주가 낯선 멋쟁이 청년과 함께 오는 걸 보고서 어중이떠중이들이 이러쿵저러쿵할까 염려했던 것이지요. 그래서 오디세우스더러 성 부근의 숲에서 잠시 머물러 달라고 했습니다. 왕실에 속한 농장과 정원이 있는 곳이었어요. 거기서 공주 일행이 성에 들어갈 때까지 기다린 후에 성으로 들어오라고 했지요. 누구든 만나는 사람한테 부탁하면 왕궁으로 데려다줄 것이라고 했답니다.

스케리아 왕가가 지친 모험가를 위로하다

오디세우스는 공주의 말에 따라 그곳에서 적당히 기다린 후에 성으로 향했어요. 얼마쯤 가다 보니 과연 한 아가씨와 마주쳤지요. 물을 길으러 나온 처녀였는데, 사실은 아테나가 변장한 것이었습니다. 오디세우스는 다가가 인사를 건넨 뒤 알키노스 왕의 궁전으로 가는 길을 물었어요. 아가씨는 정중한 태도로 자기가 길 안내를 맡겠다고 했지요. 그러면서 자기 집 근처에 왕궁이 있으니 같은 방향이라고 덧붙였답니다.

　여신은 길만 안내해 준 게 아니었어요. 오디세우스를 안개로 감싸서 눈에 띄지 않게 군중 속을 지나가게 해 주었지요. 오디세우스는 걷는 내내 감탄을 금할 수 없었습니다. 그곳의 항구며 배들이며 광장(영웅들의 집회소)이며 성벽이 무척이나 훌륭했으니까요. 어느덧 왕궁에 다다르자 여신은 오디세우스가 곧 만나게 될 왕과 그 외의 사람들에 대해 몇 가지를 알려 주고 떠났지요.

오디세우스는 왕궁의 뜰에 들어서기 전에 서서 주변을 둘러보았답니다. 깜짝 놀랄 만큼 아름다운 왕궁이었어요. 우선 청동 벽이 입구부터 안쪽 궁전까지 길게 이어져 있었지요. 궁전의 문은 황금, 문설주는 은으로 되어 있었습니다. 가로대는 은으로 되어 있었는데, 군데군데 황금으로 장식되어 있었지요. 문의 양옆에는 금과 은으로 만든 맹견 조각상들이 줄지어 있었어요. 마치 실제로 궁전을 지키고 있는 것 같았지요. 벽을 따라서는 의자들이 길게 놓여 있었답니다. 의자는 파이아케스 여인들이 짠 아름다운 직물로 덮여 있었어요. 이 의자에 왕자들이 앉아서 만찬을 즐기고 있었지요. 곳곳에 아름다운 청년을 새긴 황금 조각상들이 저마다 손에 횃불을 든 채 주위를 환하게 밝히고 있었습니다.

전부 오십 명의 하녀들이 일을 하고 있었는데, 어떤 이들은 곡식을 빻고 또 어떤 이는 보라색 양털을 풀거나 베틀로 옷감을 짰어요. 파이아케스 여인들은 다른 나라의 어떤 여자들보다 집안일 솜씨가 뛰어났지요. 마찬가지로 이 나라의 남자들은 배 다루는 솜씨가 타의 추종을 불허했답니다. 궁전 밖에는 넓디넓은 정원이 있었어요. 정원에는 석류나무, 배나무, 사과나무, 무화과나무 그리고 올리브나무 등을 비롯해 많은 나무들이 높이 자라고 있었지요. 겨울의 추위도 여름의 가뭄도 아랑곳없이 그곳 나무들은 사시사철 번창했습니다. 일부가 싹을 틔울 때면 다른 나무

코루푸 섬
그리스어로 '케르키라' 섬이다. 나우시카와 파이아케스인 이야기의 배경이다. 현재 그리스 북서부 해상에 있는 그리스령에 속한다. ©Marc Ryckaert

는 열매가 익는 식으로 번갈아 가면서 자랐으니까요. 포도밭도 풍작이었지요. 한쪽에서는 포도나무에 꽃이 피거나 익은 포도송이가 주렁주렁 달려 있는가 하면, 한쪽에서는 일꾼들이 포도주 짜는 틀을 밟고 있었답니다. 정원 가장자리에는 형형색색의 꽃들이 일 년 내내 가지런히 피어 있었어요. 정원 가운데에는 샘 두 군데에서 물이 항상 솟아났지요. 하나는 인공 수로를 따라 정원 곳곳에 물을 대 주었고, 또 하나는 왕궁의 뜰을 따라 흘러가 사람들에게 마실 물을 대 주었습니다.

　오디세우스는 감탄을 연발하며 주변을 둘러보고 있었어요. 아직까지 여신이 감싸 준 안개 덕분에 누구한테도 눈에 띄지 않았지요. 마침내 주변 풍경을 속속들이 살펴본 다음에 오디세우스는 궁전 안으로 재빨리 들어갔답니다. 안에는 고관대작들이 만찬을 마친 후 헤르메스 신에게 술을 따르고 있었어요. 이제 아테나는 안개를 걷어 주어 그곳에 모인 사람들이 오디세우스를 알아보게 해 주었지요. 왕비가 앉아 있는 곳으로 다가가 오디세우스는 왕비의 발밑에 무릎을 꿇었습니다. 은혜와 도움을 베풀어 고국으로 돌아갈 수 있게 해 달라고 간청했어요. 부탁을 마치고는 물러나서 난롯가 자리에 앉았지요. 왕이나 왕비에게 간청하는 자는 예절에 따라 그 자리에 앉아야 했던 거랍니다.

　한동안 아무도 입을 열지 않았어요. 마침내 한 원로가 왕에게

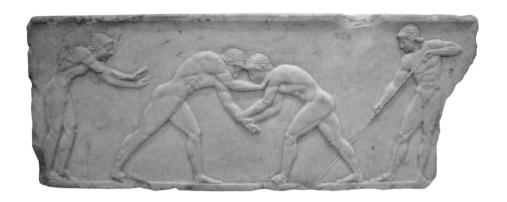

**레슬링하는 고대
그리스인**

정신뿐 아니라 육체적으로
완벽한 인간을 지향한 고대
그리스인들은 운동 경기를
주기적으로 개최했다. 가장
유명한 것은 제우스를 숭배
하는 의미로 4년마다 치른
올림피아 제전이다.
©Sharon Mollerus
아테네 국립 고고학 박물관 소장

이렇게 아뢰었지요.

"우리의 호의를 바라는 나그네를 저 자리에 앉혀 놓고 줄곧 기
다리게 하는 것은 마땅치 않사옵니다. 그러니 우리들과 같은 자
리로 데려와 음식과 술을 내리도록 하소서."

이 말을 들은 왕은 일어나서 오디세우스의 손을 잡고 그쪽 자
리로 이끌었습니다. 왕은 자기 아들 자리에 오디세우스를 앉혔어
요. 음식과 술이 차려지자 오디세우스는 맛있게 먹고 기운을 차
렸지요. 이어서 왕은 만찬을 파한다고 알린 뒤, 이튿날 회의를 열
테니 다시 모이라고 했답니다. 저 나그네를 어떻게 대접해야 좋
을지 의논하자는 것이었어요.

다른 손님들이 모두 떠나자 오디세우스만이 왕과 왕비와 함께
남았지요. 왕비는 오디세우스에게 누구인지 어디서 왔는지 물었
습니다. 또한 (오디세우스가 입고 있는 옷을 보고 시녀들이 만든
것임을 알아차리고선) 누구한테 그 옷을 받았는지도 물었어요.
오디세우스는 칼립소의 섬에 머물다가 떠난 이야기, 뗏목이 난
파한 이야기를 했습니다. 그리고 가까스로 헤엄쳐 이 섬에 도착
한 이야기, 공주가 도움을 준 이야기를 들려주었지요. 왕과 왕비

는 듣는 내내 고개를 끄덕였답니다. 왕은 자기 손님이 고국으로 돌아가도록 배를 마련해 주겠다고 약속했어요.

이튿날 다시 모인 고관대작들은 왕의 뜻에 찬성했지요. 곧바로 배를 준비하고 건장한 뱃사람들을 뽑아 왕궁으로 데려왔습니다. 이리하여 뱃사람들을 위한 잔치가 한바탕 벌어졌어요. 다들 진수성찬을 즐기고 나자 왕은 이런 제안을 했지요. 젊은 뱃사람들이라면 모름지기 손님에게 남성다운 운동 실력을 보여 주어야 하지 않겠냐고 말입니다. 그래서 모두 경기장으로 가서 달리기와 레슬링을 포함해 여러 경기를 펼쳤어요. 다들 자신의 기량을 한껏 뽐내고 나더니, 오디세우스에게도 솜씨가 있으면 한번 해 보라고 했지요. 오디세우스는 처음에는 거절했지만 한 청년이 야유를 보내자 무거운 쇠고리를 들었습니다. 파이아케스인이 던진 어느 쇠고리보다 훨씬 무거운 쇠고리였어요. 그걸 던졌더니 이전의 최고 기록보다 더 멀리 날아갔지요. 모두 깜짝 놀라 이젠 나그네를 우러러보게 되었답니다.

경기를 마치고 왕궁으로 돌아오니 한 전령관이 눈먼 음유시인 데모도코스를 데려왔어요. 시인은 이렇게 노래했지요.

…… 소중한 사람이었건만
무사 여신들은 그에게 복도 주고 화도 주었네.
눈을 멀게도 했지만 신성한 노래도 주었네.

시인은 제목을 '목마'라고 지었습니다. 그리스군이 트로이 성을 공략할 때 썼던 바로 그 목마였어요. 아폴론에게 영감을 받은 시인은 그날의 공포와 환희를 감동적으로 노래했지요. 모두들 즐거워했는데 유독 오디세우스만 감정이 북받쳐 올라 눈물을 흘렸답니다. 이 모습을 본 왕은 노래가 끝난 후 물었어요. 왜 트로이 이야기를 듣자 그토록 슬픔에 사무쳤는지, 아버지나 형제나 소중한 친구를 잃었냐고도 물었습니다. 오디세우스는 본명을 밝히면서 자기가 트로이를 떠난 후 겪은 모험담을 들려주었어요. 그 파란만장한 이야기에 파이아케스인들은 제 일처럼 가슴 아파하다가 또 영웅을 대하듯 부러워하기도 했지요. 왕은 오디세우스에게 선물을 주자고 모든 신하들에게 제안하고는 스스로 모범을 보였답니다. 다들 왕의 뜻에 따랐어요. 서로 앞다퉈 그 훌륭한 나그네에게 값비싼 선물을 안겨 주었지요.

이튿날 오디세우스는 파이아케스인의 배를 타고 출항했습니다. 얼마 지나지 않아 배는 오디세우스의 고국 이타케에 무사히 도착했어요. 배가 해변에 이르렀을 때 오디세우스는 잠을 자고 있었지요. 뱃사람들은 오디세우스를 깨우지 않고 뭍으로 데려다 주었답니다. 선물이 든 상자도 함께 날라 주었어요. 그러고는 다시 배를 타고 떠났지요. 한편 포세이돈은 자기 영역 안에서 파이아케스인들이 오디세우스를 구해 주자 골이 잔뜩 났답니다. 그래서 배가 돌아와 항구에 들어서는 순간 배를 바위로 만들어 버렸어요.

호메로스가 파이아케스인의 배를 묘사한 대목을 보면, 현대 선박의 경이로운 자동 항법 기술을 예견한 것만 같지요. 알키노스 왕은 오디세우스에게 이렇게 말합니다.

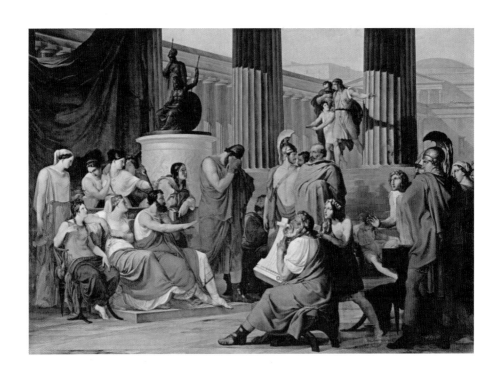

어느 도시, 어느 지역을 지나왔는지 말해 주겠나.

그리고 어떤 자들이 자기 고장을 뽐내던가?

말해 주면 놀라운 배로 금세 그곳으로 보내주겠네.

마음을 지니고 있어 저절로 움직이는 배라네.

항로를 정하는 키도 없이, 물길 안내인도 없이

마치 사람인 양 스스로 물살을 가르며 나아가지.

대명천지에는 해안과 항만이 부지기수라오.

그 배는 한 곳도 빠짐없이 다 알고 있다오.

「알키노스의 궁전에 있는 오디세우스」
이탈리아 화가 프란체스코 하예즈의 작품이다. 오디세우스가 자신의 여행담을 알키노스의 궁전에서 들려주는 장면이다.
카폰디몬테 국립 미술관 소장

『오디세이아』 제8권

영국의 정치가 칼라일 경은 『터키 그리스 항해 일기』라는 책

을 썼어요. 이 책에서 칼라일은 그리스 케르키라 섬에 대해 다음과 같이 쓰고 있지요. 케르키라 섬을 그 옛날 파이아케스인들의 섬이라고 여겼던 거랍니다.

이곳을 둘러보니 『오디세이아』의 장면들이 선하다. 바다 신의 신전으로 이보다 더 적절한 곳은 찾을 수 없으리라. 신전은 벼랑 꼭대기의 포슬포슬한 잔디밭 위에 있는데, 벼랑 아래로는 항구와 해협과 바다가 그림처럼 펼쳐져 있다. 항구 초입에는 멋진 바위가 하나 있는데, 꼭대기에 작은 수녀원이 자리하고 있다. 전설에 의하면 오디세우스를 실어다 준 배가 바위로 변한 것이라고 한다.

이 섬에는 강이 하나뿐인 듯한데, 이곳의 성과 왕궁의 유적지로 보이는 곳과는 꽤 멀리 떨어져 있다. 그러니 나우시카 공주는 빨래를 하러 도시락까지 챙겨 마차를 타고 그곳까지 가야 했던 것이다.

트로이 영웅의 아내를 탐한 죗값

이윽고 오디세우스는 잠에서 깨어났습니다. 하지만 이십 년이나 떠나 있었던 터라 자기 고향 땅인지 알아보지 못했어요. 어리둥절해 하고 있는데, 때마침 아테나가 젊은 양치기의 모습으로 나타났지요. 양치기는 여기가 어느 나라인지 그리고 왕궁의 사정이 어떤지 알려 주었답니다. 나라 꼴은 그야말로 가관이었어요. 이타케는 물론이고 여러 이웃 섬나라에 사는 백 명 이상의 귀족들이 페넬로페를 차지하려고 오랫동안 혈안이 되어 있었다지요. 남편 오디세우스가 죽은 줄 알고 아름다운 왕비를 줄기차게 꼬드겼던 거랍니다. 더군다나 그 자들은 오디세우스의 왕궁과 백성들을 마치 자기 것처럼 여기고 위세를 부렸대요. 오디세우스가 복수를 하려면 무엇보다도 정체를 들키지 않아야 했지요. 따라서 아테나는 오디세우스를 꾀죄죄한 거지로 변신시켜 주었습니다. 그런 모습으로 에우마이오스를 찾아갔더니 불쌍한 거지라며 따뜻하게 맞아 주었어요. 에우마이오스는 오디세우스의 충실한 하인이자 돼지를 키우는 사람이었지요.

한편 오디세우스의 아들 텔레마코스는 아버지를 찾으러 멀리 나가 있었답니다. 트로이 전쟁에 참여했다가 돌아온 여러 왕들의 궁전을 찾아다녔어요. 그러던 중에 아테나한테서 집으로 돌아가라는 조언을 들었지요. 집에 돌아온 텔레마코스는 에우마이오스를 찾아 그간의 사정을 자세히 들었습니다. 또한 낯선 사람이 한 명 머물고 있다는 이야길 듣고는 찾아가 따뜻하게 대해 주었어요. 비록 거지 행색의 상대였지만 정중히 대하며 기꺼이 도와주겠다고 약속했지요. 또한 아들이 돌아왔다는 소식을 전하라며 에우마이오스를 몰래 어머니 페넬로페에게 보냈답니다. 은밀히 알리려 한 까닭은 구혼자들의 음모를 전해 들었기 때문이에요. 구혼자들은 아들이 나타나기만 하면 붙잡아 죽일 계획을 세워 두었지요. 에우마이오스가 떠나자 아테나가 오디세우스 앞에 나타났습니다. 이제 아들에게 정체를 드러내야 할 때라고 알려 주었어요. 이어서 여신이 오디세우스의 몸에 손을 대자 늙고 누추한 모습은 감쪽같이 사라졌지요. 그야말로 생기가 펄펄 넘치는 사내 중의 사내의 모습으로 돌아왔답니다. 이 변화를 지켜본 텔레마코스는 깜짝 놀랐어요. 처음엔 인간이 아닌 특별한 존재가 틀림없다고 여겼지요. 하지만 오디세우스는 자기가 아버지라고 밝히면서 아테나 여신이 모습을 바꾸어 준 것이라고 설명했습니다. 호메로스는 『오디세이아』에서 이 장면을 다음과 같이 그리고 있어요.

…… 그러자 텔레마코스는
아버지의 목을 껴안고 흐느꼈네.
둘 다 가슴속 깊은 응어리가 터져 나왔네.
정겹게 몇 마디 주고받는데, 왈칵 슬픔에 목이 메었네.

아버지와 아들은 함께 머리를 맞대고서 괘씸하기 그지없는 구혼자들을 응징할 묘안을 찾았지요. 마침내 이렇게 하기로 했답니다. 텔레마코스는 왕궁으로 가서 이전처럼 다른 구혼자들과 섞여 있어요. 오디세우스는 거지로 그곳에 가는 것이지요. 옛날 거지는 오늘날과는 다른 특권이 있었답니다. 나그네이자 이야기꾼

으로서 귀족 집안에 드나들 수도 있었고 종종 손님 대접도 받았어요. 물론 이따금 문전박대를 당할 때도 있었지요. 오디세우스는 아들에게 단단히 일러두었답니다. 자기 정체가 드러날지도 모르니, 괜한 관심은 보이지 말라고요. 심지어 자기가 모욕을 당하거나 두들겨 맞더라도 과도한 참견은 하지 말라고도 했지요.

둘이 왕궁에 갔더니 늘 그렇듯 흥청망청 떠들썩한 분위기였습니다. 구혼자들은 텔레마코스를 대하자 겉으로는 반가운 척했어요. 하지만 속으로는 은밀히 해치우려던 계획이 수포로 돌아간 것을 분하게 여기고 있었지요. 늙은 거지도 입장이 허용되어 오디세우스도 음식을 대접받았답니다. 그런데 오디세우스가 궁전의 안뜰에 들어갔을 때 놀라운 일이 벌어졌어요. 죽은 듯이 늘어져 있던 늙은 개 한 마리가 낯선 이가 들어오는 모습을 보더니,

「페넬로페와 구혼자들」
영국 화가 존 워터하우스의 작품이다. 페넬로페는 자수가 다 되었을 때 결혼하겠다는 핑계로 구혼자들을 물리쳤다. 낮에 짠 천을 밤에 풀어 시간을 벌었다.
애버딘 미술관 소장

「텔레마코스와 에우카리스의 작별」
프랑스 화가 자크 다비드의 작품이다. 호메로스는 『오디세이아』에서 텔레마코스가 내향적인 소년에서 용감한 청년으로 성장하는 과정을 묘사했다. 에우카리스는 페늘롱의 『텔레마코스의 모험』에 등장하는 텔레마코스의 연인이다.

고개를 들고 귀를 쫑긋 세웠던 것이지요. 예전에 오디세우스가 사냥할 때 자주 데리고 다녔던 아르고스라는 개였습니다. 호메로스의 『오디세이아』에는 이 장면을 다음과 같이 묘사되고 있어요.

…… 개는 금세 알아보았네.

오랫동안 집 비운 오디세우스가 가까이 오자

귀를 늘어뜨리고 두 앞발을 비비고 꼬리를 세워

반가움을 표했네, 하지만 일어설 수가 없었네.

주인에게 다가가려 해도 늙어서 기력이 없었네.

오디세우스는 그 모습에 남몰래 눈물을 훔쳤네.

늙은 아르고스는 이제야 한을 풀었네.

살아서 이십 년 만에 가까스로 주인과 만나자마자.

오디세우스가 음식을 먹고 있을 때, 페넬로페의 구혼자들이 다가와 무례한 짓을 했지요. 오디세우스가 차분하게 항의하자 그중 한 명이 의자를 들더니 후려쳤답니다. 텔레마코스는 아버지가 자기 궁전에서 그런 취급을 받자 불같이 화가 솟구쳤어요. 하지만 아버지의 당부를 떠올리고선 겨우 참았지요. 비록 젊긴 하지만 자신이 손님들을 보호해야 할 집주인이니 그에 걸맞은 말 외에는 한마디도 하지 않았습니다.

페넬로페는 구혼자들 중에서 한 명을 선택해야 하는 결정을 오랫동안 미루어 왔어요. 하지만 이제는 더 이상 미룰 구실이 없었지요. 남편이 그토록 오래 돌아오지 않고 있으니 마냥 기다릴 수도 없는 처지였답니다. 게다가 아들은 이미 장성했으니 자기 앞가림은 충분히 할 수 있었어요. 따라서 페넬로페는 구혼자들이 재주를 겨루어 그중 한 명을 뽑자는 제안을 받아들였지요. 겨룰 재주는 활쏘기였습니다. 한 줄로 늘어선 열두 개의 고리를 전부 화살로 꿰뚫는 이가 왕비를 차지하기로 정해졌어요. 예전에 오디세우스가 친구한테서 받았던 활을 무기고에서 가져왔지요. 화살이 가득 든 화살통도 함께 가져왔답니다. 텔레마코스는 다른 무기들은 모두 치우도록 했어요. 열띤 경쟁이 벌어질 테니 혹시라도 불상사가 일어날 위험을 막기 위해서였지요.

시합을 위한 준비는 모두 마쳤습니다. 활을 쏘려면 먼저 활에 시위를 걸기 위해 활을 구부려야 했어요. 텔레마코스가 애써 보앗지만 허사였지요. 자기 힘에 부치는 일이었다고 솔직히 고백한 후에 활을 다른 이에게 넘겼답니다. 활을 넘겨받은 자도 시도해 보았지만 별 소득이 없었어요. 경쟁자들의 비웃음과 조롱만 받다가 그만 손을 뗐지요. 또 다른 자가 나오더니 활에 기름도 바르고 온갖 수를 써 보았지만 소용이 없었습니다. 활은 꿈쩍도 하지 않았어요. 그러자 오디세우스가 나섰지요. 자기한테도 기회를 줄 수 있겠냐고 겸손하게 말했답니다.

"지금은 거지꼴을 하고 살지만 저도 한때는 무사였습지요. 이 늙은 몸뚱이에도 얼마간은 힘이 남아 있을 겝니다."

구혼자들은 야유와 조롱을 퍼붓더니, 시건방진 늙은이를 당장 끌어내라고 지시했어요. 하지만 텔레마코스가 오디세우스의 편을 들어주었지요. 노인에 대한 예우 차원에서 속는 셈치고 맡겨 보자고 했습니다. 드디어 오디세우스가 활을 들었는데, 역시 주인답게 활을 능숙히 다루었어요. 쉽사리 활을 구부려 시위를 걸고는 화살을 당겨 쏘았지요. 화살은 한 치의 오차도 없이 모든 고리를 전부 통과했답니다.

구혼자들에게 놀랄 틈을 주지도 않고서 오디세우스는 외쳤어요.

"이제 다음 표적이다!"

곧장 구혼자들 중에서 제일 오만불손한 자에게 화살을 겨누었지요. 화살이 목을 꿰뚫자 그 자는 쓰러져 죽었습니다. 텔레마코스와 에오마이오스를 비롯해 그 밖의 충성스러운 신하들이 무장을 단단히 한 채 오디세우스 옆으로 뛰어들었어요. 깜짝 놀란 구혼자들은 그제야 허둥지둥 무기를 찾았지만 하나도 없었지요. 게다가 에우마이오스가 문을 지키고 있어서 그야말로 사면초가

였답니다. 오디세우스는 구혼자들을 더 이상 혼란 속에 놓아두지 않았어요. 자신의 정체를 드러냈던 것이지요.

"이놈들아, 내가 오랫동안 떠나 있던 이곳의 진짜 주인이다. 너희들은 이 궁전에 침입해 이곳을 마치 너희들 것인 양 써 왔다. 또한 내 아내와 아들한테도 십여 년 넘게 핍박을 가했다. 그러니 마땅한 복수를 내려 주마."

그러고선 구혼자들을 모조리 죽였습니다. 비로소 오디세우스는 자기 왕국과 아내를 되찾았지요.

테니슨이 쓴 「오디세우스」라는 시는 이 노영웅의 모습을 그리고 있답니다. 모든 위험에서 벗어나 궁전에서 안락하게 사는 일밖에 남지 않았건만 오디세우스는 그런 생활에 지겨움을 느낍니

「구혼자들을 살해하는 오디세우스와 텔레마코스」
프랑스 화가 루이 뱅상 팔리에르의 작품이다. 『텔레마코스의 모험』은 루소의 『에밀』이 나오기 전에 가장 널리 읽힌 교육 소설이다. 이 소설에서 텔레마코스는 모험을 통해 현명한 왕의 덕목을 익혀 나간다.

「오디세우스와 페넬로페」
이탈리아 화가 프리마티초
의 작품이다. 『일리아스』와
『오디세이아』는 호메로스의
양대 걸작이다. 『오디세이아』
는 내용의 풍부함에서 『일리
아스』를 앞지른다.
빌덴슈타인 미술관 소장

다. 그리하여 새로운 모험을 찾아 다시 떠
나기로 결심하지요.

…… 오라, 나의 벗들이여.

새로운 세계를 찾기에 아직 늦지 않았나니

노를 젓자, 모두 제자리에 앉아

출렁이는 물살을 가르자, 나의 목적은

해가 지는 곳 너머로 항해하는 것

서녘 별들이 모두 가라앉는 그곳으로

혹시나 소용돌이에 휩쓸릴지도 모르지.

행여나 행복한 섬에 다다를 수도 있겠지.

어쩌면 저 위대한 아킬레우스를 만나게 될지도.

오디세우스와 '개구리 왕자'의 공통점은 무엇일까요?

나우시카 일행은 빨래를 마치고 공놀이를 한다. 하녀 하나가 던진 공이 물에 빠진다. 소녀들이 지르는 비명 소리에 오디세우스가 깨어난다. 오디세우스는 나뭇가지를 꺾어 몸을 가리고 소녀들에게 다가간다. 모두 도망쳤지만 나우시카는 도망치지 않는다. 오디세우스는 나우시카의 도움으로 궁궐로 간다. 이 일화는 『그림 동화』에 나오는 「개구리 왕자」와 닮았다. "아름다운 공주님이 금 공을 높이높이 던지며 놀았습니다. 그러다 공이 깊은 소용돌이에 빠졌습니다. 공주님이 울고 있는데 뒤에서 목소리가 들렸습니다. '금 공을 찾아 주면 나와 결혼해 줄 건가요?'" 오디세우스와 나우시카의 만남에도 공주, 공, 물, 물에서 나온 개구리에 해당하는 초라한 인물이 등장한다. 어떤 판본에서는 이들 사이에 결혼 이야기가 오간다. 이 내용은 민담에 자주 등장하는 이야기로 영화 「아바타」에도 이용되었다. 지구를 떠나 판도라 행성에 도착한 주인공은 괴물들을 피하기 위해 폭포에 뛰어들고, 거기서 나비(Na'vi)족 공주와 만나 결혼한다. 주인공은 공 대신 직접 뛰어들었다가 물에서 나오자마자 공주와 마주친다. 또한 주인공은 원래 척추를 다쳐서 몸이 불편한, 말하자면 개구리에 해당하는 불리한 처지의 인물이다. 이렇듯 오디세우스의 모험 이야기는 대부분 민담적 요소들로 짜여 있다. '귀향자 모티프'도 한 예다. 멀리 떠나가 돌아오지 않는 남편을 기다리다 못해 아내가 재혼하려고 한다. 재혼하려는 순간 남편이 돌아온다.

공놀이를 하던 나우시카의 시녀와
마주친 오디세우스

12 새로운 땅을 찾아 |
아이네이아스의 모험 1

트로이 성이 함락된 후, 살아남은 트로이 사람들은 새 나라를 찾아 머나먼 길을 떠납니다. 트로이 유민들을 이끈 지도자가 바로 아이네이아스예요. 처음에는 어디로 가야 할지도 몰랐지요. 하지만 고대에는 위대한 나침반이 있었답니다. 바로 신탁이지요. 아이네이아스는 신탁에 따라 새로운 나라를 세울 곳으로 떠나는데, 이런 큰일에는 당연히 위험이 따르게 마련! 괴물들이 나타나지요. 천신만고 끝에 위험을 모면한 아이네이아스 일행은 한 여왕을 만나 잠시 안락하게 지내요. 하지만 이번에도 영웅은 꿈을 찾아 떠나고 여왕은 슬픈 운명을 맞게 됩니다. 마지막에 아이네이아스는 민족의 운명을 위해 저승 세계로까지 내려가는 길을 한 무녀에게 물어요. 과연 어떤 이야기일까요?

- 이 해안은 델로스의 아폴론께서 말씀하신 곳이 아니고, 크레타도 그대가 정착해야 할 곳이 아니다. 그리스인들이 헤스페리아라고 부르는 곳이다. (베르길리우스 『아이네이스』)
- 정의로우신 신들에게 진정 힘이 있다면 이렇게 빌겠어요. "부디 암초가 저 사람을 가로막게 하소서, 그리하여 저이가 복수의 잔 속에 잠긴 채 이 디도를 끊임없이 부르짖게 하소서!" (베르길리우스 『아이네이스』)

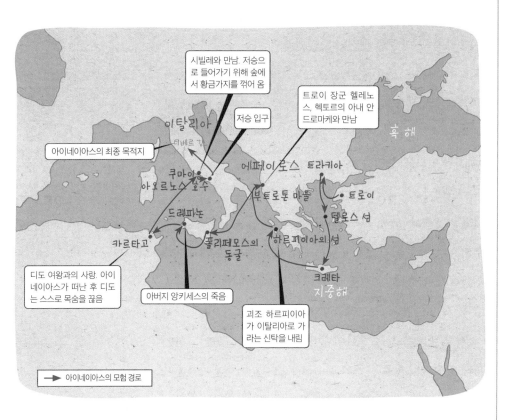

시빌레와 만남. 저승으로 들어가기 위해 숲에서 황금가지를 꺾어 옴

트로이 장군 헬레노스, 헥토르의 아내 안드로마케와 만남

저승 입구

이탈리아

티베르 강

흑해

아이네이아스의 최종 목적지

쿠마이

아오르노스 호수

에페이로스

트라키아

부토로톤 마을

트로이

드레파논

델로스 섬

카르타고

폴리페모스의 동굴

하르피아의 섬

디도 여왕과의 사랑. 아이네이아스가 떠난 후 디도는 스스로 목숨을 끊음

아버지 앙키세스의 죽음

괴조 하르피아가 이탈리아로 가라는 신탁을 내림

크레타

지중해

⟶ 아이네이아스의 모험 경로

"옛 조상을 찾아라. 너희 종족이 살아갈 곳이다."

이제껏 우리는 그리스의 영웅 오디세우스가 트로이를 떠난 후 겪었던 온갖 모험을 따라가 보았습니다. 이제부터는 정복당한 백성 가운데 생존자들의 운명을 살펴볼까 해요. 조국이 망한 후 새로운 보금자리를 찾아 떠난 사람들의 이야기지요. 이 사람들을 이끈 지도자가 바로 아이네이아스였답니다. 목마에서 무장한 병사들이 쏟아져 나오던 최후의 밤, 그리하여 트로이성이 불바다가 되어 함락되던 그날 밤에 아이네이아스는 아버지와 아내와 어린 아들을 데리고 탈출했어요. 아버지 앙키세스는 너무 늙어 제대로 걸을 수가 없었기에 아이네이아스는 아버지를 어깨에 둘러업고 걸었지요. 아버지를 업고 아들을 앞세우고 아내를 뒤에 세우고는 불타는 성을 죽기 살기로 빠져나왔습니다. 하지만 인파에 휩쓸려 우왕좌왕하는 사이에 아내를 그만 놓치고 말았어요.

예정된 장소에 도착하니 수많은 피난민들이 남녀노소 모여 있었지요. 사람들의 간곡한 부탁으로 아이네이아스가 지도자를 맡았답니다. 몇 달을 준비한 끝에 마침내 다들 배에 몸을 실었어요. 처음 도착한 곳은 트라키아의 해안이었지요. 그곳에 도시를 건설할 준비를 하다가 아이네이아스가 기이한 일을 당하는 바람에 중단되었지요. 사연인즉 이러했습니다. 아이네이아스가 제물을 바칠 준비를 하면서 덤불에서 나뭇가지를 몇 개 꺾었어요. 놀랍게도 잘린 가지에서 피가 뚝뚝 떨어졌지요. 다시 가지를 꺾어 보았더니 땅속에서 사람 목소리가 들려왔답니다.

"아이네이아스여, 살려 주세요. 저는 당신의 친척인 폴리도로

「불타고 있는 트로이」

독일 화가 요한 트라우트만의 작품이다. 트로이 전쟁은 목마에 숨어 트로이 성안으로 들어가자는 오디세우스의 계획이 성공하면서 그리스군의 승리로 끝났다. 적진의 내부에 잠입해 공격할 기회를 노리는 집단을 '트로이의 목마'라고 부른다. 개인 소장

「트로이를 탈출하는 아이네이아스」

이탈리아 화가 페데리코 바로치의 작품이다. 아이네이아스는 트로이 왕족 앙키세스와 아프로디테 여신의 아들이다. 로마 시인 베르길리우스는 아이네이아스의 여정을 다룬 서사시 『아이네이스』를 썼다. 보르게세 미술관 소장

스입니다. 오래전에 여기서 수많은 화살을 맞고 죽었지요. 내 피를 빨아먹고서 덤불이 수북이 자란 거랍니다."

이 말에 아이네이아스는 트로이의 어린 왕자 폴리도로스를 떠올렸어요. 왕이 많은 보물을 안겨 주면서 이웃 트라키아 땅으로 보낸 아들이었지요. 전쟁의 화를 피해 안전한 곳에서 자라길 바라서였습니다. 하지만 보물에 눈이 먼 그곳 왕한테 참혹한 죽임을 당하고 말았던 거예요. 아이네이아스 일행은 추악한 범죄로 더럽혀진 땅이라 생각해 서둘러 떠났지요.

그다음 상륙한 곳은 델로스 섬이랍니다. 원래는 떠다니는 섬이었는데, 제우스가 바다 밑에 강력한 쇠사슬을 달아서 묶어 두었답니다. 아폴론과 아르테미스가 태어난 곳이기도 해요. 그런 까닭에 이 섬은 아폴론에게 바쳐졌지요. 여기서 아이네이아스는

「아이네이아스가 있는 델로스 섬의 풍경」
프랑스 화가 클로드 로랭의 작품이다. 아폴론의 신탁을 받기 위해 델로스 섬에 머무는 아이네이아스 일행의 모습이다. 로랭의 이 그림은 '스타우어헤드'라는 아름다운 영국식 정원의 모티프가 되었다.
내셔널 갤러리 소장

아폴론의 신탁을 받았는데, 늘 그렇듯 이런 애매한 내용이었습니다.

"너희의 옛 조상을 찾아라. 거기서 아이네이아스의 종족이 살아갈 것이며, 다른 종족들은 모두 너희의 지배를 받으리라."

앙키세스는 자기 조상이 크레타에서 왔다는 전설을 떠올렸어요. 그래서 모두 크레타로 가서 도시를 건설하기 시작했지요. 그런데 환자들이 속출하고, 씨앗을 뿌려 놓은 밭에는 곡식이 맺히지 않았답니다. 이런 암울한 상황에 처한 아이네이아스는 꿈속에서 경고를 받았어요. 그곳을 떠나 헤스페리아라는 서쪽 나라로 가라는 내용이었지요. 그곳이야말로 트로이 종족의 진정한 조상인 다르다노스가 처음으로 이주했던 곳이라고 했습니다. 헤스페리아는 지금의 이탈리아 땅이에요. 그리하여 이들은 최종 목적지를 헤스페리아로 정하고 머나먼 항해를 떠났지요. 하지만 거기에 도착하기까지는 기나긴 세월 동안 파란만장한 모험을 무수히 겪어야 했답니다.

다음으로 도착한 곳은 하르피이아들이 사는 섬이었어요. 하르피이아는 얼굴은 여자고 몸통은 새인 징그러운 괴물이었지요. 발톱이 유난히 길었고 굶주린 얼굴은 오싹하리만큼 창백했습니다. 예전에 피네우스라는 자가 못된 짓을 하자 제우스 신이 벌을 내려 장님으로 만들었어요. 그래도 성이 차지 않았던지 제우스는 하르피이아들을 보내 피네우스를 괴롭혔지요. 먹을 것이 피네우스 앞에 놓였다 하면 이 새들이 하늘에서 쏜살같이 내려와 낚아채 갔답니다. 하지만 아르고 원정대의 영웅들에게 쫓겨 피네우스에게서 떨어져 나갔지요. 그 후 이 섬으로 쫓겨 와 살고 있

다가 마침 아이네이아스의 눈에 띈 것이지요.

항구에 처음 내렸을 때 트로이인들은 넓은 벌판을 어슬렁거리
는 소 떼를 보았습니다. 웬 떡이냐 싶어 원하는 수만큼 잡아서 만
찬을 준비했어요. 하지만 막 식탁에 앉아 군침을 흘리고 있는데
하늘에서 귀를 찢는 소음이 들렸지요. 곧이어 흉측한 새 떼가 식
탁 위로 새카맣게 내려앉았답니다. 새들은 잽싸게 접시의 고기
들을 발톱으로 낚아채 날아가 버렸어요. 아이네이아스 일행이
칼을 빼들고 열심히 휘둘렀지만 허사였지요. 괴물 새들의 동작
이 너무나 민첩해서 도저히 벨 수 없었기 때문입니다. 게다가 깃

털은 쇠로도 뚫을 수 없는 갑옷이었어요. 괴물들 중 한 마리가 근처 벼랑에 내려앉더니 외쳤지요.

"트로이 놈들아, 아무 죄 없는 우리한테 이런 대접을 하느냐? 우리 소 떼를 잡아 죽이더니 이젠 우리랑 전쟁을 하자는 것이냐?"

이어서 트로이인들의 앞길에 큰 불행이 닥칠 거라고 예언한 다음, 욕을 한참 퍼붓고 날아가 버렸답니다. 찜찜한 기분에 트로이인들은 서둘러 섬을 떠났어요. 그 후로 해안을 따라 항해하다가 에페이로스라는 곳에 내렸지요. 놀랍게도 이전에 포로로 잡혀갔던 트로이 유민들이 그곳을 지배하고 있었습니다. 헥토르의 미망인이었던 안드로마케는 한 그리스 장군과 결혼해 아들까지 두고 있었어요. 남편이 죽자 안드로마케는 어린 아들을 대신해 나라를 다스리고 있었지요. 또한 트로이 왕족 출신이며 역시 포

「하르피이아와 싸우는 아이네이아스 일행」
프랑스 화가 프랑수아 페리에의 작품이다. 하르피이아는 그리스어로 '강제로 빼앗는 자'라는 뜻이다.

로로 이곳에 잡혀 왔던 헬레노스와 결혼해 살고 있었답니다. 헬레노스와 안드로마케는 아이네이아스 일행을 극진하게 환대했고, 떠날 때는 많은 선물까지 실어 주었어요.

이후 아이네이아스 일행은 시칠리아 해안을 따라 항해하다가 키클롭스의 나라를 지나게 되었지요. 그때 해변에서 행색이 남루한 어떤 이가 지르는 고함 소리가 들렸습니다. 너덜너덜한 옷차림이긴 했지만 그리스인이 분명했어요. 그리스인은 자기는 오디세우스의 부하였는데 일행이 급히 떠나는 바람에 혼자 남았다고 밝혔지요. 그리고 오디세우스가 폴리페모스를 상

「안드로마케에게
아스티아낙스를
요구하는 오디세우스」
프랑스 화가 루이 드 실베스트레의 작품이다. 트로이 함락 후 안드로마케는 아들 아스티아낙스를 빼앗기고 네오프톨레모스의 포로가 된다. 본처 헤르미오네가 안드로마케를 질투해 죽이려 했으나 가까스로 피신해 헬레노스와 결혼한다.

대로 겪었던 모험담을 들려주었답니다. 이어서 자기를 제발 데려가 달라고 부탁했어요. 그곳에는 먹을 거라곤 산딸기와 풀뿌리밖에 없는 데다 키클롭스 때문에 늘 두려움에 떨어야 한다고 했지요.

이런 말을 하고 있을 때 폴리페모스가 나타났습니다. 하나뿐인 눈알마저 뽑힌 바람에 거구의 괴물은 더욱 끔찍한 모습이었어요. 작대기로 앞을 더듬으며 조심조심 바닷가로 걸어오고 있었지요. 상처 난 눈구멍을 바닷물로 씻어 내기 위해서였답니다. 바닷가에 다다른 후에도 물속으로 꽤 깊이 걸어 들어왔어요. 키가 무척 큰지라 몇 발자국만 걸어도 멀리 나아갔기 때문이지요. 그러자 깜짝 놀란 트로이인들은 도망치려고 필사적으로 노를 저었습니다. 노 젓는 소리를 듣자 폴리페모스는 그쪽으로 고함을 질러 댔어요. 온 해변에 고함 소리가 쩌렁쩌렁 울려 퍼졌지요. 이 소리에 다른 키클롭스들이 동굴과 숲에서 나와 해변으로 줄지어 내려왔답니다. 마치 키 큰 소나무들이 일렬로 늘어선 것 같았어요. 하지만 트로이인들은 힘껏 노를 저어 그곳을 벗어났지요.

이전에 아이네이아스는 어떤 곳을 주의하라는 당부를 헬레노스한테서 들었습니다. 어디냐면 괴물 스킬라와 카리브디스가 지키는 해협이에요. 독자 여러분도 기억하시겠지만 거기서 오디세우스도 부하 여섯 명을 잃었지요. 카리브디스를 살피느라 정신이 팔려 있는 틈에 스킬라한테 불의의 기습을 당했던 거랍니다. 아이네이아스는 헬레노스의 충고에 따라 위험한 해협을 피해 시칠리아 섬을 따라 항해했습니다.

트로이인들이 목적지를 향해 순조롭게 항해하고 있는 모습을 헤라가 보고 말았지요. 그러자 이들에게 품었던 옛 원한이 되살아났습니다. 파리스가 다른 여신을 최고 미녀로 선택하는 바람에 자기가 겪었던 치욕을 아직도 잊을 수 없었던 거예요. '신들의 마음에도 그런 원한이 깃들다니!'라는 속담처럼 말이지요.

헤라는 서둘러 바람의 지배자인 아이올로스에게 갔어요. 아이올로스는 예전에 오디세우스에게 순풍도 보내 주고 해로운 바람도 자루에 담아 주었던 신이지요. 헤라 여신의 명에 따라 아이올로스는 자기 아들인 보레아스(북풍)와 티폰(태풍) 및 기타 바람들을 보내 바다를 뒤흔들었습니다. 그러자 무시무시한 폭풍이 트로이 배들을 강타했어요. 이 때문에 정상 항로를 벗어나 아프리카 해안까지 떠밀려 갔지요. 게다가 위태위태한 배들은 거센 바람에 이리저리 휩쓸리다가 뿔뿔이 흩어져 버렸답니다. 그래서 아이네이아스는 자기 배만 남고 전부 가라앉은 줄 알았어요.

이때 포세이돈이 거센 폭풍 소리를 들었지요. 자기는 아무런 지시도 내린 적이 없는데 어떻게 된 거지 의아해 하며 파도 위로 머리를 내밀었습니다. 보니까 아이네이아스 함대가 폭풍에 휘말려 그야말로 풍전등화였어요. 헤라가 앙심을 품어 그런 줄은 알겠지만 자기 영역을 침범했다는 생각에 울화통이 터졌지요. 그래서 바람들을 불러 심하게 꾸짖고는 모두 물러가게 했답니다. 뒤이어 파도를 진정시키고 구름을 걷어 냈어요. 마침내 잔잔한 수면 위로 햇살이 환하게 비쳤지요. 암초에 걸려 있는 배들이 보이자 포세이돈은 삼지창으로 그중 일부를 꺼내 주었습니다. 트

리톤과 바다 님프도 나서서 다른 배들을 어깨로 들어 올려 수면에 다시 띄워 주었어요. 트로이인들은 바다가 잠잠해지자 가장 가까운 뭍으로 찾아갔지요.

그곳이 바로 카르타고 해안이었답니다. 모든 배들이 한 척 한 척 그곳 해안에 안전하게 상륙했어요. 폭풍에 심하게 흔들리긴 했지만 배들은 전부 무사했지요. 아이네이아스는 기뻐서 어쩔 줄을 몰랐습니다.

영국의 정치가이자 시인인 에드먼드 월러는 「호민관에게 보내는 찬사」라는 시를 지었어요. 여기서 포세이돈이 폭풍을 잠재운 이야기를 슬쩍 내비치고 있지요.

파도 위로 포세이돈이 얼굴을 내밀고

「바람의 동굴에 있는 헤라와 아이올로스」

프랑스 화가 루이 드 실베스트레의 작품이다. 로마 시인 베르길리우스는 『아이네이스』에서 아이올로스를 동굴에 바람을 가두어 둘 수 있는 힘을 가진 신으로 기록하고 있다.

카르타고 항구

카르타고는 기원전 814년경
북아프리카 튀니지 연안에
세워진 도시 국가이다. 서(西)
지중해의 무역을 장악해 번
영을 이룩했고 로마에 대적
할 정도의 국력을 갖고 있었
다. 로마인들은 카르타고 사
람들을 페니키아인(포에니)
이라고 불렀다.

바람들을 꾸짖어 트로이인들을 구했듯이

전하께서도 사람들 위로 우뚝 솟으시어

우리를 억압하는 야망의 폭풍을 잠재우셨네.

카르타고 여왕의 사랑을 뒤로 하고 떠나다

트로이 유민들이 이제 막 도착한 카르타고는 시칠리아 맞은편의
아프리카 해안 쪽에 있었답니다. 그곳에서는 당시 티로스의 이주
민들이 여왕 디도의 지휘 아래 새로운 나라의 기초를 다지고 있
었어요. 훗날 로마의 적이 될 운명을 지닌 나라였지요. 디도는 티
로스의 왕 벨로스의 딸이자, 왕위를 물려받은 피그말리온의 누이
였습니다. 남편은 엄청난 부자인 시카이오스라는 사람이었는데,
피그말리온은 재물을 탐내 시카이오스를 죽였어요. 그러자 디도
는 남녀를 불문하고 많은 친구 및 부하들과 함께 티로스에서 간
신히 탈출했지요. 여러 척의 배를 이용해 도망친 것인데, 배에는
시카이오스의 재물도 몽땅 실었답니다.

　　장래의 보금자리로 삼을 장소에 도착했더니, 원주민들이 살고
있었어요. 디도는 황소 한 마리의 가죽으로 둘러쌀 정도의 땅을

**「카르타고를 건설하는
디도」**
영국 화가 터너의 작품이다.
디도는 얇고 긴 가죽끈으로
자신이 원하는 영역을 원으
로 표시했다. 원이 가장 많은
면적을 차지하기 때문이었다.
내셔널 갤러리 소장

내어 달라고 부탁했지요. 원주민들이 기꺼이 허락하자 디도는
가죽을 잘라 얇고 긴 끈을 아주 많이 만들었습니다. 이 끈들로 둘
러싼 땅에 요새를 하나 세우고는 비르사(짐승의 가죽이라는 뜻)
라고 불렀어요. 요새를 중심으로 일어난 나라가 카르타고였지
요. 카르타고는 금세 강하고 번영하는 나라가 되었답니다.

그런 상황에서 아이네이아스가 이끄는 트로이 유민들이 도착
했어요. 디도는 이 유명한 트로이 유민들을 따뜻하게 맞이하며
이렇게 말했지요.

"이 몸도 나름 고생을 해 보았기에, 불행한 이들을 도울 줄 알
게 되었다오."

여왕은 환영의 뜻으로 축제를 벌였는데, 거기서 힘과 솜씨를
겨루는 경기들이 펼쳐졌습니다. 트로이 유민들도 디도의 백성들

과 동등한 조건으로 종려나무 잎을 얻으려고 다투었어요. 여왕은 이렇게 선언했지요.

"승리자가 트로이인이든 티로스인이든 나에게는 아무런 차이가 없노라."

경기가 끝난 후 벌어진 만찬 자리에서 디도는 아이네이아스에게 그동안 어떤 우여곡절이 있었는지 물었답니다. 아이네이아스는 트로이 역사의 종말을 가져온 사건과 더불어 이후 자기가 겪은 모험담을 들려주었어요. 디도는 아이네이아스의 말솜씨에 흠뻑 빠졌고, 또한 역경을 이겨 낸 기백에도 감동했지요.

어느새 디도는 아이네이아스에게 깊은 연정을 품게 되었습니다. 자신과 맺어지면 아이네이아스한테도 좋은 일이라고 여겼지요. 왜냐하면 유랑 생활을 끝내고 가정과 왕국과 아내를 한꺼번에 얻는 셈이니까요. 둘이 달콤한 교제를 즐기며 어느새 몇 달이 흘러갔답니다. 이탈리아 해안에 새로 세울 왕국의 꿈도 까맣게 잊은 것만 같았어요. 상황을 알게 된 제우스는 헤르메스를 통해 아이네이아스에게 전갈을 보냈지요. 숭고한 사명감을 일깨워 항해를 다시 시작하라는 지시였습니다.

결국 아이네이아스는 디도를 떠났어요. 디도는 온갖 유혹과 설득으로 붙잡아 두려 했지만 소용이 없었지요. 사랑을 잃고 자존

「디도와 아이네이아스」
이탈리아 화가 폼페오 바토니의 작품이다. 디도가 떠나려는 아이네이아스를 붙잡으려고 하고 있다.

벨기에 화가 요제프 스탈래트의 작품이다. 디도가 아이네이아스를 떠나보낸 후 자살하는 장면이다. 디도의 상처를 막고 있는 여인은 디도의 동생 안나 페렌나다. 안나는 디도가 죽은 후 우연히 이탈리아 반도에서 아이네이아스와 재회한다.

벨기에 왕립 미술관 소장

심에도 큰 상처를 입은 디도는 더 이상 살아갈 엄두가 나지 않았답니다. 그래서 전부터 쌓아 두었던 장작더미 위로 스스로 올라가 제 몸을 찌르고는 불길에 휩싸였어요. 카르타고 하늘 위로 치솟는 불길은 떠나는 트로이인들에게도 보였지요. 원인은 알 길이 없으나 아이네이아스의 앞길에 불길한 징조를 드리웠습니다.

다음의 풍자시는 어느 명시선집에 수록된 「라틴어 시에서」에 나오는 구절이에요.

디도여, 그대 운명은 불행하였네.

첫 번째 결혼도, 또 두 번째 결혼도!

첫 남편은 죽어 그대가 탈출하게 만들더니

둘째 남편은 탈출하여 그대가 죽게 만들었네.

고난을 끝낼 마지막 제물, 팔리누로스

얼마 후 아이네이아스 일행은 시칠리아 섬에 다다랐지요. 그곳은 트로이 왕가의 피를 이어받은 아케스테스가 다스리고 있었답니다. 거기서 따뜻한 환대를 받고 나서 트로이 유민들은 다시 출항해 이탈리아로 뱃길을 잡았어요.

한편 아프로디테는 자기 아들 아이네이아스가 대망의 목적지에 이르게 해 달라고 포세이돈에게 간청했지요. 이제 그만 기나긴 고난을 끝내게 해 달라는 간곡한 부탁이었습니다. 포세이돈은 부탁을 들어주겠다고 했어요. 하지만 공짜로는 안 되고, 딱 한 사람을 제물로 바치면 다른 사람들은 살려 주겠다고 했지요. 그래서 키잡이 팔리누로스가 제물로 정해졌답니다. 팔리누로스가 키를 잡고 밤하늘의 별을 바라보고 있을 때, 포세이돈이 보낸 잠의 신 히프노스가 나타났어요. 히프노스는 트로이의 왕자인 포르바스로 변장해서는 이렇게 말했습니다.

"팔리누로스야, 바람도 좋고 물결도 잔잔하니 배가 순조롭게 항해하는구나. 잠깐 누워 쉬어라. 내가 대신 키를 잡고 있으마."

팔리누로스는 이렇게 대꾸했습니다.

"물결이 잔잔하다느니 바람이 좋다느니 그런 말은 마십시오. 바다가 순식간에 표정을 싹 바꾸는 걸 숱하게 보아 왔으니까요. 날씨와 바람의 변덕이 죽 끓듯 하니 어찌 키를 넘길 수 있겠습니까?"

팔리누로스는 키를 꽉 쥐고서 눈은 계속 별들을 살폈어요. 하지만 히프노스가 레테 강가의 안개에 젖은 나뭇가지를 키잡이의 머리 위로 흔들었지요. 레테는 망각의 강이랍니다. 그러자 팔리누로스는 졸음을 견디지 못하고 스르르 눈이 감기고 말았어요.

시칠리아
오늘날 시칠리아는 이탈리아에 속한 섬이다. 하지만 오랫동안 시칠리아는 다른 나라였다. 토머스 불핀치의 이 책이 처음 출간된 해가 1859년인데, 2년 후인 1861년에 시칠리아는 이탈리아에 합병되었다.

잽싸게 히프노스가 밀어 버리자 팔리누로스는 갑판 너머로 떨어져 물에 빠졌지요. 하지만 끝내 키를 놓지 않는 바람에 키도 함께 바다에 빠졌습니다. 포세이돈은 아프로디테와 한 약속을 잊지는 않았어요. 그래서 키와 키잡이가 없어도 배가 순조롭게 항해하도록 해 주었지요. 이윽고 아이네이아스는 팔리누로스가 없어진 걸 알고는 믿음직한 키잡이의 죽음을 애도했답니다. 이제 키는 아이네이아스가 직접 맡았어요.

월터 스코트가 쓴 서사시 『마미온』은 제1편 첫머리에서 팔리누로스 이야기를 멋지게 들려주고 있지요. 여기서 시인은 얼마 전에 타계한 영국의 정치가 윌리엄 피트의 죽음을 이렇게 노래하고 있습니다.

오, 생각해 보라. 그의 마지막 날을
죽음의 그림자가 먹잇감 위로 드리우던 때를
그는 팔리누로스처럼 시종일관 변함없이
위험한 직책을 맡아 꿋꿋이 버텨 냈지.
다들 푹 쉬라고 권했건만 모조리 거절했네.
죽어 가는 손으로 방향키를 꼭 쥐고 있었네.
그가 최후의 비틀거림과 함께 쓰러지자
국가라는 배도 방향을 잃고 비틀거렸노라.

무녀 시빌레를 만나 지옥문의 열쇠를 얻다

아이네이아스가 이끄는 배들은 마침내 이탈리아 해변에 다다랐
어요. 역경을 헤쳐 온 유민들은 기뻐 날뛰며 뭍으로 뛰어올랐지
요. 사람들이 야영 준비를 하는 동안 아이네이아스는 시빌레의
집을 찾아갔답니다. 시빌레는 신탁을 고하는 무녀였어요. 그곳은
아폴론과 아르테미스에게 바쳐진 신전과 숲 근처의 동굴이었지
요. 아이네이아스가 동굴 속을 들여다보고 있을 때, 시빌레가 다
가와 말을 걸었습니다. 시빌레는 아이네이아스가 찾아온 까닭을
훤히 알고 있는 눈치였어요. 그리고 신이 내렸는지 앞날을 예견
하는 노래를 쏟아 냈지요. 앞으로 고생과 위험을 숱하게 겪은 후
라야 최종적인 성공을 이루게 된다는 암울한 예언이었답니다.

「아이네이아스와
쿠마이의 시빌레」
프랑스 화가 프랑수아 페리
에의 작품이다. 아이네이아
스가 찾아간 시빌레의 동굴
은 쿠마이에 있었다. 쿠마이
는 5세기까지 번성하다가 새
롭게 등장한 로마에 서서히
흡수되었다.
폴란드 바르샤바 국립 미술관
소장

마지막으로 시빌레는 다음과 같은 말로 격려해 주었어요.

"재난에 굴하지 말고 더욱 용감히 나아가세요."

아이네이아스는 무슨 일이 닥치든 맞설 준비가 되어 있다고 대답했지요. 그런데 아이네이아스는 무녀에게 부탁할 것이 하나 더 있었습니다. 그 무렵 아이네이아스의 아버지 앙키세스는 이미 세상을 떠났어요. 그런데 언젠가 꿈에서 이르기를 아버지 앙키세스를 만나러 죽은 자들의 거처를 찾아가라고 했지요. 아버지를 만나서 자신은 물론이고 트로이 민족의 운명에 대해 계시를 받으라는 지시였답니다. 그래서 아버지를 만나러 가려면 어떻게 해야 하는지 시빌레에게 도움을 요청했어요. 시빌레는 이렇게 대답했지요.

"저승으로 내려가는 건 쉬운 일입니다. 하데스의 문은 밤낮으로 열려 있으니까요. 하지만 지상으로 되돌아오는 일이 무척이나 고되고 어렵지요."

이어서 시빌레는 숲으로 가서 황금가지가 달린 나무를 하나 찾으라고 했습니다. 이 가지를 꺾어 페르세포네에게 선물로 주어야 하는데, 만약 운이 좋으면 쉽사리 꺾이겠지만 아니라면 결코 꺾이지 않는다고 일러 주었어요. 또한 그걸 꺾기만 한다면 나머지 일들은 술술 풀릴 거라고 귀띔했지요. 아이네이아스는 시빌레의 지시대로 황금가지를 찾아 나섰습니다. 어머니 아프로디테가 비둘기 두 마리 보내 길을 알려 주었어요. 덕분에 나무를 찾아내 황금가지를 꺾고는 서둘러 시빌레에게 다시 돌아갔지요.

팔리누로스의 죽음은 이야기에서 어떤 역할을 하고 있나요?

아이네이아스는 트로이 전쟁에서 살아남은 사람들을 이끌고 드디어 이탈리아 땅에 도착한다. 상륙 직전, 그동안 함대를 이끌어 오던 키잡이 팔리누로스가 물에 빠져 죽는다. 팔리누로스의 죽음에는 어떤 의미가 있을까? 아이네이아스는 아버지를 만나러 저승을 방문할 때 황금가지를 들고 여사제의 안내를 받아 동굴로 내려가야 한다. 여기에 팔리누로스의 죽음도 저승 여행의 방편으로 슬쩍 가미된 것 같다. 아이네이아스는 팔리누로스, 즉 '죽은 사람을 따라' 저승에 가게 될 것이다. 아리스토파네스의 희극 『개구리』에서 비슷한 방법을 볼 수 있다. 디오니소스는 에우리피데스가 죽자 더는 좋은 비극 작가가 없다는 것에 낙심한다. 그래서 그를 데리러 저승으로 가겠노라고 결심한다. 디오니소스는 이전에 저승을 방문한 적이 있는 헤라클레스를 찾아가 저승 가는 방법을 물어본다. 헤라클레스는 자살하는 방법을 여럿 가르쳐 준다. 목매달기, 독약 먹기, 높은 데서 뛰어내리기, 물에 빠지기 등. 사실 저승에 가기는 쉽다. 돌아오기 어렵다는 것이 문제. 그 후 디오니소스가 어떻게 저승에 갔는지는 명확하게 드러나지 않는다. 도중에 어떤 죽은 사람을 만나 짐을 들어 달라고 청하는 장면과 품삯 협상을 하다가 결렬되는 장면이 있으니, 그를 따라갔을 가능성이 크다. 오디세우스가 저승에 갈 때 엘페노르라는 젊은이가 죽은 것도 비슷한 의미다. 저승 여행에는 자주 누군가의 죽음이 수반된다.

죽은 베르길리우스의 인도를 받아
저승에 내려간 단테

13 저승에서 들은 이야기 |
아이네이아스의 모험 2

우리는 실제로 믿든 안 믿든 천국과 지옥에 대한 이미지를 지니고 있답니다. 대체로 특정한 종교의 영향으로 인해 지니게 된 저승 세계에 대한 시각이지요. 하지만 고대 그리스 로마 신화의 저승 세계는 그리 잘 알려져 있지 않아요. 신화 속의 저승 세계는 다른 종교에서 말하는 저승 세계와는 사뭇 다르게 흥미로운 점들이 많답니다. 로마의 위대한 시인 베르길리우스가 묘사하는 저승의 세계를 통해 고대인들이 삶과 죽음을 어떻게 바라보았는지 엿볼 수 있을 거예요. 아이네이아스는 무녀 시빌레를 따라 저승에 내려가 죽은 아버지를 만나지요. 저승에서 만난 아버지한테서 민족을 일으켜 세울 어떤 귀한 말씀을 듣는지 우리도 함께 엿들어 보아요.

- 아이네이아스는 골짜기 뒤쪽에 있는 무성한 나무들, 바람에 흔들리는 수풀, 조용한 장소 옆에 흐르고 있는 레테 강을 보았다. 레테 강 주변에는 많은 부족들과 민족들이 날아다니고 있었다. (베르길리우스 『아이네이스』)
- 내 아들아, 그의 점술에 의하면 널리 알려진 저 로마는 온 대지에 통치권을 행사할 것이고 로마의 굳센 기상은 하늘을 찌를 것이다. 일곱 언덕의 둘레를 성벽 하나로 빙 둘러쌀 것이며, 자손이 융성하게 될 것이다. (베르길리우스 『아이네이스』)

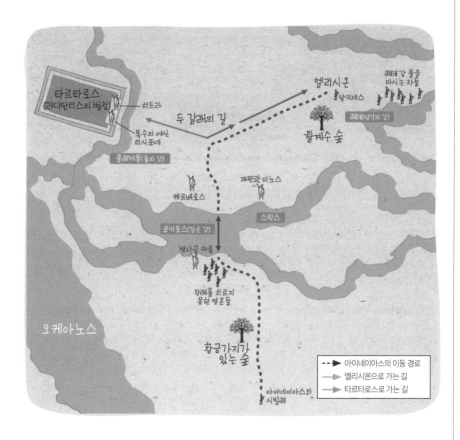

저승을 떠도는 영혼들을 만나다

이 책을 시작할 때 우리는 고대 그리스인들의 천지창조 이야기를 살펴보았습니다. 이제 신화 이야기도 막바지에 접어들었으니 저승 세계의 모습을 설명할게요. 고대 로마 시대의 위대한 시인 베르길리우스가 들려주는 저승 이야기이지요. 베르길리우스가 저승의 입구라고 여긴 곳은 무시무시하고 초자연적인 느낌이 물씬 풍기는 곳이랍니다. 바로 베수비우스 화산 부근이었어요. 온통 갈라진 틈에서 유황불이 활활 치솟고, 지하에 갇힌 증기 때문에 지면이 연신 흔들리고, 땅속에서 수수께끼 같은 굉음이 들려오는 곳이었지요. 그 부근에 아오르노스 호수가 있었습니다. 아마 화산 활동이 멎은 분화구에 물이 차 있던 곳이었을 거예요. 폭이 팔백 미터쯤 되는 원형의 호수 주위엔 둑이 둘러싸고 있었지요. 베르길리우스가 살던 시대에 이 둑은 황량하기 그지없었답니다. 유독한 증기가 호수에서 피어올랐기 때문에 둑에는 생명체라고는 전혀 없었어요. 또한 어떤 새도 그 위로 날아다니지 않았지요. 시인의 말에 따르면 바로 거기에 지옥으로 통하는 동굴이 있었습니다.

바로 여기서 아이네이아스는 페르세포네와 헤카테 그리고 에리니에스 등 지옥의 신들에게 제물을 바쳤어요. 그러자 땅속에서 으르렁거리는 소리가 들렸는데, 멀리 언덕 위의 나무들이 떨릴 정도였지요. 이어서 개 짖는 소리가 들려와 지옥이 가까워졌음을 알렸답니다.

"자, 지금부터 정신을 바짝 차리세요. 이제부턴 용기가 필요할 때입니다."

시빌레가 그렇게 말한 뒤 먼저 동굴로 내려가자 아이네이아스
도 뒤따랐어요. 지옥의 문턱에 도달하기 전에 둘은 한 무리의 군
상들이 늘어선 곳을 지나갔지요. '비탄', '근심', 창백한 모습의
'질병', 우울한 모습의 '노화'와 '두려움', 범죄를 부추기는 '굶주
림', '고된 노동', '가난' 그리고 '죽음' 등의 끔찍한 형상이었습니
다. 복수의 여신 에리니에스들과 불화의 여신이 그곳에 자리를
잡고 앉아 있었어요. 특히 불화의 여신은 머리카락이 죄다 뱀이
었고, 뱀들은 저마다 피 묻은 고깃덩이를 물고 있었지요. 또한 팔
이 백 개 달린 브리아레오스, 쉭쉭 소리를 내고 있는 히드라, 그
리고 불을 내뿜는 키마이라 같은 괴물도 있었답니다. 그 모습을
보자 아이네이아스가 치를 떨면서 칼을 빼내 치려고 했어요. 하
지만 시빌레가 나서서 말렸지요.

「아이네이아스와
쿠마이의 시빌레」
영국 화가 터너의 작품이다.
아오르노스 호수는 이탈리
아 캄파니아 주에 있다. 시
인들은 이 호수를 지옥의 입
구라고 생각했다. 라틴어
'Avérnus'에는 '지옥'이라는
뜻이 있다.
예일 영국 미술 센터 소장

어느새 둘은 코키토스라는 시커먼 강에 다다랐습니다. 거기에는 늙고 누추하지만 힘세고 활기찬 뱃사공 카론이 기다리고 있었어요. 카론은 각양각색의 승객들을 배에 싣고 있었지요. 위풍당당한 영웅이고 어린 사내아이고 미혼의 처녀고 가릴 것 없이 그야말로 수없이 많았답니다. 마치 가을날 떨어져 쌓이는 낙엽들처럼 혹은 겨울이 닥치자 우르르 남쪽으로 날아가는 새 떼처럼요. 모두 앞다투어 배에 올라 맞은편 강가로 건너가려고 아우성이었지요. 하지만 엄한 뱃사공은 자기가 고른 사람들만 배에 싣고 나머지는 내쫓았습니다. 이 장면을 보고 아이네이아스는 궁금해서 시빌레에게 물었어요.

"왜 저렇게 차별을 둡니까?" 시빌레는 이렇게 대답했지요.

"뽑혀서 배에 오른 자들은 제대로 장례를 치른 영혼들입니다. 그

「영혼들을 싣고 스틱스 강을 건너는 카론」
러시아 화가 알렉산드르 리토프첸코의 작품이다. 저승에 가려면 아케론, 코키토스, 플레게톤, 레테, 스틱스 강을 차례로 지나가야 한다. 카론은 망자들을 싣고 아케론 강부터 스틱스 강까지 노를 저었다. 카론의 배에 타려면 1오볼로스가 필요하다.
예일 영국 미술 센터 소장

렇지 못한 자들은 강을 건널 수가 없어요. 이 가여운 영혼들은 백년 동안 이쪽 강가에서 떠돌아야만 저기로 건너갈 수가 있지요."

아이네이아스는 폭풍에 휩쓸려 죽은 동료들이 생각나 슬픔에 잠겼지요. 바로 그때 부하였던 팔리누로스가 눈에 띄었답니다. 잠의 신에게 떠밀려 바닷물에 빠져 죽은 키잡이 말이에요. 아이네이아스는 팔리누로스에게 다가가 어쩌다 이 꼴을 당했냐고 물었지요. 팔리누로스는 키가 떨어져 나가는 바람에 그걸 붙잡으려다 바다에 빠졌노라고 했습니다. 또한 제발 손을 뻗어 자기를 잡아 주어 반대편 강가로 데려다 달라고 사정했어요. 하지만 시빌레는 그런 짓은 하데스의 규칙에 어긋난다며 팔리누로스를 나무랐지요. 그러면서도 위로의 말도 해 주었답니다. 팔리누로스의 시신이 떠내려간 해변에 사는 사람들이 기이한 일이라 여겨 시신을 정중히 묻어 줄 테며, 그 해안의 이름도 '팔리누로스 곶'이라고 불리게 될 것이라는 말이었어요. 지금까지도 그 이름으로 불리고 있지요. 이 같은 말로 팔리누로스를 안심시키고서 둘은 배로 다가갔습니다.

카론은 다가오는 무사를 뚫어져라 살피고 있었어요. 곧이어 무슨 자격으로 살아 있는 자가 무장까지 하고서 이 강가로 왔느냐고 캐물었지요. 곧장 시빌레가 나서 사정을 이야기했답니다. 폭력은 결코 쓰지 않을 것이며, 아이네이아스의 목적은 오로지 자기 아버지를 만나는 것뿐이라고 밝혔어요. 그러면서 황금가지를 보여 주었지요. 황금가지를 보자 카론은 노여움을 풀었습니다. 사공은 서둘러 배를 강가로 돌려 둘을 태웠어요. 몸이 없는 영혼을 태우도록 만들어진 배였기에 영웅의 무게 때문에 배에선

카론과 아이네이아스
이탈리아 화가 피에트로 테스타의 「스틱스 강둑에 있는 아이네이아스」다. 산 자가 저승에 온 것을 본 카론이 화를 내자 아이네이아스 일행이 황금가지를 보여 주고 있다.

신음 소리가 났지요. 하여튼 잠시 후 배는 반대편 강가에 다다랐어요. 거기에는 케르베로스라는 개가 기다리고 있었답니다. 머리가 셋이고 목에는 뱀이 빳빳한 털처럼 돋아나 있는 개였지요. 케르베로스가 세 개의 입으로 짖어 대자 시빌레는 약이 섞인 과자를 던져 주었습니다. 과자를 게걸스레 집어삼킨 개는 자기 굴로 돌아가 드러눕더니 잠이 들었어요. 그제야 아이네이아스와 시빌레는 배에서 뛰어내려 뭍에 발을 디뎠지요.

도착하자마자 둘의 귀에는 어린아이들의 울음소리가 들려왔답니다. 삶의 문턱에서 곧바로 스러진 영혼들이었어요. 근처에는 억울한 누명을 쓰고 죽은 이들이 있었지요. 미노스가 재판관을 맡아 각자의 행실을 살피고 있었습니다. 다음 부류는 <u>스스로</u>

목숨을 끊은 자들이었어요. 사는 게 싫어서 죽음을 도피처로 삼은 이들이었지요. 다시 살아날 수만 있다면 가난도, 노동도, 그 밖의 모든 고난이나 역경도 달게 받을 자들이었답니다. 다음에는 슬픔의 땅이 나타났어요. 여러 갈래 오솔길이 드러났는데, 모두 도금양나무 숲으로 이어졌지요. 이루지 못한 사랑으로 괴로워하다 희생된 자들이 헤매는 곳이었습니다. 죽어서도 고통에서 벗어나지 못하고 거기서 떠돌고 있었어요. 이들 중에서 아이네이아스는 디도의 모습을 얼핏 본 것 같았지요. 몸의 상처도 근래에 생긴 것이었답니다. 빛이 어슴푸레한 곳이어서 잠시 긴가민가하고 있었지만 가까이 다가가서 보니 정말로 디도였어요. 눈물을 흘리며 아이네이아스는 다정한 목소리로 말을 걸었지요.

"아, 가여운 디도여! 당신이 죽었다는 소문이 사실이었단 말입니까? 그럼, 아, 나 때문에? 신들에게 맹세코 그대를 떠난 것은 어쩔 수가 없었기 때문입니다. 제우스 신의 명령에 따랐던 것이지요. 내가 떠난 것이 당신에겐 이토록 크나큰 고통을 안겨 주었다니요! 제발 발길을 멈추고 내 마지막 이별의 말을 들어주세요."

디도는 잠시 멈추긴 했지만 얼굴은 다른 쪽으로 돌린 채 눈은 땅을 바라보고 있었습니다. 마치 목석인 듯 아이네이아스가 아무리 사정해도 알아듣질 못했어요. 곧 다시 조용히 제 갈 길을 갔지요. 아이네이아스는 얼마간 뒤따라가다가 발길을 되돌렸답니다. 무거운 마음으로 일행과 합류해 다시 길을 떠났어요.

다음으로 둘은 전쟁터에서 죽은 영웅들이 떠도는 들판에 들어섰지요. 그리스와 트로이 무사들의 영혼이 눈에 많이 띄었습니다. 트로이 무사들은 아이네이아스 주위로 몰려들었어요. 단지

쳐다보는 것만으론 만족하지 못하고, 이곳에 온 까닭부터 시작해 수많은 질문을 쏟아 냈지요. 하지만 그리스 무사들은 흐릿한 대기 속에 빛나는 갑옷을 보고선 영웅 아이네이아스임을 알아차렸답니다. 두려움에 질린 나머지 등을 돌리고 도망쳤어요. 트로이 들판에서 항상 그랬듯이 말이지요.

아이네이아스는 트로이 전우들과 더 어울리고 싶었지만 시빌레가 길을 재촉했습니다. 이어서 둘은 어떤 곳에 이르렀는데, 거기서부터 길이 두 갈래로 나뉘었어요. 하나는 엘리시온(극락)으로 통하고 다른 하나는 지옥으로 통하는 길이었지요. 한쪽 편에는 큰 성벽이 보였답니다. 성벽 주위에는 뜨거운 불의 강 플레게톤이 출렁이고 있었어요. 눈앞에는 더없이 튼튼해 보이는 문이 버티고 서 있었답니다. 신도 인간도 결코 열 수 없는 문이었지요. 문 옆에는 쇠로 만든 탑이 하나 서 있었고, 탑 꼭대기에서 복수의 여신 티시포네가 사방을 감시하고 있었습니다. 성안에서는 신음 소리, 채찍질 소리, 쇠가 삐걱거리는 소리 그리고 사슬이 철커덕거리는 소리가 들려왔어요. 아이네이아스는 기겁을 하고선 물었지요.

"도대체 무슨 죄를 지은 자들에게 벌을 주기에 저런 소리가 나는 겁니까?"

시빌레의 대답은 이랬답니다.

"여기는 라다만티스의 법정입니다. 살아 있을 때 지은 범죄를 낱낱이 밝혀내는 곳이지요. 범죄자들은 교묘히 죄를 숨기려 하지만 여기선 모두 허사랍니다. 티시포네가 전갈이 달린 채찍을 휘두른 다음에 범죄자들을 다른 복수의 여신들에게 넘깁니다."

라다만티스
제우스와 에우로페의 아들로, 이승에서는 현명하고 공정한 왕으로 널리 알려졌다. 저승에서는 죽은 사람들을 심판하는 재판관이 되었다.

바로 그때 무시무시한 굉음이 울리며 청동 문이 열렸어요. 문
안쪽에선 오십 개의 머리가 달린 히드라가 입구를 지키고 있었
지요. 놀라는 아이네이아스에게 시빌레가 이렇게 귀띔해 주었습
니다. 하늘나라가 머리 위로 무한히 높은 곳에 있는 것만큼이나
지옥의 세계도 둘의 발밑으로 무진장 깊게 뻗어 있다고 말이에
요. 지옥의 밑바닥에는 신들에게 대적해 싸웠던 티탄족들이 무
릎 꿇고 엎드려 있지요. 또한 거기에는 감히 제우스 신과 겨루고
자 했던 살모네우스도 있었답니다. 이자는 청동 다리를 지어 그
위로 전차가 다니게 했는데 전차가 달리는 소리는 마치 천둥소
리 같았어요. 또한 번개를 흉내 내어 만든 횃불을 자기 백성들에

게 던지기도 했지요. 보다 못한 제우스가 진짜 번개를 그자에게
던져 신과 인간의 무기가 얼마나 차이 나는지를 알려 주었습니
다. 또한 엄청나게 큰 거인 티티오스도 그곳에 있었어요. 독수리
한테 간을 쪼아 먹히는 신세였는데, 간이 자랐다 싶으면 곧바로
독수리가 날아와 쪼아 먹었지요. 그러니 티티오스가 받는 형벌
은 끝이 없었답니다.

아이네이아스가 주위를 둘러보니 한 무리의 사람들이 진수성
찬이 놓인 식탁에 앉아 있었어요. 곁에는 복수의 여신 한 명이 서
있었지요. 사람들이 음식을 맛보려고 입에 대는 순간에 여신이
낚아채 버렸습니다. 아이네이아스가 또 다른 쪽을 보니 어떤 자
들의 머리 위로 큰 바위가 매달려 있었어요. 금방이라도 떨어질

것 같은 바위 밑에 있는 터라 늘 두려움에 짓눌려 있었지요. 형제를 미워한 자, 부모를 때린 자, 친구를 배신한 자 그리고 부자이면서 이웃에게 베풀지 않은 자가 받는 형벌이었답니다. 마지막 부류가 가장 많은 수를 차지했어요. 또한 그곳에는 결혼 서약을 어긴 자, 불의(不義)한 싸움에 가담한 자, 주인에게 불충한 자도 있었지요. 게다가 돈에 눈이 멀어 나라를 팔아먹은 자도 있었고, 교묘한 말로 속여 법률을 악용한 자도 있었습니다.

익시온도 거기 있었어요. 수레바퀴에 묶여 영원히 돌고 있었지요. 시시포스도 있었답니다. 시시포스가 받은 형벌은 바위를 산꼭대기로 굴려 올리는 일이었어요. 하지만 다 올라왔다 싶으면 어떤 갑작스런 힘에 떠밀려 바위는 다시 아래로 굴러떨어졌지요. 그러면 땀에 흠뻑 젖은 몸으로 밑에서부터 다시 바위를 굴려 올렸지만 언제나 결과는 마찬가지였습니다. 또한 연못 속에는 탄탈로스가 있었어요. 턱이 수면과 같은 높이였건만 타는 듯한 목마름을 달랠 도리가 없었지요. 왜냐하면 백발이 성성한 머리를 숙여 물을 마실라치면 물이 흩어져 주위의 연못의 물이 바짝 말라 버렸기 때문이랍니다. 또한 배, 석류, 사과 그리고 달콤한 무화과가 달린 과일나무들이 머리 위에 자라고 있었어요. 하지만 과일을 따려고 손을 내밀기만 하면 갑자기 불어온 바람에 나뭇가지가 들려 높이 올라가 버렸지요.

앙키세스가 로마의 미래를 예언하다

이윽고 시빌레가 아이네이아스에게 귀뜸했습니다. 이제는 음울한 지역을 벗어나 행복한 자들의 나라로 갈 때라고 했어요. 둘은 암흑의 중간 지대를 통과하여 엘리시온 들판에 이르렀지요. 행복한 자들이 살고 있는 숲이었답니다. 콧속으로 들어오는 공기는 훨씬 더 상쾌했고, 주변의 모든 물체는 발그레한 빛에 휩싸여 있었어요. 또한 그곳만 비추는 해와 별들이 따로 있었지요.

주민들은 여러 방식으로 즐거움을 만끽하고 있었습니다. 어떤 이들은 푸른 잔디밭에서 힘과 기술을 겨루는 경기를 즐겼고, 또 어떤 이들은 춤을 추거나 노래를 불렀어요. 오르페우스가 리라의 현을 튕겨 매혹적인 소리를 내고 있었지요. 여기서 아이네이아스는 트로이의 시조(始祖)들을 보았답니다. 더 나은 시절을 살았던 관대한 영웅들이지요. 전차들이며 번쩍이는 무기들은 이젠 더 이상 쓸 일이 없어 그냥 장식품이 되어 있었어요. 이 모습을 보고서 아이네이아스는 감탄을 금할 수가 없었지요. 창은 땅에 꽂혀 있고 말은 마구를 차지 않은 채 푸른 풀밭을 거닐었어요. 오

「아이네이아스와 앙키세스」
프랑스 화가 알렉상드르 위벨레스키의 작품이다. 앙키세스는 트로이의 왕자였다. 트로이가 함락당할 때, 아들 아이네이아스와 함께 성을 탈출해 방랑한다. 폴리페모스를 피해 도망친 후 갑작스레 죽어 엘리시온에 간다.
개인 소장

래 전 영웅들이 빛나는 갑옷과 훌륭한 말에 대해 느꼈던 자부심은 이곳에서도 그대로 남아 있었습니다.

저쪽에서는 한 무리의 사람들이 만찬을 즐기며 아름다운 음악을 듣고 있었답니다. 그들은 월계수 숲에 있었지요. 그곳에는 저 장대한 포 강의 발원지에서 흘러나오는 강물이 사람들 사이를 흐르고 있었어요. 여기에는 조국을 위해 싸우다 죽은 자들, 순결한 사제들, 고귀한 정신을 표현한 시인들, 유익한 물건들을 발명하여 생활을 편리하고 풍요롭게 만든 기술자들 그리고 인류에게 봉사한 자들이 머물고 있었지요. 이들은 눈처럼 하얀 리본을 이마에 매고 있었습니다.

시빌레가 그들에게 말을 걸어 앙키세스를 찾으려면 어디로 가야 하는지 물었어요. 알려 준 대로 갔더니 과연 싱그러운 녹음이 우거진 골짜기에 앙키세스가 있었지요. 거기서 앙키세스는 후손들의 운명과 앞으로 성취하게 될 고귀한 업적을 생각하고 있었답니다. 아들이 다가오는 걸 알아차리고서 앙키세스는 두 팔을 뻗어 아들을 잡았어요. 하염없이 눈물을 흘리면서 이렇게 말했지요.

"드디어 네가 왔구나. 오랫동안 기다린 보람이 있었어. 모진 시련을 다 이기고 찾아온 너를 보게 되다니! 오, 아들아. 너의 모험을 줄곧 지켜보면서 내가 얼마나 애를 태웠는지 모른단다."

이 말을 듣고 아이네이아스는 말했습니다.

"아, 아버지! 아버지께서 늘 저를 지켜 주시고 이끌어 주셨던 거군요!"

말을 마치고서 아버지를 껴안으려 했지만 품에 안긴 것은 몸이 없는 아버지의 환영일 뿐이었어요.

그때 문득 아이네이아스는 자기 앞에 넓은 골짜기가 펼쳐져 있는 것을 알아차렸지요. 나무들이 산들바람에 살랑거리는 고요한 풍경 사이로 망각의 강 레테가 흐르고 있었답니다. 강둑을 따라 헤아릴 수 없이 많은 군중들이 배회하고 있었어요. 여름날 새카맣게 몰려다니며 허공을 휘젓는 하루살이 떼처럼 많았지요. 아이네이아스는 깜짝 놀라 저들이 누군지 물었습니다. 앙키세스는 이렇게 대답했어요.

"때가 되면 육신을 되찾기 바라는 영혼들이란다. 그러는 동안 레테의 강둑에 머물면서 강물을 마시고 있지. 저 강물을 오래 마시면 전생의 기억을 모조리 잊게 된단다."

이에 아이네이아스가 말했지요.

"아니 세상에! 도대체 이승의 삶이 얼마나 좋다고 이 평화로운 곳을 떠나 다시 태어나길 바란다는 말입니까?"

이에 앙키세스는 조물주의 천지창조 계획을 들려주었답니다.

조물주는 맨 처음 영혼을 구성하는 네 가지 원소를 만들었단다. 불, 공기, 흙 그리고 물이 이 네 원소였지. 한편 이 원소들을 전부 결합하면 그중 가장 뛰어난 요소인 불이 되고 불꽃이 생성된다고 해. 이 불꽃이 해와 달, 별 같은 천체 사이에 씨앗처럼 뿌려지는 것이지. 그러면 하급 신들이 이 씨앗들로 인간과 그 밖의 동물들을 만들었단다. 이때 흙이 많이 들어가고 적게 들어가는 비율에 따라 피조물의 순수성이 달라져. 흙이 많이 들어가면 들어갈수록 덜 순수한 피조물이 되는 것이지.

또한 다 자라 성인이 된 남자와 여자는 어린아이 때처럼 순수하지 않게 되지. 육체와 영혼을 함께 지닌 인간인지라 세월이 흐르다 보면 영혼도 차츰 순수성을 잃어 가기 때문이야. 죽은 후에는 반드시 이 오염된 영혼을 맑게 정화해야 한단다. 그러려면 영혼을 바람이 잘 통하는 곳에 말리거나, 물에 오래 씻거나, 아니면 불순한 기운을 불로 태워야 하지.

극소수는 엘리시온에 들어오는 것이 곧바로 허용된단다. 나도 그랬고. 하지만 엘리시온에 들어오지 못한 나머지 사람들은 레테 강물로 전생의 기억을 말끔히 잊고 흙의 불결한 속성을 제거한 후 새로운 육신을 받아 이승으로 되돌아간단다. 그런데 또 그 중에는 너무 오염이 심해 인간의 육신을 받기에는 적합하지 않은 상태의 자들도 있어. 그런 자들은 사자나 호랑이나 고양이나 개나 원숭이 등 짐승의 몸을 받게 되지.

앙키세스가 말하는 이것이 바로 고대인들이 말한 메템프시코시스, 즉 영혼의 윤회이지요. 오늘날에도 인도 사람들은 윤회를 믿는답니다. 그래서 아주 하찮은 생명도 죽이려 하지 않아요. 자기 친척들이 그런 모습으로 변한 것인지도 모르기 때문이지요.

앙키세스는 이런 설명을 아이네이아스에게 잔뜩 풀어놓은 다음, 트로이 종족에 관한 이야기로 옮겨 갔습니다. 앞으로 태어날 후손들 그리고 이들이 세상에서 이룰 업적을 알려 주었어요. 그 이야기도 마친 후에야 현재의 이야기로 돌아왔지요. 트로이 유민들이 이탈리아에 완전히 정착하기까지 아이네이아스에게 닥칠 일들을 알려 주었답니다. 즉, 크고 작은 전쟁을 치르게 되고 신부를 얻게 되며 마침내 트로이인의 나라가 세워질 거라고 말했어요. 그리고 이 나라를 바탕으로 로마 제국이 건국되어 장차 세계를 지배하게 된다고도 했지요.

이 말을 듣고 난 후, 아이네이아스와 시빌레는 앙키세스에게 이별을 고했습니다. 둘은 지름길을 택해 지상의 세계로 돌아왔어요. 하지만 어떤 지름길인지는 시인 베르길리우스도 설명하지 않는답니다.

「엘리시온에서 아버지를 만난 아이네이아스」
플랑드르 화가 세바스티안 프랑크의 작품이다. 엘리시온 언덕 위에서 아이네이아스와 앙키세스가 다정하게 포옹하고 있다. 시빌레는 옆에서 이를 지켜보고 있다.
리옹 미술관 소장

행복의 땅, 축복의 섬 엘리시온

앞서 보았듯이 베르길리우스는 엘리시온을 지하의 세계로 그리고 있답니다. 축복받은 영혼들이 머무는 곳으로 보았던 거예요.

하지만 호메로스는 엘리시온을 죽은 자들의 세계로 보고 있지 않지요. 호메로스는 엘리시온이 오케아노스 강 근처의 서쪽 땅에 있다고 보았습니다. 행복의 땅 엘리시온에는 눈도 추위도 비도 없고, 늘 제피로스가 산들산들 불어온다고 묘사하고 있어요. 그곳에는 신의 은총을 입은 영웅들이 죽는 일 없이 라다만티스의 지도 아래 행복하게 살고 있지요.

한편 헤시오도스나 핀다로스의 엘리시온은 서쪽 오케아노스 강 가운데의 '축복의 섬' 또는 '행운의 섬'에 있답니다. 아틀란티스라는 행복의 섬에 관한 전설은 여기서 나왔어요. 이 축복받은 땅은 완전히 상상에서 나온 이야기인지도 모르지요. 하지만 뱃사람들이 폭풍우에 휩쓸려 표류하다가 아메리카 해안을 언뜻 보고서 퍼뜨린 이야기일 수도 있어요.

J. R. 로웰은 자신이 지은 짧은 시에서 행복의 나라를 현시대에서 찾자고 말하고 있습니다. 과거를 되돌아보면서 시인은 이렇게 노래하지요.

헤시오도스
헤시오도스는 기원전 8세기경 그리스의 시인이다. 호메로스와 함께 고대 그리스 신화와 문학에 있어 중요한 인물이다. 『신들의 계보』라는 책의 저자로 유명하다.

핀다로스
핀다로스는 기원전 6세기에 활약한 고대 그리스의 시인으로 합창에 쓰이는 시를 지었다.

> 그대 안의 진정한 삶이 무엇이었든
>
> 이 시대의 핏줄 속에 뛰고 있다네.
>
> ……
>
> 여기, 우리의 투쟁과 근심의 거친 파도 속에서
>
> 푸른 '행운의 섬'이 떠 있다네.

거기에 영웅들의 혼이 전부 살고 있으며

우리의 고난과 힘겨운 일들을 함께 나누네.

옛 시대를 숭고하게 만들었던

온갖 용감하고 훌륭하며 아름다운 것들의

시중을 받으며 지금 시대가 움직인다네.

밀턴도 『실낙원』 제3권 568행에서 똑같은 전설을 내비치고 있어요.

그 옛날 저 유명한 헤스페리스들의 정원처럼

행복한 들판과 숲과 꽃이 흐드러진 골짜기가 있어

세 배로 행복한 섬이라네.

그리고 같은 책 2권에서는 저승의 다섯 강들을 그리스어 명칭의 뜻에 따라 각각 노래하고 있답니다.

혐오스러운 스틱스는 지독한 증오의 강

슬픈 아케론은 깊고 검은 슬픔의 강

우중충하게 큰소리로 흐르는 코키토스는

탄식의 강이라네, 맹렬한 불길이

굽이치며 흐르는 플레게톤은 불의 강

이들 강에서 멀찍이 떨어져

고요히 느릿느릿 흐르는 레테는 망각의 강

레테의 미로 같은 강물을 마신 자는

생전의 일이며 자기 존재도 잊는다네.

기쁨도 슬픔도, 쾌락도 고통도 잊는다네.

나뭇잎에서 운명을 읽는 여인

지상으로 돌아가고 있을 때, 아이네이아스가 시빌레에게 말했
지요.

"당신이 여신이든 신들의 총애를 받는 인간이든 간에, 나는 언
제나 당신을 섬기겠습니다. 지상에 올라가면 당신을 모시는 신
전을 짓고 제가 직접 제물을 바치겠습니다."

시빌레는 대답했어요.

"나는 여신이 아니니 신전이나 제물은 바라지 않습니다. 나는
인간일 뿐입니다. 하지만 예전에 아폴론의 구애를 받아들였다면
신이 될 수도 있었을 겁니다. 내가 아폴론의 마음을 받아 주기만
한다면 무슨 소원이든 들어주겠다고 약속했답니다. 나는 손에
한줌 가득 모래를 쥐고 내밀며 이렇게 말
했지요.

'제 손에 든 모래알의 수만큼 생일을 맞
도록 해 주소서.'

너무나 안타깝게도 그때 나는 영원한
청춘을 바란다는 말을 깜빡 잊고 하지 않
았답니다. 물론 구애를 받아들였다면 영
원한 청춘도 내려 주셨겠지요. 하지만 내
가 거절하는 바람에 화가 난 아폴론은 나
를 늙게 내버려 두었습니다. 내 청춘과 젊

「시빌레」
이탈리아 화가 도메니키노
의 작품이다. 시빌레라는 이
름은 원래 아폴론에게 예언
능력을 받은 트로이 여인을
일컫는 말이었다. 후대에 오
면서 무녀를 통칭하는 말이
되었다. 쿠마이의 시빌레가
가장 유명하다.
보르게세 미술관 소장

「아폴론과 쿠마이의 시빌레가 있는 풍경」

프랑스 화가 클로드 로랭의 작품이다. 시빌레가 아폴론에게 한 움큼 쥔 모래를 보여주고 있다. 시빌레는 모래알의 수에 따라 천 년을 살아야 했다. 늙어 갈수록 몸이 줄어들어 나중에는 병 안에 들어간 상태로 천장에 매달려 있었다고 한다.

에르미타슈 미술관 소장

은 날의 활기는 아주 오래 전에 사라졌지요. 벌써 칠백 년을 살았으니까 말입니다. 모래알의 수를 다 채우려면 앞으로도 삼백 번의 봄과 삼백 번의 가을을 맞아야 합니다. 세월이 가면 갈수록 내 몸은 쪼그라들고 얼마 안 있어 눈도 멀 겁니다. 하지만 내 목소리는 남을 테니 후세 사람들도 내 말을 귀담아들을 겁니다."

이 마지막 말은 시빌레의 예언 능력을 암시하고 있어요. 틈틈이 시빌레는 동굴 속에서 나뭇잎에다 사람들의 이름과 운명을 적어 놓곤 했지요. 나뭇잎들은 동굴 안에 가지런히 정돈되어 있어서 신도들이 찾아오면 볼 수 있었답니다. 하지만 혹시라도 문이 열려 바람에 나부껴 나뭇잎들이 흩어지면 시빌레는 다시 정돈하지 않았대요. 이런 경우 그 예언들은 영원히 사라져 다시는 볼 수 없었지요.

시빌레에 관한 다음 전설은 후대에 나온 것입니다. 고대 로마의 타르키니우스 왕가의 한 왕이 나라를 다스리던 시절이었어요. 왕 앞에 한 여인이 아홉 권의 책을 들고 나타나 책을 사라고 했지요. 왕이 사지 않겠다고 하자 여인은 물러나더니 세 권을 불태웠답니다. 그러고는 다시 돌아와 여섯 권을 원래의 아홉 권 값으로 사라고 했어요. 왕은 이번에도 거절했지요. 여인은 세 권을 더 불태운 다음 돌아와서는 남은 세 권을 원래의 아홉 권 값으로 사라고 했습니다.

마침내 왕은 호기심이 동해서 세 권을 샀어요. 읽어 보니 로마 제국의 운명이 쓰여 있는 책이었지요. 이 책 세 권은 로마의 카피톨리움에 있는 유피테르 신전에 돌상자에 담겨 보관되었답니다. 이 책은 특별히 임명된 관리가 아니면 열람할 수 없었어요. 관리들은 나라에 중대한 일에 있을 때, 책을 펼쳐 그 속에 적힌 신탁을 백성들에게 풀이해 주었지요.

그런데 시빌레에 대해선 여러 설이 있습니다. 같은 이름을 가진 사람도 여럿이구요. 그중에서 오비디우스와 베르길리우스가 묘사한 '쿠마이의 시빌레'가 가장 유명해요. 오비디우스에 따르면 시빌레의 수명은 천 년이었다고 하지요. 아마도 시빌레는 원래 한 명이지만 여러 상황에 걸쳐 오랜 세월 등장시키려고 그렇게 표현한 듯해요.

에드워드 영의 시 「밤의 명상」에는 시빌레 이야기가 나와요. 시인은 세상의 지혜에 대해 이렇게 읊고 있지요.

시빌레의 동굴
쿠마이의 시빌레가 머무르
면서 사람들에게 예언을 했
다고 알려진 동굴이다. 1932
년에 발견되었다.
ⓒAlexanderVanLoon

장래의 운명을 내다본들 모두 나뭇잎 속에 있네.

시빌레처럼, 보잘것없는 한순간의 행복이어라.

한바탕 바람에 허공으로 사라지고 만다네.

……

세상의 계획이 시빌레의 이파리를 닮았듯이

선량한 사람의 날들은 시빌레의 책과 비슷하네.

값은 나날이 오르지만 수는 자꾸만 줄어드네.

그리스인에게 저승은 벌받는 곳이 아니라고요?

베르길리우스와 불핀치가 쓴 아이네이아스의 저승 여행 이야기에서는 지하에 나쁜 저승과 좋은 저승이 모두 있는 것으로 그려진다. 반면, 오디세우스 이야기에는 나쁜 저승만 그려져 있다. 하지만 우리의 기대와 달리 저승에서 벌받는 사람들은 일부에 지나지 않는다. 인간이 죽은 뒤 생전의 악행에 대해 벌을 받는다는 개념은 옛 그리스에 널리 퍼져 있지 않았다. 이 생각이 보편화된 것은 보통 기독교 문화가 정착된 다음이라고 알려져 있다. 따라서 그리스 저승에서 벌을 받는 것은 아주 악독한 존재뿐이다. 가령 영원히 독수리에게 간을 파먹히는 벌을 받는 티티오스는 레토를 납치하려 했고, 물과 음식이 앞에 있지만 먹고 마시지 못하는 벌을 받은 탄탈로스는 자식을 잡아 신들에게 먹였다. 그리스 사람들이 저승을 무서워하는 것은 저승에서 벌을 받아서가 아니라 혼령들이 힘없이 그림자로 떠돌아다니기 때문이다. 그렇다면 옛 그리스 사람들에게 좋은 저승은 어떤 모습이었을까? 학자들은 앞에서 본 나우시카의 집이 좋은 저승을 대표한다고 보고 있다. 꽃과 과일이 그득하고, 집들은 온통 귀금속과 보석으로 이루어져 있다. 계절이 따로 없어서 한쪽에선 꽃이 피고 다른 쪽에선 열매가 익고, 또 다른 쪽에선 벌써 열매를 거두어 갈무리를 하고 있다. 그 밖에도 그리스에서 좋은 저승은 '축복받은 자들의 섬'이나 '엘리시온 벌판'이라는 형태로 그려진다. 온화한 기후와 걱정 없는 삶이 공통점이다.

나우시카가 살았다고 전하는 그리스 코루푸 섬
ⓒDanel Solabarrieta

14 동맹을 만나다 |
아이네이아스의 모험 3

아 이네이아스와 유민들은 드디어 대망의 헤스페리아, 즉 이탈리아 땅에 도착합니다. 하지만 새로운 나라를 세우는 일은 결코 만만하지 않았어요. 처음에는 환영받았지만 심술궂은 여신이 끼어들어 다시 전쟁의 그림자를 드리우지요. 트로이 민족의 앞길을 막는 무서운 적을 과연 아이네이아스는 어떻게 물리칠까요? 해답은 바로 동맹을 찾는 것이었답니다. 한 개인의 일상에서부터 한 나라를 세우는 일까지 우리 삶의 고비에서는 늘 함께해 주는 이가 필요한 것 같아요. 단지 한 개인 한 단체 한 나라의 힘만으로 새로운 삶의 길이 열릴 때보다 뜻을 같이하는 동지나 동맹을 통해 길이 열리게될 때가 많습니다. 아이네이아스는 에반드로스 왕을 만나 굳건한 동맹을 얻게 되지요.

- 우리 두 집안은 한 핏줄에서 갈라져 나왔다고 할 수 있소. 그것을 믿기에 나는 사신을 보낸다거나 그대와 서로 의논하려 하지 않고, 그저 탄원자로 직접 그대의 집 문턱에 와서 나의 목숨을 그대 앞에 내놓고 있습니다. (베르길리우스 『아이네이스』)
- 나는 이탈리아인들에게 테우크로스의 백성들을 따르라고 명령하지 않을 것이며, 나에게 왕국을 달라 하지도 않을 것이오. 양쪽 백성들 중 어느 쪽도 지지 않고 동등한 조건 아래서 변치 않을 동맹을 맺을 것이오. (베르길리우스 『아이네이스』)

"여기가 바로 약속의 땅이로다!"

지상에 올라온 아이네이아스는 시빌레와 헤어진 후에 함대로 복귀했습니다. 곧이어 이탈리아 해안을 따라 항해하다가 티베르 강의 하구에 닻을 내렸어요. 시인 베르길리우스는 마침내 방랑의 최종 목적지인 그곳에 주인공을 데려온 다음, 무사 여신을 불러내 당시 중대한 상황에 처해 있던 그곳 사정을 알려 주었지요. 당시 그 나라는 사투르누스의 3대손인 라티누스가 다스리고 있었답니다. 그 무렵 라티누스는 늙었건만 후계를 물려줄 아들이 없었어요. 대신에 자식이라고는 아름다운 외동딸 라비니아 하나뿐이었지요. 이웃 나라의 우두머리들이 무수히 라비니아를 넘보았는데, 부모의 마음에 드는 신랑감은 루툴리인들의 왕인 투르누스였습니다. 하지만 어느 날 밤 라티누스는 꿈에서 아버지 파우누스한테서 계시를 받았어요. 라비니아는 먼 외지에서 오는 남자를 배필로 맞아야 한다는 내용이었지요. 그리고 이 둘의 결합

사투르누스
그리스의 크로노스와 동일한 로마 신이다.

티베르 강
이탈리아 중부에 위치한 티베르(지금의 테베레) 강 하구의 모습이다. 하구에서 배를 타고 로마 시(市)로 갈 수 있다. 가운데에 있는 섬은 로마인들이 죄인들과 병에 걸린 사람들을 가두어 두는 곳이었다고 한다. ⓒDoc Searls

에서 장차 세계를 호령할 종족이 태어날 것이라고 알려 주었답니다.

여러분도 기억하고 있겠지만 예전에 반은 인간이고 반은 새인 하르피아 무리와 다투었을 때 그중 하나가 트로이인들에게 큰 고난이 닥칠 거라고 저주했어요. 특히 방랑이 끝나기 전에 트로이인들은 너무 굶주려 식탁까지 먹어 치울 지경에 처한다고 예언했지요. 아니나 다를까 예언은 현실이 되었습니다. 트로이인들은 풀밭에 앉아 몇 안 남은 딱딱한 빵을 무릎 위에 올려놓은 뒤, 숲에서 구해 온 나무 열매를 빵 위에 올리고 식사를 했어요. 나무 열매를 후딱 다 먹어 치운 다음에 딱딱한 빵을 먹고 식사를 마쳤지요. 그때 아이네이아스의 아들 율루스가 이렇게 말했답니다.

"이야! 우리가 식탁까지 다 먹어 치웠어요."

이 말을 듣고 아이네이아스는 예언의 의미를 깨달았지요. 그래서 이렇게 외쳤습니다.

"만세! 여기가 바로 약속의 땅이로다! 이곳이 우리의 보금자리요, 우리의 나라다."

곧 아이네이아스는 그곳의 주민들이 누군지 왕이 누군지를 알아보았어요. 이어서 일행 중 백 명을 뽑아 라티누스의 마을로 보냈지요. 선물도 함께 보내면서 서로 사이좋게 지내자고 요청했답니다. 라티누스는 손님들을 따뜻하게 맞이했어요. 외지에서 온 사람들의 이야기를 듣는 순간, 곧바로 라티누스는 신탁에서 예언한 사윗감이 바로 이 트로이 영웅이라고 결론 내렸지요. 그래서 기꺼이 동맹 관계를 허락하고 자기 마구간에서 말들을 꺼

내 손님들을 태워 보냈습니다. 선물도 잔뜩 실어 주면서 앞으로 사이좋게 지내자는 뜻도 함께 전했어요.

트로이인들에게 순조로운 방향으로 일이 진행되자 헤라의 묵은 원한이 되살아났지요. 그래서 저승 세계에서 알렉토를 불러와 분란을 일으키라고 시켰답니다. 이 복수의 여신은 먼저 왕비 아마타를 구워삶아서 어떻게든 새로운 동맹 관계를 반대하도록 부추겼어요. 그런 다음에 서둘러 투르누스의 성으로 갔지요. 늙은 여사제의 모습으로 변신한 알렉토는 투르누스에게 외지인들이 도착해 신붓감을 납치하려 한다고 알렸습니다.

이어서 알렉토는 트로이인들의 야영지로 발걸음을 옮겼어요. 거기에 갔더니 어린 율루스가 동무들과 함께 사냥을 하고 있었지요. 알렉토가 사냥개의 후각을 예민하게 만든 바람에 덤불 속에서 수사슴 한 마리를 찾아냈답니다. 그런데 이 수사슴은 실비아가 무척 아껴 기르던 녀석이었어요. 실비아는 라티누스 왕의 가축 관리인 튜루스의 딸이었지요. 한편 율루스가 던진 창에 맞아 수사슴은 상처를 입고 말았습니다. 다친 수사슴은 간신히 집으로 돌아가 여주인의 발밑에서 숨을 거두었어요. 튜루스가 통곡과 눈물을 쏟아 내자 오라버니들과 양치기들이 들고 일어났지요. 이들은 닥치는 대로 무기를 집어 들고선 사냥꾼들에게 달려가 공격을 가했답니다. 하지만 친구들이 달려와 말린 덕분에 싸움을 그만두고 되돌아왔어요. 그래도 이때 양치기 두 명이 목숨을 잃고 말았지요.

이리하여 전운이 감돌게 되었습니다. 왕비 아마타, 투르누스 그리고 온 백성이 한 목소리로 이방인들을 쫓아내자고 늙은 왕

「실비아의 수사슴을 쏘는 율루스」
프랑스 화가 클로드 로랭의 작품이다. 어둑한 풍경, 바람에 휘어진 나무들에서 불안함이 느껴진다. 율루스의 수사슴 사냥이 곧 전쟁의 불씨가 될 것이다.
애슈몰린 박물관 소장

라티누스에게 간청했어요. 라티누스는 될 수 있는 한 반대의 뜻을 굽히지 않았지요. 하지만 더 이상 반대하는 것도 어려워지자 가타부타 말도 없이 궁궐 안에 틀어박혔답니다.

부서져 버린 야누스의 문

그 나라에는 전쟁을 시작할 때 행하는 관습이 있었어요. 바로 왕이 예복을 입은 채로 야누스 신전의 문을 성대하게 열어젖히는 것이었지요. 문은 평화 시에는 굳게 닫혀 있었습니다. 바야흐로 백성들은 늙은 왕에게 성대한 의식을 행하라고 촉구했지만 왕은 계속 버티고 있었어요. 이런 와중에 헤라가 몸소 하늘에서 내려왔지요. 내려와서는 엄청난 힘으로 문을 부수어 활짝 열어 버렸답니다. 곧바로 온 나라가 들끓었어요. 사방에서 백성들이 뛰쳐나와 전쟁이 시작되었다고 외쳤지요.

야누스 신전
야누스는 만물과 계절의 시작을 주관하고 문을 수호하는 로마 고유의 신이다. 로마인들은 야누스의 얼굴이 두 개라고 생각했다. 문에 앞뒤가 없다고 여겼기 때문이다.
©MarcJP46

드디어 투르누스가 총지휘관으로 추대되었습니다. 또한 동맹군으로 참가한 이들도 있었는데, 동맹군의 대장은 메젠티우스가 맡았어요. 메젠티우스는 용감하고 유능한 장수였지만 성격이 끔찍하리만치 잔인했지요. 때문에 한때 이웃 도시의 우두머리였지만 백성들한테 쫓겨난 신세였답니다.

메젠티우스의 아들 라우수스도 전쟁에 참여했어요. 라우수스는 젊지만 성품이 후덕하여 훌륭한 우두머리가 될 만한 인물이었지요.

용맹한 여전사 카밀라와 적이 되다

카밀라는 아르테미스 여신의 총애를 받던 사냥꾼이자 무사였습니다. 아마존족의 풍습에 따라 여군이 포함된 기마 부대를 이끌고 와서 투르누스의 군대에 가담했어요. 이 아가씨는 실 꾸러미나 베틀엔 손도 대 본 적이 없었지요. 대신 힘겨운 전쟁터를 누비고 다니거나 바람보다 빨리 달리는 법을 배웠답니다. 워낙 걸음이 빨라서 밀밭 위를 달려도 곡식을 망가뜨리지 않았고 물 위를 달려도 발이 빠지지 않았어요.

카밀라의 삶은 시작부터가 남달랐지요. 아버지 메타보스는 내란이 생겨 성에서 도망칠 때 갓난아기인 카밀라도 데리고 나왔습니다. 적들의 맹추격을 피해 숲 속으로 달아나다가 아마세누스 강에 맞닥뜨렸어요. 전날 내린 비 때문에 강물이 불어서 도저히 건너갈 수가 없었지요. 한동안 생각에 잠겨 있던 메타보스는 드디어 결심했답니다. 나무껍질로 아기를 창에 묶은 다음 한 손으로는 창을 치켜들고 한 손은 위로 뻗어 아르테미스 여신에게 말했어요.

"숲의 여신이시여! 이 아기를 당신께 바치나이다!"

그러고는 온 힘을 다해 창을 건너편 강둑으로 던졌지요. 거센 물살이 흐르는 강 너머로 창은 날아갔습니다. 바야흐로 추격자들이 턱밑까지 다가오고 있었어요. 메타보스는 강에 뛰어들어

「쫓기는 메타보스」
프랑스 화가 장 밥티스트 페
이타빈의 작품이다. 카밀라
는 프리베르눔의 왕인 아버
지 메타보스와 함께 쫓겨나
숲에 숨어 살았다. 카밀라는
아버지를 도와준 아르테미
스 여신을 따랐다.

헤엄쳐 간신히 맞은편 강둑에 닿았지요. 창을 찾았더니 한쪽 끝
에 아기가 무사히 매달려 있었답니다.

　이후 메타보스는 양치기들 무리에 섞여 살면서 딸을 길렀어요.
딸에게는 숲 속 생활에 필요한 기술들을 가르쳤지요. 아직 어린
나이인데도 활쏘기와 창던지기를 배웠습니다. 새총도 잘 쏘았는
데, 쏘았다하면 두루미나 야생 백조를 맞혀 떨어뜨렸어요. 옷도
호랑이 모피로 만든 옷이었지요. 여러 집안에서 며느리로 삼겠
다고 했지만 사냥에 정신이 팔려 결혼은 안중에도 없었답니다.

올리브 가지를 들고 에반드로스 왕을 찾아가다

이런 무시무시한 동맹군들이 아이네이아스와의 일전을 준비하고 있었어요. 그 무렵 어느 날 밤 아이네이아스는 강둑 아래에 누워 자고 있었지요. 강의 신 티베리누스가 버드나무 위로 머리를 내밀더니 이렇게 말했습니다.

"오 여신의 아들이여! 로마 제국의 시조가 될 운명을 지닌 이여! 이곳이 바로 약속의 땅이며 그대의 보금자리다. 그대가 묵묵히 인내한다면 신들의 적대감도 그칠 것이로다. 여기서 멀지 않은 곳에 그대 편이 될 사람들이 있다네. 배를 준비해 노를 저어 강을 거슬러 올라가라. 내가 아르카디아인들의 수장인 에반드로스한테로 데려다주겠다. 에반드로스는 투르누스와 루툴리인들과 오랫동안 다투어 왔으니 기꺼이 그대의 동맹군이 될 것이다. 어서 일어나라! 헤라에게 기도를 올려 여신의 분노를 누그러뜨

「아이네이아스와 티베리누스」
이탈리아 화가 바르톨로메오 피넬리의 작품이다. 티베르 강의 신 티베리누스가 아이네이아스에게 동맹 맺기를 권하며 용기를 북돋아 주고 있다.

려라. 나중에 승리를 거머쥐거든 나를 생각해 다오."

아이네이아스는 잠에서 깨어났어요. 꿈에서 들은 말인 듯도 하고 실제로 들은 말인 듯도 하여 아리송했지만 지시를 그대로 따랐지요. 먼저 헤라에게 희생 제물을 바친 다음, 강의 신과 이 신의 부하인 모든 샘에게도 도움을 주십사 빌었답니다. 기도를 마친 후, 배에 무장한 무사들을 싣고서 티베르 강을 거슬러 올라갔지요. 강의 신이 수면을 잔잔하게 만든 덕분에 물살이 아주 약했지요. 게다가 힘차게 노를 저으니 배는 빠르게 강을 거슬러 올라갔습니다.

정오가 되자 강가 여기저기에 흩어진 집들이 보였어요. 이제 막 지어진 마을은 나중에 영광이 하늘까지 미쳤던 로마가 될 곳이었지요. 마침 그날, 늙은 왕 에반드로스는 헤라클레스를 비롯한 모든 신들에게 매년 바치는 제사를 거행하고 있었답니다. 아들 팔라스를 포함하여 작은 부족의 모든 족장들이 옆에 서 있었어요. 큰 배가 숲 가까이로 미끄러져 다가오자 다들 깜짝 놀라 식탁에서 일어났지요. 하지만 팔라스는 제사를 중단하지 말라고 엄포를 놓은 뒤, 무기를 들고 강둑으로 걸어갔습니다. 강둑에 이르자 큰소리로 외쳐 누구인지 왜 여기 왔는지 물었어요. 아이네이아스는 올리브나무 가지를 흔들며 대답했지요. 웬 올리브나무 가지냐고요? 올리브나무의 가지는 평화의 상징이기 때문이랍니다.

"우리는 트로이인이요, 그대와 같은 편이고 루툴리인과는 적이오. 우리는 에반드로스 왕을 찾아왔소. 그리고 우리 병력과 그대들의 병력을 합치기를 원하오."

팔라스는 이 위대한 민족의 이름을 듣고 깜짝 놀라며 뭍에 오

르기를 권했어요. 아이네이아스가
뭍에 오르자 팔라스는 다가가 악수
를 청했지요. 둘은 오랫동안 우정
의 손을 놓지 않았습니다. 둘이 숲
을 지나 왕과 신하들 앞으로 가자
모두들 반갑게 맞이했어요. 귀한
손님을 위한 자리가 마련되고 잔치
가 벌어졌지요.

에트루리아-트로이 동맹이 성사되다

제사가 끝나자 모두 도시로 돌아가고 있었답니다. 늙은 왕은 허
리가 굽어 아들과 아이네이아스한테 번갈아 가며 부축을 받았어
요. 그래도 이야기꽃을 활짝 피우며 걸었기에 먼 길이 짧게만 느
껴졌지요. 아이네이아스는 아름다운 주변 풍경이 무척 마음에
들었습니다. 또한 에반드로스가 들려주는 그곳의 옛 영웅들 이
야기도 귀에 쏙쏙 들어왔어요. 늙은 왕은 이렇게 말했지요.

"이 드넓은 숲은 한때는 파우누스와 님프들이 살던 곳이었다
오. 그리고 숲에서 태어나 법도 문화도 없는 야만족들도 이곳에
서 살았다오. 야만족들은 소에 멍에를 맬 줄도 추수를 할 줄도 몰
랐고, 장래를 위해 현재의 풍부한 양식을 저장해 둘 줄도 몰랐다
네. 대신에 짐승들처럼 이파리를 뜯어먹고 사냥한 먹잇감을 게
걸스레 먹어 치웠다오. 그러던 어느 날 사투르누스가 올림포스
산에서 아들에게 쫓겨나 이곳으로 내려왔다네. 사투르누스는 그
사나운 야만인들을 모아서 사회를 조직하고 법률을 내려 주었

「타르페이아의 벼랑」

영국 화가 프랜시스 타운의
작품이다. 타르페이아의 벼
랑은 테베레 강 유역에 있는
팔라티노 언덕 남서쪽에 있
다. 금팔찌를 얻으려 나라를
배신한 타르페이아의 이야
기가 전한다. 적군은 오히려
타르페이아를 이 벼랑에서
던져 죽였다.
영국 박물관 소장

다오. 그리하여 평화롭고 풍요한 시대가 도래했는데, 후세 사람
들은 사투르누스가 다스리던 때를 황금시대라고 한다오. 하지
만 이후로는 전혀 다른 시대가 펼쳐졌다네. 황금에 굶주리고 피
에 굶주리는 시대가 만연하였지. 오랫동안 폭군들에게 시달림을
받던 이 땅에 드디어 내가 오게 된 것이 그나마 다행이라오. 나도
고국 아르카디아를 떠나 떠돌다가 거부할 수 없는 운명의 힘에
이끌려 여기로 왔다오.”

이렇게 말한 다음 왕은 타르페이아의 벼랑과 카피톨리움 언덕
을 보여 주었답니다. 타르페이아의 벼랑은 로마 시대에 그 위에
서 범죄자 등을 떨어뜨려 죽인 곳으로 유명해요. 그리고 카피톨
리움 언덕은 당시에는 덤불이 무성했지만 나중에 제우스의 신전

이 세워질 장소였지요. 이어서 왕은 허물어진 성벽들을 가리키면서 말했습니다.

"여기가 야누스 신이 세운 **야니쿨룸**이고, 저기가 사투르누스의 마을인 사트루니아라오."

이런 말을 나누며 걷다 보니 어느새 검소한 에반드로스의 저택에 이르렀어요. 부근에는 가축들이 들판을 거닐고 있었는데, 이 들판이 오늘날 자랑스러운 로마 공회당이 있는 자리이지요. 저택 안으로 들어가니 아이네이아스를 위한 소파가 마련되어 있었답니다. 속에는 나뭇잎이 가득 채워져 있고 겉은 리비아의 곰 가죽으로 싸여 있었어요.

이튿날 새벽녘에 늙은 에반드로스는 검소한 저택의 처마 밑에서 지저귀는 새소리에 잠을 깼지요. 헐렁한 웃옷을 걸친 다음, 어깨에는 표범 가죽을 두르고, 발에는 샌들을 신고, 허리에는 훌륭한 장검을 차고 손님을 맞으러 갔습니다. 두 마리 맹견이 뒤를 따랐는데, 에반드로스의 시종이자 호위병은 달랑 그 둘뿐이었어

「야니쿨룸」
영국 화가 리처드 윌슨의 작품이다. 야누스의 아들이자 샘의 신인 폰스의 신전이 야니쿨룸 언덕에 있다. 로마법의 기초를 닦은 누마 왕의 무덤도 이곳에 있다. 언덕 너머로 산 피에트로(성 베드로) 대성당이 보인다.
뉴 사우스 웨일스 주립 미술관 소장

요. 아이네이아스는 충실한 부하 아카테스와 함께 있었는데, 잠시 후 팔라스도 찾아왔지요. 늙은 왕은 이렇게 말했답니다.

"훌륭한 트로이인이여, 내가 그대의 위업에 이바지할 것은 미미할 뿐이라오. 우리의 나라는 미약하기 그지없소. 한쪽은 강으로 막혀 있고 다른 쪽은 루툴리인의 나라가 가로막고 있으니 말이오. 하지만 그대가 풍요롭고 강한 나라와 동맹을 맺도록 나서주리다. 신의 뜻인지, 그대는 정말 좋은 때에 여기로 왔다오. 이강 건너에는 에트루리아인의 나라가 있는데, 메젠티우스가 그 나라의 왕이었다오. 아주 잔학무도해서 복수심을 만족시키기 위해 듣도 보도 못한 고문 방법을 개발한 자이기도 하오. 죽은 사람과 산 사람의 손과 손, 얼굴과 얼굴을 한데 묶고는 가련한 희생자가 끔찍한 포옹 속에서 죽게 만든 그런 자요. 마침내 백성들이 그자의 일가를 추방했다오. 궁전도 불태웠고 친구들도 죽였소. 메젠티우스는 투르누스의 나라로 도망쳤는데, 투르누스가 지금도 무력으로 보호해 주고 있다오.

「메젠티우스의 고문」
프랑스 화가 기욤 프레데리크 코챠트의 작품이다. 산 사람이 죽은 사람과 한데 묶인 채 버려져 있다. 창백한 시체와 공포에 질린 사람의 뚜렷한 대비가 오싹하다.

에트루리아인들은 마땅한 처벌을 내리도록 메젠티우스를 내놓으라고 요구해 왔는데, 근래에는 무력을 써서라도 그렇게 하려고 시도했다네. 그런데 사제들이 말리고 나서며 이렇게 말했다오. 신들의 뜻에 따라 이곳 토박이들은 누구도 승리를 이루지 못할 테며, 예정된 지도자는 반드시 바다 건너에서 온 사람이어야 한다고 말이오. 그래서 나에게 왕관을 바쳤던 것이라오. 하지만 나는 그런 큰일을 맡기엔 너무 늙었고, 내 아들은 이곳에서 태어났으니 자격이 없다오. 그대야말로 출신으로 보나 연배로 보나 무공으로 보나 신들의 뜻에 합당하오. 그 사람들 앞에 나타나기만 하면 즉시 지도자로 환영을 받을 거라오. 그대에게 내 아들 팔라스를 붙여 줄 테니 같이 가시오. 나의 유일한 희망이자 위안인 이 아이가 그대의 무공과 전술을 본받게 하고 싶소.”

곧이어 말을 준비하도록 지시를 내렸습니다. 아이네이아스는 한 무리의 선발된 부하들과 함께 말에 올라 에트루리아인의 도시로 길을 떠났어요. 팔라스도 동행했지요. 다른 부하들은 함대로 돌려보냈답니다. 시인 베르길리우스는 이 장면을 묘사하면서 유명한 구절을 남겼어요. 말들이 질주하는 소리를 표현한 다음 구절이지요.

“준마의 말굽들이 네 발의 두드림으로 대지를 강타하였네.”

얼마 후 아이네이아스 일행은 무사히 에트루리아인의 진영에 도착해 타르콘 왕과 그 백성들한테서 따뜻한 대접을 받았답니다.

니소스와 에우리알로스의 전우애

한편 투르누스는 병사들을 끌어모아 전쟁에 필요한 만반의 채비를 마쳤어요. 헤라는 이리스를 보내 아이네이아스가 없는 틈을 타 트로이 진영을 급습하라고 귀띔해 주었지요. 그리하여 기습이 감행되었지만 트로이군의 진영은 방비가 철저히 갖춰져 있었습니다. 아이네이아스한테서 자기가 없는 틈에 절대 밖에 나가서 싸우지 말라는 엄명을 받은 상태였어요. 그래서 참호에 꽁꽁 틀어박혀 있을 뿐, 투르누스군이 아무리 끌어내려고 해도 밖으로 나오지 않았지요. 밤이 오자 투르누스군은 먹고 마시며 즐겁게 논 후, 들판에 쓰러져 깊은 잠에 빠져 들었답니다. 자신들이 우세하다는 자만에 빠져 방심한 거예요.

「헤라의 명을 받고 투르누스를 찾아가는 이리스」
프랑스 화가 클라우디오 보몽의 작품이다. 헤라는 끊임없이 아이네이아스와 트로이 유민들의 정착을 방해한다. 파리스에게 황금 사과를 받지 못한 분노가 아직 사그라지지 않았기 때문이다.
루브르 박물관 소장

트로이군 진영은 전혀 달랐지요. 삼엄하게 적의 동태를 감시를 하면서 아이네이아스가 돌아오기만을 기다리고 있었습니다. 니소스가 막사 입구에서 망을 보고 있었고, 옆에는 성품이나 실력이 매우 뛰어난 젊은 장수 에우리알로스가 서 있었어요. 이 둘은 깊은 우정으로 맺어진 전우였지요. 니소스가 에우리알로스에게 말했답니다.

"적들이 자만심에 빠져 방심하고 있는 모습이 너도 보이지? 타는 횃불도 얼마 없어 어둡기만 하고, 죄다 술독 아니면 잠에 빠져 있어. 지금 우리 장수들은 아이네이아스 장군께 소식을 보내 지시를 받고 싶은 마음이 굴뚝같아. 나는 적진을 뚫고 아이네이아스 장군을 찾아가기로 결심이 섰어. 만약 성공한다면 명예로운 일이라는 칭찬만으로 나는 만족할 거야. 그 이상의 가치가 있는 일이라면 그 공은 너한테 돌릴게."

에우리알로스는 자신도 모험의 기대감에 잔뜩 사로잡혀 이렇게 말했어요.

"그렇다면 지금 나를 빼놓고 혼자 가겠다는 말이야? 널 그 위험한 곳에 혼자 보내고 난 지켜보고만 있으라고? 용감하신 내 아버지는 날 그리 키우지 않으셨어. 그리고 아이네이아스의 군대에 낄 때 그런 생각은 꿈에도 해 본 적이 없어. 명예로운 일을 위해서라면 목숨은 기꺼이 바칠 각오를 단단히 하고 왔단 말이야."

이 말에 니소스가 대답했지요.

"그걸 내가 왜 몰라? 다만 지금 내가 하려는 일은 앞길에 어떤 일이 생길지 몰라. 그러니 너만이라도 무사하길 바라는 마음이야. 넌 나보다 나이가 적으니 앞으로 살아갈 날이 창창하잖아. 나는 네 어머니께 슬픔을 드리고 싶지 않아. 어머닌 널 따라 이 전쟁터에 와 머물고 계시잖아. 다른 어머니들은 아케스테스 곁에서 평화롭게 지내고 있는데 말이지."

에우리알로스는 이렇게 대꾸했습니다.

"더 이상 듣기 싫어. 날 아무리 단념시키려 한들 소용없다고. 널 따라가기로 이미 마음을 굳혔어. 더 이상 꾸물거리지 말자고."

둘은 경비병을 불러 감시를 맡긴 다음 장군의 막사로 찾아갔어요. 막사 안에는 장수들이 모여 회의를 하고 있었지요. 지금 상황을 아이네이아스에게 보낼 방법을 궁리하고 있었답니다. 두 전우가 자기들을 보내 달라고 하자 장수들은 기쁘게 수락했어요. 칭찬을 잔뜩 들려준 다음, 만약 성공하면 아주 후한 상을 내리겠다고 약속했지요. 율루스는 특별히 에우리알로스에게 말을 건네 영원한 우정을 다짐했습니다. 에우리알로스는 이렇게 대답했어요.

"부탁할 게 하나 있어. 늙은 어머니께서 이 진영에 와 계시네. 나를 위해 트로이 땅을 떠난 분이시지. 다른 어머니들처럼 아케스테스 곁에 편히 계시지 않고 나를 따라 전쟁터까지 오셨어. 그런데 어머니께 작별 인사도 드리지 않고 떠날 참이야. 어머니의 눈물을 견딜 수 없고, 날 붙잡으면 뿌리칠 수도 없어서지. 그러니 부탁할게. 내가 가면 슬퍼하실 어머니를 위로해 주게. 이 약속만 해 주면 어떤

「에우리알로스」
'메달리온'이라 불리는 원형 양각 조각품이다. 니소스의 절친 에우리알로스의 얼굴이 새겨져 있다. 에우리알로스와 니소스가 연인 사이였다는 이야기도 있다.
©James Steakley

위험이 도사리고 있는 곳에라도 나는 뛰어들 수 있을 거야."

율루스와 장수들은 눈물을 흘리며 부탁을 들어주겠다고 약속했지요. 율루스는 이렇게 말했답니다.

"그대의 어머니가 곧 내 어머니지. 만약 그대가 돌아오지 못하면 어머니는 내가 잘 돌봐 드리겠네."

니소스와 에우리알로스는 막사를 떠나 곧장 적진 한가운데로 뛰어들었어요. 파수꾼도 보초도 없고 사방에는 잠에 빠진 병사들이 풀밭 속이나 마차들 사이에 널브러져 있었지요. 옛날의 전쟁 규칙에서는 잠자는 적은 죽여도 괜찮았습니다. 둘은 적진을 지나가면서 소란을 일으키지 않는 한에서 숱한 적을 죽였어요. 한 막사에서 에우리알로스는 황금과 깃털로 만든 빛나는 투구를 전리품으로 챙겼지요. 둘이 들키지 않고 적진을 빠져나왔을 때, 갑자기 적의 기마대가 바로 앞에 나타났답니다. 기마대는 볼스켄스의 지휘 아래 투르누스군 진영에 다가오던 참이었지요. 에우리알로스의 번쩍이는 투구를 보고서 볼스켄스는 둘에게 누군지 어디서 왔는지 물었어요. 둘은 아무 대답

「니소스」
에우리알로스의 메달리온과 한 쌍을 이루는 조각품이다. 니소스의 얼굴이 새겨져 있다.
ⓒJames Steakley

없이 숲 속으로 뛰어들었습니다. 도망치는 둘을 잡으려고 기마병들이 사방으로 흩어졌어요. 니소스는 추격을 따돌리고 위기를 모면했지만, 에우리알로스가 보이지 않자 방향을 바꿔 전우를 찾아 나섰답니다. 다시 숲 속에 들어서니 곧 어디선가 웅성거리는 소리가 들렸어요. 수풀 속에 숨어서 보

니까, 한 무리의 적들이 에우리알로스를 둘러싸고 거칠게 질문을 던지고 있었지요. 니소스는 생각했습니다.

'어떻게 해야 하나? 어떻게 구해 낼 수 있을까? 둘이 함께 죽는 편이 더 낫지 않을까?'

답답한 마음에 환히 빛나는 달을 향해 말했어요.

"여신이여! 제게 은총을 베풀어 주소서!"

그러고는 곧장 기마대의 우두머리 중 한 명에게 창을 던졌지요. 그자는 등에 창이 꽂혀 쓰러져 죽었답니다. 다들 놀라서 우왕좌왕하는 와중에 두 번째 무기가 날아와 또 한 명이 쓰러져 죽었어요. 대장 볼스켄스는 무기가 어디서 날아오는지 알 수 없자 칼을 빼들고 에우리알로스에게 달려들었지요.

"우리 편 둘이 죽었으니 네 목숨을 내놓아야겠다."

이 말과 함께 에우리알로스의 가슴을 칼로 찌르려고 했습니다. 바로 그때 벗에게 닥친 위험을 덤불 너머에서 보게 된 니소스는 이렇게 외치며 달려 나왔어요.

"여기 내가 있다. 내가 그랬다. 루툴리인들아, 너희들이 상대할 자는 바로 나다. 저 사람은 그냥 나를 따라온 친구일 뿐이다."

채 말이 끝나기도 전에 볼스켄스의 칼은 에우리알로스의 널찍한 가슴을 꿰뚫었지요. 에우리알로스는 고개가 푹 꺾이더니 숨을 거두었답니다. 마치 꽃송이가 툭 떨어지는 것 같았어요. 니소스는 곧장 볼스켄스에게 달려들어 칼로 찔렀지요. 하지만 다른 적들의 칼을 수없이 맞고서 니소스도 그 자리에서 죽었습니다.

「니소스와 에우리알로스」

프랑스 조각가 장 바티스트 로망의 작품이다. 니소스가 에우리알로스의 시신을 안고 적군에게 대항하는 모습이다. 하지만 결국 니소스도
적들의 칼에 쓰러진다. 신화에서 니소스와 에우리알로스의 우정과 테세우스와 페이리토스의 우정이 유명하다. ©Jastrow
루브르 박물관 소장

폭군 메젠티우스를 쓰러뜨리다

때마침 아이네이아스가 에트루리아 동맹군을 데리고 와서 포위된 아군을 구해 주었어요. 이제 두 군대는 병력이 비등비등해졌기에 본격적인 전쟁은 이때부터였지요. 자세한 이야기를 다 할겨를이 없는지라 앞서 소개한 주요 인물들의 운명만 간단히 알려 드리렵니다. 폭군 메젠티우스는 예전에 자기를 내쫓았던 백성들이 싸우러 온 것을 보고서 분노가 폭발했어요. 자기에게 감히 맞서는 자들은 모조리 죽였기에 메젠티우스가 나타나는 곳이면 다들 도망치기 바빴지요. 마침내 아이네이아스와 메젠티우스가 맞서게 되었습니다. 양쪽 군대 모두 나서지 않고 둘의 싸움을 지켜보았어요. 먼저 메젠티우스가 창을 던졌지요. 창은 아이네이아스의 방패를 맞고 튕겨 나가 안토르한테 꽂혔답니다. 안토르는 그리스 태생이었는데, 고향 아르고스를 떠나 에반드로스를 따라 이곳에 왔던 거예요. 이 장면에서 시인은 안타까운 마음을 담뿍 담아 안토르의 죽음을 애도했지요.

"불행하게도 다른 이에게 던진 창에 맞아 쓰러졌네. 죽어 가는 동안 하늘을 올려다보고 그리운 아르고스를 떠올렸네."

곧바로 아이네이아스가 창을 던졌습니다. 메젠티우스의 방패를 뚫고 허벅지에 상처를 입혔어요. 그러자 메젠티우스의 아들 라우수스가 뛰쳐나와 아이네이아스 앞을 가로막았지요. 그 사이에 다른 부하들이 달려 나가 메젠티우스를 둘러쌌답니다. 아이네이아스는 라우수스의 머리 위로 칼을 겨누었지만 내려치지는 않았어요. 하지만 발끈한 청년이 덤벼들자 최후의 일격을 가하지 않을 수 없었지요. 라우수스가 쓰러지자 아이네이아스는 가여운 마음에 허리를 숙이고 말했습니다.

"불쌍한 젊은이구나. 그래도 보람된 일을 했으니 무엇을 해 주면 좋을까? 명예가 더럽혀지지 않게 네 갑옷을 벗기지 않겠다. 그리고 네 시신도 전우들에게 돌려주어 제대로 된 장례를 치르게 해 줄 테니 걱정 말거라."

말을 마치자 아이네이아스는 겁먹은 부하들을 불러 시신을 가져가게 했어요.

한편 메젠티우스는 강가로 옮겨져 상처를 씻고 있었지요. 하지만 아들이 죽었다는 소식을 듣자 분노와 슬픔에 몸이 아픈 것도 잊었답니다. 곧장 말에 올라타서는 싸움터로 달려와 아이네이아스를 찾았어요. 아들의 원수를 찾자 빙글빙글 주위를 돌면서 여러 번 창을 던졌지요. 그때마다 아이네이아스는 방패로 요리조리 창을 막았습니다. 마침내 메젠티우스가 아이네이아스 주위를 세 바퀴 돌았을 때, 아이네이아스는 말의 머리를 향해 곧장 창을 날렸어요. 창이 말의 관자놀이를 꿰뚫자 메젠티우스는 땅바닥에 떨어졌지요. 양쪽 군대 모두에서 고함 소리가 터져 나와 하늘을 울렸답니다. 메젠티우스는 딱 한 가지만 부탁했어요. 자신을 내쫓은 백성들한테 시신을 넘겨주지 말고 자기 아들과 나란히 묻어 달라고 했지요. 그러고선 각오를 단단히 한 다음 최후의 일격을 받았습니다. 몸에서 피가 왈칵 쏟아지면서 생명도 함께 빠져나갔어요.

「라우수스, 메젠티우스와 싸우는 아이네이아스」

보헤미아 화가 벤체슬라우스 홀라의 작품이다. 메젠티우스의 아들 라우수스는 잔혹한 아버지와 다르게 고상하고 순수한 성품이었다고 한다.

토론토 대학교 토마스 피셔 희귀본 도서관 소장

아이네이아스와 투르누스의 최후 결전

전쟁터의 한편에서 그런 일들이 벌어지고 있을 때, 다른 곳에서는 투르누스가 젊은 팔라스와 맞닥뜨렸지요. 이처럼 서로 격차가 큰 상대끼리 싸웠으니 결과는 뻔했답니다. 팔라스가 용감하게 대들었지만 투르누스의 창을 맞고 쓰러졌어요. 투르누스는 젊은이가 맥없이 쓰러지는 모습을 보고 가여운 마음이 들었지요. 그래서 쓰러진 적의 갑옷을 벗기는 승자의 특권을 행사하지 않았습니다. 대신에 황금 징과 금장식이 달린 허리띠만 빼앗아 자기 몸에 둘렀어요. 시신은 팔라스의 병사들에게 넘겨주었지요.

이 전투가 끝난 후에는 여러 날 동안 휴전이 이루어졌답니다. 양측 모두 죽은 자들을 매장할 시간을 벌기 위해서였어요. 이 기간에 아이네이아스는 투르누스에게 도전장을 던졌지요. 대장끼리의 한 판 싸움으로 전쟁의 승부를 결정짓자는 과감한 제안이었습니다. 하지만 투르누스는 도전을 슬쩍 피했어요.

휴전이 끝나고 또 한 차례 전투가 벌어졌지요. 여기서 처녀 무사인 카밀라가 두드러진 활약을 펼쳤답니다. 카밀라의 용맹스러움은 다른 용맹한 장수들을 모두 능가했어요. 수많은 트로이인들과 에트루리아인들이 카밀라의 창에 찔리고 도끼에 맞아 쓰러졌지요. 그런데 아룬스라는 에트루리아인이 카밀라를 살피며 오랫동안 기회를 엿보고 있었습니다. 마침내 카밀라가 달아나는 적군의 훌륭한 갑옷이 탐나 정신없이 뒤쫓는 것을 아룬스가 놓치지 않았어요. 추격에 정신이 팔려 자신의 위험을 잊은 바로 그때, 아룬스의 창이 날아왔고 카밀라는 치명상을 입고 쓰러졌지

요. 카밀라는 시중드는 여전사 부하들의 품에 안겨 마지막 숨을 거두었답니다. 하지만 카밀라의 최후를 지켜본 아르테미스는 이 용맹한 여전사를 죽인 자를 가만두지 않았어요. 기쁨과 두려움 속에 도망치던 아룬스는 비밀스러운 화살을 맞고 쓰러져 비참하고 외롭게 죽어 갔지요. 화살은 아르테미스의 무리에 속한 한 님프가 쏜 것입니다.

드디어 아이네이아스와 투르누스 간에 최후의 결전이 벌어졌어요. 투르누스는 최대한 이 싸움을 피해 왔지만 끝내 아군의 전세가 불리해지고 부하 장수들이 불평을 해 대자 어쩔 수 없이 나섰지요. 승패는 묻고 자시고 할 것도 없었답니다. 아이네이아스는 이길 운명을 타고 났으니까요. 또한 위급할 때면 여신인 어머니가 도와주었지요. 게다가 어머니가 부탁해 헤파이스토스가 만든 뚫리지 않는 갑옷까지 입고 있었습니다. 반대로 투르누스는 신들에게 버림받은 몸이었어요. 헤라는 제우스한테서 더 이

「아이네이아스의 군대와 교전 중인 카밀라」
이탈리아 화가 자코모 델 포의 작품이다. 카밀라가 아마존족 여전사처럼 한쪽 가슴을 드러낸 채 용맹하게 싸우고 있다. 아르테미스가 시종 오피스에게 아룬스의 살해를 명했다고 신화에 전한다. 로스앤젤레스 카운티 미술관 소장

**「아이네이아스에게
무기를 선물하는
아프로디테」**

독일 화가 헤라르트 라이레
스의 작품이다. 아프로디테
가 아들에게 대장장이 신 헤
파이스토스가 만든 방패를
보여 주고 있다. 투르누스의
창이 아이네이아스의 방패
를 뚫을 수 없었던 것은 당연
했다.
마이어판덴베르허 박물관 소장

상 투르누스를 돕지 말라는 엄명을 받았기 때문이지요. 투르누

스는 창을 던졌지만 헛되이 아이네이아스의 방패만 맞추었답니

다. 이번에는 트로이의 영웅이 창을 던지자 투르누스의 갑옷을

꿰뚫고 허벅지에 꽂혔어요. 그러자 투르누스는 불굴의 기상을

내던지고 살려 달라고 애원했지요. 아이네이아스는 불쌍히 여

겨 살려 주려고 했습니다. 그런데 그만 팔라스의 허리띠가 눈에

띄었어요. 팔라스의 시신에서 빼앗아 투르누스가 차고 있던 것

이었지요. 순식간에 분노가 되살아나 아이네이아스는 외쳤답니

다.

"팔라스의 원혼이 이 칼로 너를 죽이노라."

그러고선 칼로 투르누스를 찔렀어요.

여기에서 서사시 『아이네이스』가 끝나지요. 그 후 아이네이아
스는 적을 무찔러 승리한 다음, 라비니아를 신부로 맞이했을 겁
니다. 전설에 따르면 아이네이아스는 아내의 이름을 따서 라비
니움이라는 도시를 세웠다고 해요. 그의 아들 율루스는 알바롱
가라는 도시를 세웠는데, 여기서 바로 로마의 시조인 로물루스와
레무스가 태어나지요.

포프의 유명한 시구에 카밀라가 나오는 대목이 있답니다. 시
인은 '소리는 의미의 메아리여야 한다.'라는 법칙을 설명하면서

「아이네이아스와
투르누스」
이탈리아 화가 조르다노의
작품이다. 투르누스는 이탈리
아 중부에 있었던 '아르데아'
라는 나라의 왕이다. 루툴리
족을 이끌었고 라틴족과 우
호적인 관계를 맺으려 했다.
피렌체 코르시니 갤러리 소장

「로물루스와 레무스」
플랑드르 화가 페테르 루벤스의 작품이다. 알바롱가를 통치했던 율루스는 30년 후 아이네이아스와 라비니아의 아들 실비우스에게 통치권을 넘겨준다. 이후 실비우스의 후손 실비아는 전쟁의 신 아레스의 사랑을 받아 로물루스와 레무스를 낳는다. 권력 다툼 때문에 티베르 강가에 버려진 아이들은 늑대의 젖을 먹으며 살아남는다.
카피톨리니 박물관 소장

이렇게 노래하고 있어요.

아이네이아스가 무거운 돌을 던지려고 할 때는

시구도 힘겹게 나오고 낱말도 천천히 떠오르네.

하지만 재빠른 카밀라가 들판을 달릴 때는 그렇지 않네.

곧게 자란 밀밭 위나 바다 위에서도 사뿐사뿐 달린다네.

베르길리우스는 로마 제국을
찬양했을까요?

『아이네이스』 후반부에서는 새로 도착한 트로이 사람들이 이탈리아 토착 세력과 전쟁하는 모습을 보여 준다. 일반적으로 『아이네이스』는 로마 제국의 성립과 패권을 찬양하는 작품으로 알려져 있다. 하지만 로마 성립 세력과 맞서는 이탈리아인들이 매우 동정적으로 그려져 있다. 카밀라나 투르누스 등이 모두 멋지고 당당한 모습을 보인다. 심지어 백성을 압제하다가 쫓겨난 에트루리아 왕 메젠티우스조차도 전사로서 최선을 다해 싸우다 장렬하게 쓰러진다. 이에 따라 지금까지는 '작가가 로마 제국을 찬양하되 거기 수반되는 희생을 잊지 않았다.'라는 해석이 주류를 이루었다. 요즘은 그보다 강한 해석이 늘어나고 있다. 작가인 베르길리우스가 로마를 찬양한 것 못지않게 로마의 성립과 세계 지배에 대해 의혹을 표시하고 있다는 것이다. 이 해석은 아이네이아스가 저승 여행에서 돌아오는 방법과 연결되어 있다. 불핀치는 아이네이아스가 "지름길로 돌아왔다."라고만 해 놓았다. 하지만 『아이네이스』 6권 끝부분에는 학자들 사이에 논란을 일으킨 구절이 들어 있다. 꿈이 통과하는 문이 둘 있어서 거짓된 꿈은 상아의 문으로 나오고 참된 꿈은 뿔의 문으로 나온다. 아이네이아스는 상아의 문을 통해 이승으로 돌아온다. 아이네이아스가 저승에서 보고 들은 로마의 영광이 모두 거짓된 꿈이라고까지 읽을 수 있는 구절이다. 작가가 로마 황제의 요구에 맞춰 주면서도 로마 제국에 은근하게 저항한 것은 아닐까?

로마 황제 앞에서
『아이네이스』를 읽는 베르길리우스

15 신화의 탄생 |
신화의 기원, 신들의 조각상, 위대한 시인들

그리스 로마 신화를 마칠 때가 되니 이런 신화가 어떻게 생겨났는지 궁금해집니다. 이에 대해 크게 네 가지 이론이 있다고 해요. 각각의 이론이 신화를 어떻게 설명하는지 엿들어 볼까요? 그리고 신화는 여러 예술 장르에도 큰 영향을 미쳤답니다. 고대부터 조각과 회화와 시에 이르기까지 신화를 주제로 다채로운 예술 작품들이 만들어졌어요. 그리스 로마 신화는 중세 유럽과 르네상스 시대를 거치면서 서양의 예술과 문화 전반에 큰 영향을 끼쳤습니다. 여기서는 고대에 제작된 조각상에 대해 알아보기로 해요. 신화의 내용은 그리스와 로마의 위대한 시인들이 시로 기록해 두었던 것이랍니다. 따라서 그중 가장 중요한 세 시인의 삶과 작품에 관해 알아보는 일은 분명 뜻깊은 일일 거예요.

- 아테나 여신은 구름을 불러들이는 제우스 대신 비탄이 가득한 전쟁터로 나아갈 준비를 했다. 겉옷을 걸치고 갑옷을 두르고 투구를 썼다. 한 손에는 묵직하고 단단한 창을 들고 타오르는 불꽃처럼 빛나는 마차로 향했다. (호메로스 『일리아스』)

- 땅을 일구지 않아도 곡식이 자라났고, 밭을 묵혀 두지 않아도 알찬 이삭들이 열려 황금빛 물결을 이루었다. 흰 젖과 넥타가 강이 되어 흘러갔고, 푸른 너도밤나무에서는 노란 꿀이 아래로 똑똑 떨어져 내렸다. (오비디우스 『변신 이야기』)

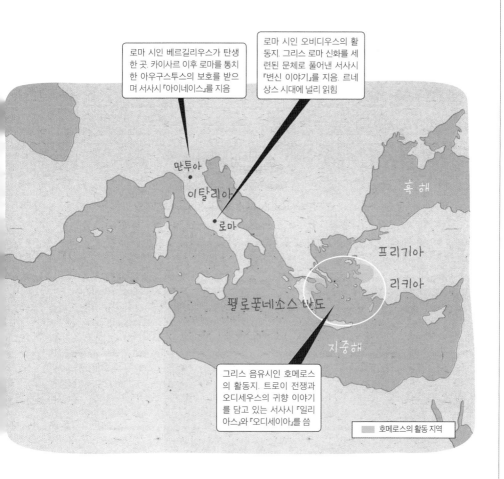

로마 시인 베르길리우스가 탄생한 곳. 카이사르 이후 로마를 통치한 아우구스투스의 보호를 받으며 서사시 『아이네이스』를 지음

로마 시인 오비디우스의 활동지. 그리스 로마 신화를 세련된 문체로 풀어낸 서사시 『변신 이야기』를 지음. 르네상스 시대에 널리 읽힘

만투아

이탈리아

로마

흑 해

프리기아

리키아

펠로폰네소스 반도

지중해

그리스 음유시인 호메로스의 활동지. 트로이 전쟁과 오디세우스의 귀향 이야기를 담고 있는 서사시 『일리아스』와 『오디세이아』를 씀

■ 호메로스의 활동 지역

신화의 기원에 관한 네 가지 이야기

이제 그리스 로마 신화를 마칠 때가 다가왔습니다. 그런데 여기서 이런 의문점이 떠오르네요. "이런 이야기들은 어디서 온 거지? 사실에 바탕을 둔 것일까? 아니면 순전히 상상에서 나온 지어낸 이야기일까?" 여러 철학자들이 이 주제에 대해 다양한 이론을 제시했답니다. 크게 다음과 같은 네 가지 이론들이 있어요.

신화, 성서의 다른 이름

성서설에 따르면 신화에 나오는 모든 전설은 성서 이야기에서 나왔다고 해요. 성서에서 일어났던 일들을 각색하긴 했지요. 따라서 데우칼리온은 노아, 헤라클레스는 삼손, 아리온은 요나의 다른 이름일 뿐이라고 보아요. 16세기에 활동했던 영국 작가 월터 롤리 경은 『세계사』라는 책에서 이렇게 말하고 있지요.

『피라와 데우칼리온』
이탈리아 화가 카스틸리오네의 작품이다. 제우스가 일으킨 홍수에 살아남아 인간을 만든 피라와 데우칼리온 이야기는 1권 2과에 있다. 노아도 야훼의 대홍수를 피해 방주에 있다가 재앙이 끝나자 뭍에 정착했다. 노아의 세 아들은 각지로 흩어져 각 민족의 조상이 되었다.
게멜데 갤러리 소장

창세기에 나오는 유발, 야발, 두발가인이 바로 헤르메스, 아폴론, 헤파이스토스이며, 이들이 각각 목축, 음악, 대장장이의 시조다. 황금 사과를 지키던 용은 이브를 유혹한 뱀이다. 티탄족이 천상의 신들에게 대적했다는 것은 바벨탑 이야기를 가리킨다.

물론 둘 사이에는 흥미롭게도 일치하는 점들이 많아요. 하지만 이런 식으로 그리스 로마 신화를 전부 설명하는 것은 조금 억지스럽답니다.

「바벨탑」
네덜란드 화가 피터르 브뤼헐의 작품이다. 노아의 후손들은 이름을 떨치고, 야훼의 심판을 피하기 위해 하늘에 닿을 만큼 높은 탑을 짓기 시작했다. 야훼는 탑을 세우는 사람들의 언어를 분리해 탑 공사를 중단시켰다.
빈 미술사 박물관 소장

전설이 된 사람들

역사설은 신화 속의 모든 인물이 실존한 인간이며, 이들에 관한 전설은 단지 후대에 덧붙여진 이야기라고 보는 주장이지요. 예를 들면 바람의 왕이자 신인 아이올로스는 사실은 티레니아 바다에 있는 어떤 섬의 지배자였습니다. 이 왕은 그곳 토착민들에게 배에 돛을 사용하는 법과 더불어 하늘을 바라보아 날씨와 바람의 변화를 읽어 내는 법을 가르쳐 주었어요. 그런 까닭에 바람의 신이 되었던 거지요.

그리고 용의 이빨을 땅에 심었더니 무사들이 튀어나왔다고 하는 카드모스도 사실은 페니키아에서 건너온 이주민이랍니다. 그래서 알파벳 문자에 대한 지식을 그리스로 가져와서 새로운 문화를 일으켰다는 뜻이에요. 그런데 무사가 튀어나왔다고 한 것은 고대의 시인들이 이런 일을 못마땅하게 여겼기 때문이지요. 인류 최초의 순진무구한 황금시대가 타락했다고 보았던 것입니다.

우화 속에 진실을 담다

우화설은 고대의 모든 신화는 우화이며 상징이라고 보아요. 그 속에 어떤 도덕적, 종교적 내지는 철학적 진실이 담겨 있는 우화라고 여기지요. 그런데 세월이 오래 지나면서 그만 글자 그대로 받아들여지게 되었답니다. 따라서 자기 아들을 잡아먹었다는 사투르누스는 그리스인들이 크로노스(시간)라고 부르는 신과 동일 인물이에요. 따라서 그 이야기는 시간의 흐름에서 생겨난 모든 것은 결국에는 소멸한다는 뜻이지요. 이오 이야기도 마찬가

지로 해석할 수 있습니다. 이오는 달이고 아르고스는 별이 빛나
는 밤하늘이에요. 말하자면 밤하늘이 자지 않고 밤새 달을 지킨
다는 뜻이지요. 이오의 방랑 이야기는 달이 늘 밤하늘에 떴다가
진다는 말이랍니다. 이에 영감을 받아서 밀턴은 다음 시를 남겼
어요.

「헤르메스, 아르고스와
이오」
네덜란드 화가 아브라함 블
루마르트의 작품이다. 헤라
의 질투를 피하기 위해 제우
스는 연인 이오를 암소로 변
신시킨다. 헤라는 아르고스
에게 변신한 이오를 지키게
하고 제우스는 헤르메스를
시켜 이오를 아르고스에게
서 구출한다. 1권 4과에 나오
는 이야기다.
위트레흐트 센트럴 박물관 소장

저 방황하는 달을 바라보니

한밤중 가장 높은 하늘을 지나네.

길 없는 드넓은 하늘에서

길을 잃은 나그네와 같아라.

「펜세로소」에서

자연을 다스리는 존재를 상상하다

자연 현상설에 따르면 공기나 불 그리고 물 등은 원래부터 종교적 숭배의 대상이었다고 하지요. 따라서 주요 신들은 자연의 힘을 의인화한 것입니다. 어떤 위대한 존재가 자연 현상을 주관한다는 생각이 들자 자연스레 사람들은 초자연적인 신들을 상상하게 되었던 거예요.

상상력이 풍부했던 그리스인들은 모든 자연 현상을 어떤 보이지 않는 존재와 연관시켰지요. 그래서 해와 바다에서부터 작은 샘이나 개울에 이르기까지 삼라만상을 어떤 특정한 신이 다스린다고 보았답니다. 워즈워스는 「소풍」이라는 시에서 그리스 신화의 이런 면을 아름답게 풀어내고 있어요.

저 아름다운 날에 양치기가 호젓이
여름 한낮 보드라운 풀밭에 누웠네.
악기를 불며 한가로이 쉬고 있자니
어느덧 슬슬 지겨움이 밀려왔다네.
그때, 고요한 자신의 숨소리 너머로
멀리서 아련히 어떤 가락이 들려왔네.
양치기의 서툰 솜씨론 어림도 없는
아주 아름다운 음악이었네, 그러자
양치기는 빛나는 해의 마차를 보고서
황금 피리를 쥔 미남의 태양신 아폴론이
황홀한 곡조로 숲을 채운다고 상상했다네.

힘센 사냥꾼도 문득 고개를 들어
초승달을 바라보자 감사한 마음이 솟았네.
그래서 고마운 빛을 보내 사냥에 동참해 준
달을 가리켜 어여쁜 방랑자라고 불렀네.
그때부터 빛나는 여신이 님프들을 데리고
풀밭을 건너 어두운 숲 속을 지나다니며
(바위나 동굴에서 반사되어 거듭 울려오는
메아리의 아름다운 가락도 뒤따랐다네.)
사냥의 폭풍에 휩쓸린 거라네.
마치 구름 낀 하늘에 강한 바람이 불자
달과 별이 잽싸게 나타나 환히 비치듯이.

나그네도 냇가나 샘에서 목을 축이고는
감사하는 마음에 나이아스를 떠올렸네.
저 멀리 언덕 위로 쏟아지는 햇살이
그림자를 끌며 미끄러지는 모습을 보자
약간의 공상이 더해져 오레이아스 무리가
신나게 사냥을 즐기는 모습으로 둔갑했다네.

바람이 불 때면 제피로스들이
날개를 펄럭여 날아간다고 여겼다네.
그들이 살랑살랑 사랑을 속삭이면
넘어가지 않을 어여쁜 상대는 없었나니.
늙고 시들어 비쩍 마른 나무들이

「셀레네」
프랑스 화가 쥘 루이 마샤르
의 작품이다. 달의 여신 셀레
네는 티탄 신족인 히페리온
과 테이아의 딸이다. 주로 이
마에 초승달을 얹고 있는 모
습으로 그려진다. 나중에 아
르테미스와 동일시되었다.

「님프와 사티로스」
프랑스 화가 샤를 에두아르 기욤의 작품이다. 사티로스는 주색을 밝히고 장난이 심한 반인반수다. 이들의 성격을 본떠 고대 그리스 시대에 사티로스극이 생겨났다. 사티로스극은 앞서 공연된 비극이나 영웅들을 우스꽝스럽게 표현했다.

이파리와 가지가 떨어진 기괴한 모습으로

수북한 덤불 속에서 삐죽 솟아나 있으면

낮은 골짜기나 가파른 산중턱에 서 있으면

또한 가끔씩 활기찬 사슴의 멋진 뿔이나

산양의 늘어진 수염이 그런 풍경과 섞이면

이들은 음흉하게 숨어 있는 사티로스라네.

장난기 넘치는 야생 숲의 신들이라네, 아니면

양치기에게 두려움을 주는 신 판이었다네.

앞서 든 이론들은 전부 어느 정도는 맞는 말이지요. 따라서 한 민족의 신화는 딱 한 가지에서 생겼다기보다는 여러 가지가 함께 모여 생겼다고 보는 편이 옳을 거랍니다. 인간이 이해할 수 없는 자연 현상을 설명하고 싶은 마음에 생겨난 신화들도 많을 거예요. 마찬가지로 지명이나 인명의 유래를 설명하고 싶은 마음에서 생겨난 신화도 적지 않겠지요.

눈으로 보는 신들의 위엄

여러 신들을 통해 전하려 했던 신화의 의미를 시각적으로 표현하기란 최고의 천재성이 요구되는 일이었답니다. 수많은 작품들 중에서도 가장 유명한 것은 네 가지예요. 첫 번째와 두 번째는 고대인들의 기록으로만 현재 전해지고 있지요. 나머지 두 작품은 지금까지 남아 있는 유명한 걸작입니다.

「올림포스의 제우스」
올림포스 신관들은 페이디아스의 제우스 상을 최상의 상태로 유지하기 위해 올리브 기름을 꾸준히 발라 주었다고 한다. 현재는 남아 있지 않다. ©Andrew Bossi

온 세계를 지배하는 최고신, 제우스

페이디아스가 만든 「올림포스의 제우스」는 고대 그리스 미술의 최고 걸작으로 여겨져요. 이 작품은 크기가 엄청나며, 금과 상아로 만든 이른바 '크리셀레판티노스' 조각이었지요. 몸을 표현한 부분은 나무나 돌에다 상아를 붙여 만들었답니다. 그리고 옷이나 다른 장식품은 금으로 만들었고요. 조각상의 크기는 약 12미터였고 받침대가 약 4미터 높이었지요. 제우스는 권좌에 앉아 있는 모습으로 표현되어 있었습니다. 이마에는 월계관을 썼고, 오른손에는 제왕의 상징인 홀(笏)을 쥐고 있으며 왼손에는 승리의 여신상을 쥐고 있었어요. 권좌는 삼나무로 만들어진 것인데, 금과 보석으로 장식되어 있었지요.

이 조각가가 작품에 담은 뜻은 그리스 민족 최고신의 위엄이었답니다. 지고의 엄숙함과 평정심을 지닌 정복자가 권좌에 앉아 온 세상을 호령하는 모습을 표현한 거예요. 페이디아스는 호메로스가 『일리아스』 제1권에서 묘사한 제우스의 모습에서 영감을 받았노라 밝혔지요. 포프는 그 구절을 이렇게 번역했습니다.

제우스는 말을 마치고 까만 눈썹을 찌푸리더니
향기로운 곱슬머리를 휘날리며 고개를 끄덕였네.
그것은 운명을 찍는 도장이자 신의 승낙이었네.
높은 하늘도 엄숙하게 그 두려운 신호를 받았고
올림포스 산도 통째로 그 밑바닥까지 떨었다오.

쿠퍼의 번역은 덜 아름답긴 하지만 원문에는 더 충실해요.

제우스는 말을 마치고, 검은 눈썹 아래
승낙의 끄덕임을 보였네. 이 지배자의
불사의 머리에서 향기로운 곱슬머리가
휘날리자, 저 거대한 산도 휘청거렸네.

이 두 번역본 외에 또 다른 유명한 번역본이 하나 있지요. 영국 시인 토머스 티켈의 이름으로 포프의 번역본과 비슷한 시기에 나온 것이랍니다. 많은 사람들은 이것이 영국 작가 조지프 애디슨의 작품이라 여기고 있어요. 또한 이 번역으로 인해 애디슨과 포프 사이에 논쟁이 벌어졌다고도 해요.

이렇게 말한 뒤, 제우스는 왕의 이마를 숙였네.

풍성하고 검은 곱슬머리가 위엄 있게 늘어졌네.

신의 준엄한 이마에 짙은 그늘을 드리우는

그 전능한 끄덕임에 올림포스 산도 떨었다네.

그리스의 수호자, 아테나 파르테노스

「파르테논의 아테나」도 페이디아스의 작품입니다. 고대 그리스
아테나이에 있는 아테나의 신전인 파르테논에 세워져 있었대
요. 여신은 서 있는 모습으로 표현되어 있었지요. 한 손에
는 창을 쥐고 다른 손은 승리의 여신상을
쥐고 있었답니다. 투구가 아주 화려했
다는데, 스핑크스가 장식되어 있었어요.
높이는 약 12미터이고 제우스 상과 마찬가
지로 금과 상아로 만들어졌지요. 눈은 대리석인
데, 아마도 눈동자를 표현하기 위해 색을 칠한
듯합니다. 이 조각상이 서 있던 파르테논 신
전도 페이디아스의 지시와 감독하에 지어
졌어요. 신전의 외벽도 여러 조각상이 새겨
져 있는데, 그중 다수는 페이디아스의 손으
로 만들어졌지요. 현재 영국 런던의 영국 박물
관에 소장되어 있는 엘긴의 대리석도 그중
일부랍니다.

「파르테논의 아테나」
부분
아래의 작품은 모작이지만 아
테나 여신의 우아함이 잘 드
러낸다. 투구 위에 얹혀 있는
스핑크스가 특히 눈에 띈다.
ⓒMarsyas
아테네 국립 고고학 박물관 소장

제우스와 아테나 조각상 모두 현재 남아 있지 않고 기록으로만 전해지고 있어요. 하지만 현존하는 다른 여러 조각상과 흉상만 보아도 조각가가 두 신의 모습을 어떻게 표현했는지 짐작이 가지요. 장엄하고 위엄이 깃든 아름다움 그리고 역동적이면서도 차분한 느낌이 함께 어우러져 있었을 겁니다.

아프로디테의 아름다움을 구현하다

「메디치의 아프로디테」는 로마의 메디치 가문에서 소장하고 있기 때문에 이런 이름이 붙었어요. 이 작품이 사람들의 관심을 처음 끈 것은 17세기 초반이었지요. 받침대에 새겨진 기록에 의하면 기원전 200년경에 활동한 아테나이의 조각가 클레오메네스의 작품이라고 해요. 하지만 이 기록이 사실인지는 의심스럽답니다. 한편 이 조각상에 관해서는 이런 이야기도 전해지고 있어

우피치 미술관 내부
메디치가(家)가 200년간 수집, 의뢰한 작품들이 모여 있다. 「메디치의 아프로디테」는 사진에서 가운데에 서 있는 조각상이다. ⓒPaolo Villa

요. 클레오메네스는 나라의 부름을 받아 여성의 아름다움을 완벽하게 표현한 조각상을 만들게 되었답니다. 이때 가장 완벽한 형상을 만들 수 있도록 나라에서 모델을 데려와서 작업을 도와주었어요. 이 이야기에서 영감을 받아 톰슨은 「사계」라는 시의 여름 대목에서 이렇게 노래하고 있지요.

온 세상을 매혹시키는 조각상이 서 있네.
누구도 견줄 수 없는 최고의 자랑거리라네.
기쁨 가득한 그리스의 아름다운 여인들이여.

바이런도 이 조각상에 대해 말하고 있답니다. 이 작품이 소장된 피렌체의 우피치 미술관을 시인은 이렇게 노래해요.

여기, 돌 속에서도 여신은 사랑을 내뿜네.
주위의 공기를 아름다움으로 가득 채우네.

피도 맥박도 그리고 가슴도
트로이 양치기의 판정이 옳았음을 증명하네.

트로이 양치기란 아프로디테를 가장 아름다운 여신으로 뽑은 파리스를 가리키지요.

당당한 태양신 아폴론의 현현

현존하는 고대 조각상 중 가장 높은 평가를 받는 작품은 「벨베데레의 아폴론」입니다. 작품의 이름이 벨베데레인 까닭은 로마교황청의 벨베데레라는 방에 놓여 있었기 때문이에요. 누가 만들었는지는 모르지요. 아마도 1세기 무렵 로마 시대의 작품으로 추정되고 있답니다. 대리석으로 만든 서 있는 조각상이며, 키는 2미터가 넘어요. 목에서 왼팔까지 걸친 망토 이외에는 나체이지요. 아폴론이 괴물 피톤에게 화살을 쏜 순간을 나타내는 모습으로 짐작됩니다. (이 이야기는 1권 3과에 자세히 나와요.) 아폴론은 의기양양하게 앞으로 나아가려고 하고 있지요. 아마도 활을 잡고 있었던 왼팔은 길게 뻗어 있고, 얼굴도 그 방향을 바라보고 있습니다. 자세와 균형 면에서 결코 넘볼 수 없는 아름다운 위엄을 갖추고 있어요. 가장 압권은 표정이지요. 얼굴에는 젊은 신의 완벽한 아름다움과 더불어 승자의 자신감이 흘러넘친답니다.

도도한 사냥의 여신, 아르테미스

루브르 박물관에 있는 「암사슴과 함께 있는 아르테미스」는 「벨베데레의 아폴론」과 쌍벽을 이루는 작품이라고 할 수 있어요. 자세도 아폴론 상과 흡사하며, 크기와 표현 방식도 비슷하지요. 아폴론 상에는 미치지 못하지만 최고 수준의 작품이랍니다.

신나게 사냥을 다니는 모습을 표현했는데 표정을 보면 사냥의 흥분감이 잔뜩 묻어나 있어요. 왼손은 옆에서 달리고 있는 암사슴의 머리까지 뻗어 있고, 오른손은 등 뒤 화살통에서 화살을 뽑으려고 하고 있지요.

「벨베데레의 아폴론」
그리스 조각가 레오카레스가 만든 작품의 모작으로 추정된다. 원래 청동으로 만들어졌는데 로마 시대에 대리석으로 재현한 것으로 보인다. ©Wknight94
바티칸 미술관 소장

「암사슴과 함께 있는 아르테미스」
아르테미스의 암사슴들은 황금 뿔이 있고, 여신의 전차를 끄는 역할을 맡았다. 이 사슴들 가운데 한 마리가 아르골리스 지방을 쑥대밭으로 만든 일이 있었다. 헤라클레스가 사로잡아 피해를 막았다. 이 일이 헤라클레스의 세 번째 과업이다. ©Vovazl
루브르 박물관 소장

신화가 된 그리스 로마 시인들

키오스 섬의 눈먼 시인, 호메로스

앞서 들려준 트로이 전쟁과 그리스인 귀환의 주요 장면이 담긴 서사시 『일리아스』와 『오디세이아』를 쓴 시인은 호메로스입니다. 그런데 이 시인은 자신이 찬양한 영웅들만큼이나 신화적인 인물이에요. 전설에 따르면 호메로스는 눈이 먼 늙은 음유시인이었지요. 이곳저곳을 방랑하며 수금 소리에 맞춰 이야기시를 노래했답니다. 때로는 왕의 궁전에서 때로는 농부의 오두막에서 시를 읊으며 청중들이 주는 것을 받아 생활했대요.

바이런은 호메로스를 가리켜 '키오스 섬의 눈먼 노인'이라고 했지요. 그리고 어느 유명한 시구는 호메로스의 출생지가 불분명하다는 점을 이렇게 노래합니다.

부유한 일곱 도시가 죽은 호메로스를 놓고 다투네.

살아생전 시인이 빵을 얻으러 다니던 곳들이라네.

일곱 도시는 스미르나, 키오스, 로도스, 콜로폰, 살라미스, 아르고스 그리고 아테나이였어요.

요즈음 학자들은 호메로스의 시들이 단 한 명의 작품이라고 보지는 않는 편이에요. 왜냐하면 그런 긴 서사시가 그처럼 오랜 옛날에 쓰이기는 어려웠기 때문이랍니다. 현존하는 고대의 묘비명이나 화폐보다 더 이전에 쓰였는데, 당시에는 그처럼 긴 글을 쓸 재료가 없었어요. 그렇다면 아주 긴 분량의 시들이 어떻게 기억으로만 후세에 계속 전해졌는지도 의아하지요.

그에 관해서는 이런 의견도 있습니다. 당시에는 랍소도스, 즉 음유시인이라는 직업을 가진 무리가 있었대요. 다른 이의 시를 암송하는 직업이었지요. 이들은 국가의 전설을 암송해 주는 대가로 생계를 꾸렸다고 합니다.

오늘날 학자들의 주된 견해에 의하면 시의 뼈대에 해당하는 기본적 내용은 호메로스가 지었지만 다른 시인들이 끼어들어 내용을 보탰다고 해요. 호메로스가 살았다고 추정되는 시기는 고대 그리스의 역사가 헤로도토스에 의하면 기원전 850년 무렵이지요.

『호메로스의 신격화』
프랑스 화가 장 오귀스트 도미니크 앵그르의 작품이다. 호메로스가 승리의 여신 니케가 내리는 월계관을 받고 있다. 왼쪽에서 시인 아이스킬로스가 양피지를, 오른쪽에서는 조각가 페이디아스가 망치를 바치고 있다. 호메로스 발밑에 앉아 있는 두 명의 여성은 서사시 『일리아스』와 『오디세이아』를 표현한 것이다.
루브르 박물관 소장

시성(詩聖) 베르길리우스

베르길리우스는 우리가 앞서 살펴본 아이네이아스의 이야기를 담은 서사시 『아이네이스』를 쓴 시인입니다. 로마 황제 아우구스투스는 나라를 잘 다스렸는데, 그때를 아우구스투스의 시대라고 불러요. 베르길리우스는 이 통치 기간을 더욱 유명하게 해 준 사람이지요. 시인은 기원전 70년에 만투아(오늘날의 만토바)에서 태어났답니다. 베르길리우스의 시는 호메로스의 작품에 이어 서사시의 최고 걸작에 속해요. 베르길리우스는 독창성과 영감 면에서는 호메로스에 못 미치지만 정확성과 아름다움 면에서는 호메로스를 능가하지요. 영국의 비평가들에 의하면 근대 시인 중에는 오직 밀턴만이 고대의 이 위대한 두 시인에 견줄 만하다고 봅니다. 밀턴의 『실낙원』은 앞에서 여러 번 나왔지요. 이 작품은 여러 면에서 고대의 위대한 작품들과 비슷하거나 어떤 면에서는

「아우구스투스,
옥타비아, 리비아에게
『아이네이스』를 읽어
주는 베르길리우스」
프랑스 화가 장 바티스트 위카르의 작품이다. 베르길리우스는 아우구스투스 황제의 후원을 받으며 서사시 『아이네이스』를 썼다. 작품의 완성을 보지 못하고 죽었다. 남아 있는 『아이네이스』는 총 12권이다.

더 뛰어나요. 아래에 나오는 드라이든의 시는 세 시인의 특성을
예리하게 짚어 내고 있답니다.

　　세 시인은 서로 다른 시대를 살았으나

　　각자 그리스와 이탈리아 그리고 영국을 빛내었네.

　　첫 번째 시인은 정신의 고결함이 뛰어났고

　　두 번째 시인은 웅장함이 뛰어났으며

　　마지막 시인은 두 가지 다 뛰어났다네.

　　자연의 힘은 더 이상 앞으로 나아갈 수 없자

　　앞의 둘을 합쳐 세 번째 시인을 내놓은 것이라네.

　　　　　　　　　　　　　　　　「밀턴에 대하여」에서

아래는 쿠퍼의 「식탁 위의 이야기」의 한 대목이에요.

　　숱한 날이 지나서 호메로스의 빛이 나타났네.

　　또 세월이 흘러 만투아의 백조 소리가 들렸네.

　　그리고도 전에 없이 긴긴 세월이 흘러서야

　　마침내 밀턴이 세상에 태어났다네.

　　천재들이 시대의 요청에 따라 등장하여

　　먼 나라에까지 새벽빛을 비추었다네.

　　천재들은 자기가 고른 나라를 드높였네.

　　천재가 그리스에서 지자 이탈리아에서 떴고

　　이후로 기나긴 암흑의 중세 시대를 거쳐

마침내 이 영국의 섬에서 빛이 만발하였네.

이에 어여쁜 물총새들도 바다에 뛰어들더니

다시 솟아올라 반짝이는 깃털을 뽐내도다.

감각적 묘사의 대가, 오비디우스

오비디우스는 시에서 나소라는 별칭으로 종종 불리기도 해요. 이 시인은 기원전 43년에 태어났지요. 어려서 공직자가 되기 위한 교육을 받았고 상당한 지위에도 올랐답니다. 하지만 시가 최고의 기쁨이었기에 일찌감치 시를 짓는 데 전념하기로 결심했어요. 그래서 당시 시인들과 친분을 맺었는데, 호라티우스와도 알고 지냈으며 베르길리우스도 만난 적이 있지요. 하지만 베르길리우스는 오비디우스가 아직 젊고 유명해지기 전에 먼저 세상을 떠났는지라 친한 사이는 아니었습니다.

「오비디우스」
로마 시인 오비디우스의 작품 중 가장 유명한 것은 서사시 「변신 이야기」다. 그리스 신화에 관한 중요한 정보들이 담겨 있다. 총 15권이다. 회화적인 묘사가 돋보이는 것이 특징이다. ⓒKurt Wichmann

오비디우스는 상당한 수입이 있었기에 로마에서 안락하게 생활했어요. 로마 황제 아우구스투스의 집안과도 처음에는 친밀한 사이였지요. 하지만 그 집안사람 중 한 명에게 무례한 짓을 하는 바람에 시인의 행복은 뒤틀리고 말았답니다. 이후 시인의 삶은 줄곧 먹구름이 드리워지고 말았어요. 쉰 살에는 로마에서 추방당해 흑해 연안의 토미스라는 곳에서 귀양살이를 했지요. 미개한 사람들과 나쁜 날씨에 시달리며 그곳에서 마지막 십 년을 보냈습니다. 슬픔과 울분에서 벗어나지 못한 채로요. 유명한 벗들과 교제하며 화려한

로마 생활의 기쁨에 젖어 살던 지난날은 흘러간 옛 추억일 뿐이었지요. 귀양살이의 유일한 위안은 아내와 옛 친구들에게 편지를 쓰는 것뿐이었답니다. 이 편지들은 모두 시였어요. 이 시들(『슬픔』과 『폰투스에서 온 편지』)은 시인의 슬픔만을 주제로 삼았지만, 뛰어난 감각과 풍부한 독창성 덕분에 전혀 지루하지 않고 독자에게 기쁨과 공감을 불러일으키고 있지요.

오비디우스의 최고 걸작 두 편은 『변신 이야기』와 『축제 달력』입니다. 둘 다 신화 이야기를 시로 쓴 것인데, 그리스 로마 신화에 대한 이야기의 대부분은 이 『변신 이야기』에서 나왔어요. 후대의 어느 작가는 이 시를 아래와 같이 평하고 있지요.

그리스의 풍부한 신화는 다른 시인, 화가 및 조각가에게 그러했듯 이 오비디우스의 작품 소재가 되었다. 뛰어난 감각과 단순성 그리고 정감 어린 필치로 오비디우스는 고대의 신화 속 전설을 이야기했다. 거장만이 표현할 수 있는 생생한 묘사 덕분에 옛 전설은 마치 실제 이야기처럼 들린다. 시인이 자연을 묘사하는 방식도 놀라우리만치 사실적이다. 또한 적절한 내용을 세심하게 선택하고 버릴 것은 과감히 버린다. 따라서 오비디우스가 완성해 놓은 작품은 부족한 것도 모자란 것도 없다. 『변신 이야기』는 젊은 독자들에게 기쁨을 주며, 나이가 더 들어 다시 읽으면 훨씬 더 큰 기쁨을 준다. 시인이 당차게 예언했듯이 오비디우스의 시는 사후에도 살아남아 로마의 이름이 알려진 곳이면 어디에서나 읽히게 되었다.

오비디우스의 예언은 『변신 이야기』의 마지막 시구에 아래와 같이 담겨 있어요.

이제 여기서 내 이야기를 마치려 하네.
제우스의 분노도 시간의 이빨도 칼과 불도
결코 없앨 수 없는 위대한 이야기라네.
육신은 무너뜨려도 영혼은 건드릴 수 없는
그 날이 다가와 내 여생을 낚아채 가더라도
내 영혼은 밤하늘의 별 위로 솟아오르리라.
나의 명성은 영원히 변치 않으리라.
로마의 군대와 예술이 퍼져 나갈 곳이면
어디서나 사람들은 내 책을 읽게 되리니
시인이 내다보는 앞날이 진실이라면
내 이름과 명예는 불멸을 얻으리라.

신화는 어떤 경로로 우리에게 전해졌을까요?

그리스 신화가 우리에게 전해진 경로는 대체로 세 가지다. 우선 가장 기본적인 것으로 문학 작품이 있다. 호메로스와 헤시오도스의 서사시, 아테나이 3대 비극 작가의 비극 작품이 여기에 속한다. 신화에 관심을 가진 사람들이 공부를 계속하다 보면 맨 마지막에 도달하는 작품들이다. 이름이 조금 어렵지만 『호메로스의 찬가』『칼리마코스의 찬가』『핀다로스의 우승 축가』 등도 매우 중요한 작품들이니 기억해 두면 좋다. 다음으로 중요한 것은 문학 작품들에 대한 해설이다. 이런 해설은 아예 책으로 따로 묶여 전하는 것도 있지만, 대개는 옛날 책 여백에 적혀 전한다. 작품을 읽던 사람들이 어려운 구절 옆에 설명을 조금씩 붙인 것이 쌓이고 쌓여 오늘날에 전하는 것이다. 신화를 전해 주는 세 번째는 신화집이다. 신화집은 문학 작품에 나온 내용을 정리해 주기도 하고, 옛날 책 여백에 있는 설명글을 끌어오기도 한다. 아주 옛날에는 여러 가지 신화집이 나왔지만 점차 다 사라져 버렸다. 지금까지 전하는 것은 오비디우스의 『변신 이야기』와 휘기누스의 『신화집』 아폴로도로스의 『도서관』과 『요약집』이 있다. 불핀치 신화집은 주로 『변신 이야기』를 따라가면서 다른 데 나오는 이야기들로 보충한 작품이다. 로마만의 고유한 이야기는 로마 초기 역사에 관한 것밖에 없다. 따라서 보통 '그리스 로마 신화'라고 알려진 이야기들은 '그리스 신화를 로마 사람들이 널리 퍼뜨린 것'이라고 생각하면 거의 맞다.

호메로스의 『일리아스』 14권 일부